泉州文庫

選堂題

（明）陳琛 著

學文 點校

陳紫峰先生文集

泉州文庫整理出版委員會

商務印書館

前　　言

　　泉州建制一千三百多年，爲中國歷史文化名城和古代海外交通的重要港口。"比屋弦誦，人文爲閩最"，素稱海濱鄒魯、文獻之邦。代有經邦緯國、出類拔萃之才，歐陽詹、曾公亮、蘇頌、蔡清、王慎中、俞大猷、李贄、鄭成功、李光地等一大批傑出人物留下了大量具有歷史、文學、藝術、哲學、軍事、經濟價值的文化遺產。據不完全統計，見載於史籍的著作家有一千四百二十六人，著作多達三千七百三十九種，其中唐五代二十九人三十二種，宋代二百人三百九十一種，元代二十一人四十種，明代五百三十六人一千五百八十五種，清代六百四十人一千六百九十一種；收入《四庫全書》一百一十五家一百六十四種，《四庫全書存目叢書》五十六家七十四種，《續修四庫全書》十四家十七種。二〇〇八年國務院頒布第一批國家珍貴古籍名錄，屬泉人著述、出版者十三種。

　　遺憾的是，雖然泉州典籍贍富，每一時代都有一批重要著作相繼問世，但歷經歲月淘汰、劫難摧殘，加上庋藏環境不良，遺存至今十無二三，多成珍籍孤本。這些文化遺產，是歷史的見證，是泉州人民同時也是中華民族的寶貴文化財富，亟待搶救保護，古爲今用。

　　對泉州地方文獻的搜集與整理，最早有南宋嘉定年間的《清源文集》十卷，明萬曆二十五年《清源文獻》十八卷繼出，入清則有《清源文獻纂續合編》三十六卷問世。這些文獻彙編，或已佚失，或存本極少。二十世紀四十年代，泉州成立"晋江文獻整理委員會"，準備整理出版歷代泉人著作，因經費短缺未果。八十年代，地方文史界發起研究"泉州學"，再次計劃編輯地方文獻叢書，可惜後來也因爲各種條件的限制，其事遂寢。但是這兩次努力，爲地方文獻叢書的整理出版做了準備，留下了珍貴的文獻資料和書目彙編。

　　二〇〇五年三月，中共泉州市委、泉州市政府決定將地方文獻叢書出版工作列爲國民經濟和社會發展第十一個五年規劃的一項文化工程。翌年，正式成立"泉州地方典籍《泉州文庫》整理出版委員會"，着手對分散庋藏於全國各大圖書館及民間的古籍進行調查搜集，整理出《泉州文庫備考書目》二百六十七家六百一十四種，以後又陸續檢索出遺漏書目近百家一百八十餘種。經過省內外專家學者多次論證，最後篩選出一百五十部二百五十餘種著作，組成一套有一定規模、自成體系、比較完整，可以概括泉人著作風貌、反映泉州千餘年文化發展脉絡的地方文獻叢書，取名《泉州文庫》，二〇一一年起陸續出版發行。

整理出版《泉州文庫》的宗旨是：遵循國家的文化方針政策，保護和利用珍貴文獻典籍，以期繼承發揚中華民族優秀文化傳統，增進民族團結，維護國家統一，提高民族自信心和凝聚力，加强社會主義核心價值體系建設，增强文化軟實力，爲泉州的物質文明和精神文明建設服務。

《泉州文庫》始唐迄清，原著點校，收錄標準着眼於學術性、科學性、文學性、地域性、原創性、權威性，具有全國重要影響和著名歷史人物的代表作優先。所錄著作涵蓋泉州各縣（市、區），包括金門縣及歷史上泉州府屬同安縣，曾在泉州任職、寄寓、活動過的非泉籍人氏的作品，則取其内容與泉州密切相關的專門著作。文庫採用繁體字横排印刷，内容涉及政治、經濟、歷史、地理、哲學、宗教、軍事、語言文字、文化教育、文學藝術、科學技術等領域，其中不乏孤稀珍罕舊槧秘笈，堪稱温陵文獻之幟志。

值此《泉州文庫》出版之際，謹向各支持單位、個人和參加點校的專家學者表示誠摯的感謝！由於涉及的學科和内容至爲廣泛，工作底本每有蛀蝕脱漏，加之書成衆手，雖經反復校勘，但限於水平，不足或錯誤之處還是難免，敬請讀者批評指教。

泉州地方典籍《泉州文庫》整理出版委員會
二〇一一年三月

整 理 凡 例

一、《泉州文庫》(以下簡稱"文庫")收録對象爲有關泉州的專門著作和泉州籍人士(包括長期寓居泉州的著名人物)著作,地域範圍爲泉州一府七縣,即晋江(包括現在的晋江市、石獅市、鯉城區、豐澤區、洛江區)、南安、惠安(包括泉港區)、同安(包括金門縣)、安溪、永春、德化。成書下限爲一九四九年九月以前(個別選題酌情下延)。選題内容以文學藝術、歷史、地理、哲學、政治、軍事、科技、語言教育等文化典籍爲主,以發掘珍本、孤本爲重點,有全國性影響、學術價值高、富有原創性著作優先,兼及零散資料匯總。

二、每種著作盡量收集不同版本進行比較,選擇其中年代較早、内容完整、校刻最精的版本爲工作底本,并與有關史籍、筆記、文集、叢書參校,文字擇善而從。

三、尊重原著,作者原有注釋與説明文字概予保留。後來增加者,則視其價值取捨。

四、凡底本訛誤衍漏,增字以[ ]表示,正字以( )表示,難辨或無法補正的缺脱文字以□表示,明顯錯字徑直改正,均不作校記。

五、凡底本與其他版本文字差異,各有所長,取捨兩難,或原文脱訛嚴重致點讀困難,或史實明顯錯誤者,正文仍從底本,而於篇末校勘記中説明。

六、凡人名、地名、官名脱誤者,均予改正,訛誤而又查不到出處之人名、地名、官名及少數民族部落名同異譯者,依原文不予改動。

七、少數民族名稱凡帶有侮辱性的字樣,除舊史中習見的泛稱以外,均加引號以示區別,并於校記中説明。

八、標點符號執行一九九六年實施的國家《標點符號用法》。文庫點校循新版二十四史及《清史稿》例,一般不使用破折號和省略號。

九、原文不分段者,按文意自然分段。

十、凡異體字、俗體字、通假字,如非人名、地名,改動又無關文旨者,一般改爲通用字;異體字已經約定俗成、容易辨認者不改。個別著作爲保持原本文字語言風貌,其通假字則不校改。

十一、避諱字、缺筆字盡量改正。早期因避諱所產生的詞彙成爲習慣者不改正。

十二、古籍行文中涉及國家、朝廷、皇帝、上司、宗族等所用抬頭格式均予取消。

十三、文庫一般一册收録一種著作,篇幅小的著作由兩種或若干種組成一册,篇幅大的著作則分成兩册或若干册。

十四、文庫採用橫排、繁體字印刷出版。每册前置前言、凡例。每種著作仿《四庫全書》提要之例,由編者撰寫《校點後記》,簡略介紹作者生平、著作內容及評價、版本情況,說明其他需要說明的問題。

泉州地方典籍《泉州文庫》整理出版委員會辦公室
二〇〇七年二月五日

紫峰先生遺像

像　贊　一

　　矗然峙者,紫帽之岡。晶然冽者,涵江之浟。篤生先生,爲龍爲光。先生之學,妙契羲皇。二老六子,左員右方。爰及鄒魯,挈領提綱。誨焉而諄,語焉而詳。開關啓後,示我康莊。先生之文,如木千章。能鉅能細,能短能長。何以用之,清廟明堂。乃諗將母,飄然而翔。三公萬斛,不易斑裳。爰甘飲水,爰發歌商。駕風乘雲,遊于醉鄉。淵明康節,於焉徜徉。

　　邑後學蘇濬。

像　贊　二

　　涵江世室,青紫迎門。公像在中,儼然生存。目炯炯以如電,應海潮之吐吞;早窮經而著述,尋鄒魯之本原。厥説曰淺,切而不煩;厥典曰通,晰而不渾。開末學之榛蕪,誠山斗之共尊。嗟予小子元,其何能贊一言?射斗牛,倒崑崙,是吾先公所云。

　　後學李伯元。

序[①]

　　自聖人之道不傳，世儒遂以學術、事功分爲二，致賢智之過求得其本心，不以事物爲累，勢必入于虛無，而才能之士，又多急于表見，苟且以就功名，故其所造亦復有限。不知天地萬物之理，無一非吾性分所固有，内之所存，即爲外之所用。其未用也，舉夫天下之物，不足以易吾天理自然之安。及其既用，則必使無一物有不得其所之患。此自堯、舜以來，至於孔、孟，雖有用不用之不同，而凡以全其性分之固有則無不同。

　　昔夫子志在用世，其思傳道也，曰："不得中行而與之，必也狂獧乎！"天下中行之資少，惟顔子足以當之，故於其問仁，即語以"克復歸仁"；於問爲邦，即告以四代禮樂。又曰："用之則行，舍之則藏，惟我與爾有是夫，其次則莫如狂者。"四子侍坐，子路、冉有、公西華各舉所長，而夫子獨許曾皙。夫三子之才，固夫子之所信，其能以告康子者，惟不知其仁，遂與聖人之學不相似。曾皙能見其大，故周、程授受，尋孔、顔樂處，便有"吾與點也"之意。朱子謂："其浴沂風雩，如老安少懷，物各付物，與天地同量。學者有此襟懷氣象，則能樂堯、舜之道，其於堯、舜事業，自所優爲。"由此以觀以知，學術、事功出於一，原固不容歧而二之也。

　　吾泉務實學，自歐陽四門以後，至宋爲朱子過化之地，淵源所漸，駸駸與伊洛比盛。明之中葉，有虛齋蔡文莊公出，盡心正學，蔚爲一代儒者之宗。陳、林、張、史四先生繼之，道以大明。然惟紫峰先生獨親受業虛齋，引爲畏友，諸先生皆所謂私淑斯人者也。次崖之《四書》、《易經存疑》，與虛齋之《蒙引》，紫峰之《淺說》、《通典》，並爲學者所尊尚，而限於位，欲有所建立而不能。筍江則又限於年，而述作多不見于世。獨净峰著有邊功，而不能一日安於朝廷之上。今讀其書,亦可以見其體用之所存。

先生學行出處,詳於净峰、遵巖、紫溪諸前輩所爲誌傳。先生之時,姚江王氏之學,已大行於世,先生獨守朱子家法,講學授徒,所造就人材甚衆。故吾閩人士,終明世無爲王氏學者。其將起爲江西督學僉事,次崖以新學害道,力勸先生出爲磨洗,而先生正以母老在養也。故净峰謂:"使先生不退而爲親,必進而有爲於世,其事功之及人,自有不可勝述者。"遵巖又比先生於曾晳,亦以能獨見其大,視世人所有事功,如浮雲之過太虛,其襟懷氣象有可想見者。

昔姚江討定宸濠,學者艷稱其功,遂引爲學術自出之驗。夫宸濠舉動,非有吳、楚、淮南之彊,虛齋督學江右時,已能逆折其氣。使在漢世,一太守、都尉治之無難。無論姚江之功,未足以掩蓋其學,即令掀天揭地,而學術之差,亦聖人之所不取。是知聖賢之學,其用舍行藏,無不悉具於性分之中,而不在區區已成之效。學者讀先生之書,當有聞而興者,末學渺修,又何足以窺前哲之淵微哉?

乾隆庚寅五月,湖南督學使者宗後學科捷謹書。

【校記】

① 原無題名,今題名爲整理者所加。

原　序　一

槐江丁侯守果之明年，出其同邑紫峰陳公文集鋟諸梓。侯邃於理學，言行與可每不苟，茲舉也，景慕前修，心實有在，顧屬序於予，以爲紫峰同年進士，知公深也。予惟言有高而弗道，華而或詭，陳落而機杼弗新，斯爲贅疣，若是傳乎？

公集凡卷十二，附録一。讀其古詩元風尚，則末習聿袪，迥迥乎晉魏之選也。近體五七言，聲叶律古，各適其職，渢渢乎盛唐之調也。序、記、書、疏、歌、說之類，則又追先秦、兩漢、四大家而下上之者。先是，公著有《[四]書》《易淺説》行於海内，學者翕然宗之。迺復獲覿是集之全，曾不入尋常詩文家者流。蓋公嘗受學虛齋，慨然以斯文自任，故其言皆根極性命之旨，如太極鳶魚，主静用敬，固非高而弗道。論事明而暢，說理簡而達，炳若日星列，沛若江河注，津津可誦，亦非華而或詭。穎悟獨超，志慮純一，吞吐天然，發詞人鉅工所未發，殊不假組織而清新溢如，將不與《淺説》相流通哉？俞哉，是可傳已，而予因得以附名不朽。

嗟乎！尼山毓聖，嵩嶽生申。粤若稽古，劉屏山、胡文定父子兄弟，蔡元定、九峰、真西山、楊龜山、熊勿軒，及予榜史筍江、林次崖、張净峰諸賢，或以道學，或氣節、事功著名，然皆閩産也，而晉江尤豪俊之藪。如侯其所知以知所不知，師師可仰，是不謂清源、紫帽所孕靈，公一其人，允若虛齋所稱道耶？予何人，敢置喙其間也。爰弗忖重侯之命，竢登三事，當采紫峰麗國史，或於予言有徵焉。

嘉靖癸亥之二陽月，蜀南充文峪毋德純序。

原　序　二

　　予少時負豪俠氣，睥睨宇宙，玩弄古今。每評品人物高下，必歆羨瑰瑋卓犖之士，與之出入，徐考其詩文，以證論議得失。古道難協，太音寡諧。竊計過許，尚不肯披靡浮沈，爲清世詆笑。故一時豪傑，或得之謁晤，或契之文詞，或形之想像夢寐，謂可以磨礪夙志，俾不終落莫。

　　厥後聞我師泉南陳先生，結屋紫帽峰下，樂道著書，揮遠世故，人士環集如雲，其必行誼修潔，于論議有足資者，遂千里裹糧往從之，思挹其光霽，而莫測高深所自。春日載和，嘗泛舟攜予遊涵江。予進而言曰："江流其淵哉！仰而鳶飛，俯而魚泳，莫非性也，可以語道乎？"先生笑而不言。他日，又攜予遊清源。予復進而言曰："山嶽其高哉！始而一簣，終而九仞，莫非學也，可以語道乎？"先生笑而不言。予退而潛思，靜而遠探。更寒暑而告歸，諸朋儕偕予復請言爲贈。先生拂衣起坐，曰："予何言哉？子既知鳶魚飛躍之爲性矣，又知一簣九仞之爲學矣，予復何言哉？"時予未悟，謂："先生天挺人豪，揮毫灑翰，綽有思致。茲默而不言，果將有以秘我也。"遂發憤大肆力文章。涉歷中外，覺勢利日黜落，孳孳究精一旨歸不少倦，乃知吾心自有真，而向之所謂性與學者，猶爲影響，文字之專工，吾道之贅疣也。先生之所以不言者，豈真以法天爲學乎？

　　癸丑秋，予轉官洪都，忽象川林子攜《紫峰文集》一帙，揖予曰："茲爾師詩文之精也，厥子德基敬屬子製序，子盍爲之文？"予愕然久之。意先生急流勇退，昔相從逆旅中，偲偲惟無言示訓，雖因事立辭，對景賦詩，時藉以發林泉清興，而竟欲彙集以傳，得無爲斯道懼矣乎？披而莊讀之，見其渾而雄，典而則，端大而不浮，高曠雅健而不艱，以摩元入天地而不失之幽博，極四方而不失之蕩。何言非文？何文非學？俯仰觀察，性真著見，若不拘拘於體裁尺度，而精鏗炫燿,如風行水上,焕然昭賁人文,而緒之精粗隱顯,巨細遠近,咸一以貫之,無遺矣,奚其言之諱耶?

予於是知先生之所以不言者,不輕言也。定性澄心,厥德廼崇。先生之所以有言者,不徒言也。繼往開來,厥功廼大。繇兹而擴充默識之,則是集之作,雖謂之有言可也,謂之無言亦可也。苟不能根極理要,而徒望洋浩一嘆焉,則是集之作,且以爲贅疣,雖無傳可也。

昔子貢氏游聖門,嘗以多學求夫子文章,至性與天道,則終云"不可得聞"。可見文章者,性道之華也;性道者,文章之蘊也。知性道不離於文章,則先生之文,根心生色,内外一致,宜永以傳於世,不朽也。遂爲之序。

嘉靖乙卯,春王正月,門人成子學序。

原 序 三

先正稱天挺人豪,無如邵堯夫。余每愛其詩云:"日月星辰高照耀,皇王帝伯大舒鋪。"由其詩而想其爲人,不逐世紛出没,不受世儒繩束。觀物內外,高駕風霆之上;弄丸來往,深入姤復之交。非惟庸瑣齷齪者,未足以望其藩,雖拘虛守元之士,亦不覺其自墮於彼方之笑。若吾陳紫峰先生者,真其人歟?

先生資禀既異,而造詣益純,窮經談妙,直覬堂奥。間出其吟詠古作,要歸於克養餘緒,襟懷洒落,氣量恢廓,如霽月光風,天心水面,而雲夢之墟,彭蠡之澤,若不足爲其吞吐者。嘗謂:"勵進退大節,破名利兩關。"言峻而行不洿,貌古而心無俗。此先生之教人,而其允蹈又進乎此矣。所謂天挺人豪,非耶?自豪傑□值,士各以意見爲學,故或闊談性命而不着實功,或沈溺訓詁而終少神悟。先生一洗世儒空陋之習,而會歸於廣大精微之極,使高者望其翔鳳凰以爲不可攀,而其下者坐春風亦充然有得。其內篇有《易經》、《四書淺說》,足以羽翼經傳,而不落言筌。其外篇文集,足以自成家數,而不入文徑。蓋文章道學統同一貫,性情道德涵養一原,氣節音韻融渾一真。其遺教流風,可使愞者明,懦者立,山斗之仰,永係於士類,當不淺也。

今《經書淺說》既已刊布海內,與《傳註》、《蒙引》並行,而文集舊刻訛謬失次。先生之子德基君,克世其學,日書夜校,鋟梓累年,可謂知所用心者,是即伯溫註《皇極》之心也。篇定於净峰大中丞公,先生之友;行撰於見吾侍御公,先生之弟。寒泉會而晦翁次,明道題而正叔叙,可以傳矣。

顧自申生其鄉而讀其書,且辱季子道義之愛,高山景行,瞻企有日。遂不揣固陋,而序于卷首云。

嘉靖壬子端月,後學丁自申序。

後　　序

　　《紫峰先生文集》梓於家塾,梓於書坊,海内争愛而傳之,寖病未廣。自申之入蜀也,則取令子德惠君所遺抄本而翻刻之。既以請於文峪毋公序其篇次矣,復不揆蕪淺而綴其後曰:

　　維文之弊,于今有可言者。自周文郁郁,誥誓繼謨訓而傳,歷秦而漢而唐而宋,代有作者,各以所鳴,傑然而自撰一家。秦與漢之不可復爲周,與夫唐之不可爲漢,宋之不可爲唐也,且言人人殊,非獨其世則然。

　　自曾、思、孟著書同宗孔氏之道,而學各有從入,言各有攸當。要以文其意之所欲達,闡其蘊之所未發,其爲道相謀則均也。彼老、列、莊、荀數子,雖皆爲偏曲不該之見,然彼馳鶩於精神,鼓舞其筆端,聘雌黄之雄辭,而争爲道術矜赤幟者,今其書具在,人自爲家,可讀也,何至如今人没身塗俗學之口耳,而張吻啖秦、漢之糟餘哉?

　　夫唐、宋文稱六大家,氏推本韓祖孟,歐祖韓,柳與韓頡頏。蘇父子一門,曾、王一時,較相考訂,而其文務去陳言,前後相掩,不可謂非步秦、漢絶塵者,而無秦、漢一句一讀。何也?鎔金在範,色象肖而規製别矣,豈今人命詞顧出六大家右哉?蘇老泉曰:"黼黻刺繡,良錦也。尺寸而割之,則綈繒之不若。世之刻意班、馬句字而模倣者,即使優孟似叔敖,吾猶惑焉。"

　　今觀先生諸作,本孔、孟之學術,程、朱之義理,而出以自然之文章,固不當與文人題品。然其推岳倒海之氣,媚澤輝山之精,卓乎成一家言,未知與數君子相伯仲何如。自申恐世之讀斯集者,執蹊徑以求先生之文,將茫然而無所入,故爲是説以質正焉。若先生之吟詠情性,則愚嘗比於宋儒康節,方追悔少作而以爲未盡也。觀者因是文而得其意於文之外,或可以想見先生云。

　　嘉靖癸亥臘月,後學丁自申後序。

喜得詩文集版記

去歲庚寅，吾涵江重修祠堂，族兄謙善倡捐洋銀千圓。既落成，諸同事又以祖叔紫峰公遺書鄉無存版，思所以求之者，函商於謙善，謙善復捐洋銀百圓。

竊思紫峰公所著之書，傳於今者，有《四書淺說》、《易經通典》、《紫峰詩文集》，計三部，皆係乾隆間刻，不稔何以遽至散亡。嗣聞係落在郡中一同姓家，急訪求之，僅存詩文集一部，版壹佰八十餘片。高閣塵封，久不刷印。幸而所缺無幾，因不惜重價爲之贖回，補其闕失，付之楮墨。計所印可壹百部，雖不足廣分同志，而族中士子，皆得人置一編，家學之興，將於是賴。惜《淺說》、《通典》未能合延津之劍耳。

近有言數年前，有人買得紫峰公書版，欲居爲奇貨者，今尚未售，顧安所得經費以爲之贖乎？爲人子孫，不能恪守遺編，以待後學，誠爲無用。唯是既可搜求，而仍不思設措，又何顏以入家廟哉？

茲故記得此書之由，而復以二書之未得，爲吾宗告。

光緒十七年辛卯仲秋，裔孫欽堯葆堂甫敬撰。

目　　録

紫峰先生遺像 …………………………………………………… 1
像贊一 ………………………………………………… 蘇濬　2
像贊二 ………………………………………………… 李伯元　3
序 …………………………………………………… 陳科捷　4
原序一 ………………………………………………… 毋德純　6
原序二 ………………………………………………… 成子學　7
原序三 ………………………………………………… 丁自申　9
後序 …………………………………………………… 丁自申　10
喜得詩文集版記 ……………………………………… 陳欽堯　11

陳紫峰先生文集卷首 …………………………………………… 1
　陳紫峰先生年譜原序 ……………………………… 李叔元　1
　陳紫峰先生年譜後序一 …………………………… 李叔元　2
　陳紫峰先生年譜後序二 …………………………… 何喬遠　3
　陳紫峰先生年譜後序三 …………………………… 李光縉　3
　陳紫峰先生年譜 …………………………………………… 5
陳紫峰先生文集卷一 …………………………………………… 33
　五言古詩五十(四十七)首 ……………………………………… 33
　　靜庵爲朱秀才題 ………………………………………… 33
　　送黃伯馨司訓海陽 ……………………………………… 33
　　送鄭廷昭司訓惠州 ……………………………………… 33

1

送胡國華侍御還延平 ... 33
舟次蘭溪,贈南溪張廷鳳別 ... 34
題洪氏孝思堂 ... 34
題蔣氏端本堂 ... 34
壽林母陳氏 ... 34
輓四川汪太守 ... 34
題韋氏旌節手卷 ... 35
題司馬貽翰手卷 ... 35
題張敬中巽作 ... 35
送王司訓 ... 35
贈地官趙文卿別三首 ... 35
贈高抑齋太守三十首 ... 36
錢立齋大尹之三山試闈,聊贈香茶見意 ... 40

陳紫峰先生文集卷二

七言古詩十八(二十一)首 ... 41

贈林社師 ... 41
田景玉種菊吾讀書窗前,花盛開時,王邦贊惠酒於余,併及景玉。適景玉以事出,余取酒對花獨飲,不覺興發,錄呈二先生,博一笑 ... 41
夜坐感秋,書樂清連氏孝善卷 ... 41
燕歌卷爲祝秀才題 ... 42
送良鄉申尹擢守安吉州 ... 42
樗庭卷爲鎮江丁同年敬夫先翁題 ... 42
松主卷爲縣尹霍廷獻先翁題 ... 42
壽秋官鍾彥才母七十 ... 43
壽通政楊實夫母八十 ... 43
題曾漸溪書屋 ... 43

題慕椿詩卷 …… 43

　　贈李縣丞 …… 43

　　輓莊州判 …… 44

　　輓陳職方母葉宜人 …… 44

　　尤某將之京，謁當道獻其所蘊，且順途看其二姪介卿、純卿 …… 44

　　題羅一峰書院二首 …… 44

　　感事 …… 45

　　壽顧洞陽太守 …… 45

　　端午遊東湖看蓮有感 …… 45

　　戲贈田均州景玉 …… 45

陳紫峰先生文集卷三 …… 46

　五言絕詩 …… 46

　　送王閒齋之京受職二首 …… 46

　　送林六川會試 …… 46

　六言絕詩 …… 46

　　題秀林菴四首 …… 46

　　與留朋山索酒 …… 46

　七言絕詩 …… 47

　　讀孟子有感 …… 47

　　題四一迂士圖 …… 47

　　靜庵爲魏秀才題四首 …… 47

　　題筍江清泛圖 …… 47

　　泛舟 …… 48

　　閒步 …… 48

　　送李長史先生之長沙二首 …… 48

　　恩命褒崇册二首，爲張吴山僉憲題 …… 48

3

贈朱墨溪教諭受獎勸	48
次韻朱教諭題邑庠講堂十首	48
題古元室道士杏林春曉圖	49
題張大尹梅花四軸	49
東湖書院三十四首，爲工部尚書吳獻臣先生賦	50
贈刑部正郎鄭雪齋歸莆田	53
寄長洲令郭澄卿同年	53
謝高抑齋太守	53
寄贈蔣悟庵地官	53
戲贈田忍翁戒酒	53
丁亥立春前一日夜坐	53
書齋遣興二首	54
謝張大尹惠春筵	54
與高抑齋太守索曆日	54
答同年季明德見寄	54
贈曾敦厚	54
贈李春江二守三十七首	55
春江四詠	58
題潘監生慈孝圖二首	58
答王閒齋惠酒	58
與蘇任真飲歸而有懷	58
簡張鳳溪推府	59
與同年福州府太守朱子文	59
與張大尹	59
簡永春柴大尹二首	59
謝顏大尹惠春筵	59

简安溪黄大尹 …… 60
送黄君惠秀才还海阳 …… 60
送李德绍秀才还揭阳 …… 60
赠廖潮二首 …… 60
与陈通守 …… 60
赠周术士 …… 60
谢大参留朋山惠潮绢 …… 61
遣兴柬留朋山 …… 61
与兴化傅二守 …… 61
书斋遣兴三首 …… 61
感事示弟子升 …… 61
简同年郭白峰 …… 61
题秀林庵禅房四首 …… 62
二弟落解，诗以慰之，且期待其来日云 …… 62
题子迁弟移居册叶 …… 62
寄友 …… 62
题浦头书馆三首 …… 62
钱大尹父存庵公正月四日生辰，诗以寿之十首 …… 63

陈紫峰先生文集卷四 …… 64

五言律诗二十七首 …… 64

夜坐 …… 64
夜读觉倦 …… 64
题族姑贞节坊二首 …… 64
代苏户部次韵送张举人春试 …… 64
送沈推府考绩 …… 64
送吴司训擢罗城教谕 …… 65

送劉司訓擢合江教諭,便道還萬安 65

送張主度秀才還龍溪 65

贈監生季時貞還南通州 65

春晴對酒簡王閒齋 65

挽張通伯 65

挽安溪劉某 66

金陵別諸朋舊往淮安,至江上有所思三首。時正德庚辰冬 66

江上阻風雨,舟次龍潭驛前三首 66

渡江到揚州 67

送鄧念齋之任國子監 67

代簡答張大尹 67

代簡答錢大尹二首 67

題蔣氏世祀堂 67

丁亥元旦試筆 67

天恩存問卷爲張尚書題 68

陳紫峰先生文集卷五 69

七言律詩二百一十[三]首 69

送蔡虛齋先生赴京 69

讀虛齋蒙引有感 69

寓南昌,送王僉憲之子之天台 69

自嘆吟 69

遣懷二首 69

不寐 70

輓漳州林方伯 70

輓黃德威 70

輓林易齋 70

不寐	70
題雙鵲圖	70
次韻楊叔亨見嘲舟邊濯足	71
次韻楊叔亨寫懷，呈同舟諸友	71
送李長史先生之長沙	71
送潘東厓助教	71
茂松清泉圖三首，爲潘東厓賦	71
送葛通守復職歸上虞	72
送余通守致政歸曲江	72
送興化鍾節推考績	72
送張秀才還江右應秋試	72
送張伯喬還江右應秋試	72
夜坐有感，簡朱墨溪廣文	72
甲戌下第，三月二十四日出張家灣	73
舟次臨清	73
濟寧阻閘	73
下邳晚泊	73
僧房夜酌	73
題古玄室	73
次韻題小丹丘二首	74
登紫帽峰，題金粟洞	74
丁丑正月初四日，舟次臨清	74
臨清舟中寫懷，次張南溪韻	74
丁丑二月十五日大風，出試院書懷	74
晚步玉河橋，有懷潘東厓	75
遣懷	75

送同年彭仁卿還南海 ······ 75

送同年吳文傑還夔 ······ 75

壽林泉山尚書 ······ 75

謝戴梁岡吏部惠緑豆酒 ······ 76

送王存約都諫改官之任 ······ 76

次韻送胡石亭憲副貶官之任 ······ 76

送地官貢月樓致仕還江陰 ······ 76

一竹爲黄門田用周作 ······ 76

一峰亭爲鄉同年方世元尊甫侍御公作二首 ······ 76

送林君信侍御使江西 ······ 77

輓顧武庫乃翁 ······ 77

夜雨感懷 ······ 77

己卯四月，阻風淮上，即事有感，呈同年林維德 ······ 77

輓莆田曾崇賢 ······ 77

庚辰春盡日，過大義江，舟中夢得詩四句，醒起足成一首 ······ 77

庚辰季夏南都即事 ······ 78

金陵雨中送顔德升教諭香山 ······ 78

夜宿金陵盧龍觀感事，簡觀主王東谷 ······ 78

庚辰冬往淮安，舟次揚子江邊，感事不寐 ······ 78

渡江 ······ 78

辛巳春到淮安鈔關，夜坐書懷 ······ 78

寓金陵感秋十首 ······ 79

贈鄭希嵩還龍溪 ······ 80

贈大理林次厓之京 ······ 80

簡大司空吳東湖先生 ······ 80

壽張半閒爲文選方矯亭作 ······ 80

壽陸蘭谷六十 …… 80
題澹軒王太守九十壽詩卷 …… 81
薄姑蘇次南吏部諸公贈別韻 …… 81
書齋夜坐述懷,簡高抑齋太守 …… 81
病起 …… 81
題一寄軒 …… 81
對酒 …… 81
即事寫懷 …… 82
端午喜晴 …… 82
賞蓮 …… 82
甲申新春試筆 …… 82
喜晴 …… 82
早起出書齋門外獨立 …… 82
小雀聒耳 …… 82
睡起 …… 83
乙酉元日病中試筆二首,簡田南王一膒 …… 83
乙酉春前二日,病臥僧房,聞花樹上鳥鳴好音,起吟 …… 83
元夕僧房獨坐二首 …… 83
夜半呼童烹茶溫酒,看杜詩、左傳 …… 83
雨中獨坐,憶弟子升與表弟郭世立。時子升入北山讀春秋,世立居
　資壽寺讀易 …… 84
夜來枕上聞雨 …… 84
僧舍閒行,喜晴,不得酒 …… 84
病寒小愈,起坐遣興二首 …… 84
獨坐觀潮 …… 84
感事不眠 …… 84

贈孫杏林	85
贈李竹陂	85
贈鄧念齋學諭受獎勸	85
早起出書齋門外,有懷地官蔣悟非二首	85
送鄧念齋學諭赴春試	85
送晉江張大尹入覲	86
送南安顏大尹入覲	86
贈高抑齋太守十首	86
題聶僉憲平寇冊八首	87
次韻祝憲副遊清源南臺二首	88
贈永春柴大尹平寇二首	88
贈寫榜莊某	89
寄永春柴大尹	89
次韻寄福州太守朱子文	89
丙戌新春試筆	89
古元道士重蓋涼亭,來索錢助費,答之以詩	89
答郭袁州同年見寄	89
秋前二日,有懷李春江二守	89
秋夜有懷永春柴大尹	90
秋夜讀史有感	90
夜坐書懷	90
寄少參謝松澗同年	90
聞同年諫議史筍江之訃,詩以哭之	90
憲副方棠陵寄到破屋詩集,詩以答之	90
丁亥新春試筆	91
春日有懷顧洞陽太守	91

贈鎮東聞尚德	91
送順德令曾漸溪考績	91
吉津橋上送蘇伯忠太守之京	91
贈蔣悟非休致二首	91
贈吴洲黄孟偉太守	92
送郭白峰教諭吉水	92
送吴體衡司訓博羅	92
戊子新春試筆	92
春晴觀物,有懷李筠溪	92
送李春江長史之任魯國,且便道過饒州	92
次韻呈同年聶雙江御史	93
送顧太守赴省城與試塲	93
秋夜遣興簡顧太守二首	93
簡錢立齋大尹	93
賀顧新山方伯陞太僕寺卿	93
戊子初冬得薦書,不果行	93
除夕	94
己丑新春試筆	94
喜雨簡顧太守	94
喜雨録呈少參謝松澗同年	94
寄憲伯郭淺齋同年	94
謝南安陳大尹	94
己丑夏遊東禪寺述懷十首	95
題羅一峰書院	96
庚寅春日觀物遣興	96
辛卯二月二日病卧書齋,聞社鼓	96

11

六月雨多害稼 · 96

看田夫割稻 · 96

壬辰春夜夢覺,起立檜樹下翫月 · · · · · · · · · · · · · · · 96

題雲深處小景 · 97

癸巳春日,有懷屠東崖太守 · · · · · · · · · · · · · · · · · · · 97

喜雨二首錄呈屠東崖太守 · 97

感興八首錄呈屠東崖太守 · 97

壽王閒齋七十一 · 98

送柯通守休致 · 98

送譚推府考績 · 98

贈李才通二首 · 99

贈楊醫官 · 99

贈江草亭寫真 · 99

贈林秋崖、尹靈山二首 · 99

壽鳶峰曾士毅 · 99

春風送行贈孫體洪二首 · 100

壽張樂吾迂叟 · 100

陳紫峰先生文集卷六 · 101

序三十首 · 101

湖邊舊隱序 · 101

書劍從兄詩序 · 102

風木遐思詩序 · 103

望思樓詩後序 · 103

河橋清餞圖詩序 · 104

貫孺人輓詩後序 · 105

東厓文集序 · 105

時軒文集序 ······ 106

龍塘王氏族譜序 ······ 107

筍江陳氏族譜序 ······ 107

贈潘東厓先生南歸序 ······ 108

贈王用儀南歸序 ······ 109

贈黃孟偉南歸序 ······ 110

贈邢秀才歸揭陽序 ······ 111

贈周秀才還江山序 ······ 112

贈張秀才還安福序 ······ 113

贈杏垣陶仲文還彭澤序 ······ 114

贈湖廣少參顧新山先生序 ······ 115

贈江西少參陳柏崖先生序 ······ 116

贈廣東少參徐克宏先生序 ······ 116

贈僉憲王君之任廣東序 ······ 117

贈僉憲林君之任湖廣序 ······ 118

贈柳州府太守陸君節之序 ······ 119

贈太守易嘉言之重慶序 ······ 120

贈太守莊青峰序 ······ 121

贈郡守洞陽顧公述職序 ······ 122

春江四詠序 ······ 123

贈陳德芳通判台州府序 ······ 124

贈黃汝爲序 ······ 125

贈興化府節推鍾侯考績詩序 ······ 125

陳紫峰先生文集卷七 ······ 127

序[二]十三首 ······ 127

贈葉仕堯尹新興序 ······ 127

贈陳朝譽尹臨安序 …………………………… 128

贈梁東之尹常熟序 …………………………… 128

賀朱墨溪得獎勸序 …………………………… 129

贈朱墨溪先生尹增城序 ……………………… 130

贈張净峰先生尹英德序 ……………………… 131

贈柴侯仲和序 ………………………………… 132

贈楊君一純序 ………………………………… 133

贈錢立齋述職序 ……………………………… 133

贈陳君伯玉受獎勸序 ………………………… 134

贈判簿鄧君序 ………………………………… 134

贈徐恕軒教諭從化序 ………………………… 135

贈司訓鄭石潭序 ……………………………… 136

贈司訓徐盟松序 ……………………………… 137

送項原孝分教武城序 ………………………… 138

贈府掾周邦憲還三山序 ……………………… 139

壽武翁制師序 ………………………………… 140

壽談翁文明序 ………………………………… 141

壽方矯亭先生序 ……………………………… 142

壽胡卷石先生序 ……………………………… 143

壽陳微庵先生序 ……………………………… 143

壽蘇朴齋先生序 ……………………………… 145

賀田均州治壽木序 …………………………… 145

陳紫峰先生文集卷八 …………………………… 147

記 ……………………………………………… 147

朱文公祠堂記 ………………………………… 147

碧溪陳公祠堂記 ……………………………… 148

石泉記	149
東園記	149
松澗記	150
北山記	151
劍溪草堂記	152
隘軒記	153
一寄軒記	154
新修晉江南路記	154

陳紫峰先生文集卷九 …… 156
書 …… 156

答潮陽蕭秀才書	156
寄秋官正郎黃孟偉書	156
與張克軒大尹書	157
與張大尹子伯喬書	158
與友人書	158
答朱墨溪書	159
與黃純玉太守書	159
寓金臺寄太守叔書	159
與巡撫臧公書	160
與陳台峰郎中書	161
簡張淨峰同年書	161
寓金陵與王石崗侍御書	161
與太守鄭思舜書	163
與南京吏部諸同寅書	163
簡潘僉憲書	164
簡季明德同年	164

又 …………………………………………………… 164
與雪松柴仲和書 …………………………… 164
簡邵端峰提學書 …………………………… 165
又 …………………………………………………… 165
答黃孟偉太守書 …………………………… 165
答錢立齋大尹書 …………………………… 165
與西江林親家書 …………………………… 166
啓安平柯親家書 …………………………… 166

陳紫峰先生文集卷十 …………………………… 167
疏 …………………………………………………… 167
乞改南疏 …………………………………… 167
乞養病疏 …………………………………… 167
乞致仕狀 …………………………………… 168
呈 …………………………………………………… 168
蔡虛齋鄉賢呈 ……………………………… 168
歌贊 ………………………………………………… 169
夜坐述懷寄少參謝松澗歌 ……………… 169
贈族弟子遷歌 ……………………………… 169
柏軒居士贊 ………………………………… 169
說 …………………………………………………… 170
伯喬仲瞻字說 ……………………………… 170

陳紫峰先生文集卷十一 ………………………… 172
誌銘 ………………………………………………… 172
東莞縣知縣陳君墓誌銘 ………………… 172
鄉進士璞齋劉先生墓誌銘 ……………… 173
林逸齋暨妻黃氏墓誌銘 ………………… 174

蔡處士墓誌銘 ………………………………… 175
　　張處士墓誌銘 ………………………………… 175
　　太安人趙氏墓誌銘 …………………………… 176
　　敕封安人侯氏墓誌銘 ………………………… 177
　　封太安人莊母李氏墓誌銘 …………………… 178
　　贈刑部主事莊公墓誌銘 ……………………… 179
　　洪處士墓誌銘 ………………………………… 180
　　潛深處士孺人陳氏墓誌銘 …………………… 180
　祭文 ……………………………………………… 181
　　祭味庸蔡公文 ………………………………… 181
　　又 ……………………………………………… 182
　　祭楊母宋太安人文 …………………………… 182
　　祭傅石崖先生文 ……………………………… 182

陳紫峰先生文集卷十二 …………………………… 184
　論 ………………………………………………… 184
　　斐然成章 ……………………………………… 184
　　食志、食功 …………………………………… 185
　　心如穀種 ……………………………………… 187
　　聖人所由惟一理 ……………………………… 187

陳紫峰先生文集卷十三 …………………………… 192
　正學篇 …………………………………………… 192
　　太始 …………………………………………… 193
　　大中 …………………………………………… 193
　　大化 …………………………………………… 194
　　大定 …………………………………………… 195
　　正則 …………………………………………… 196
　　大通 …………………………………………… 196

至感 …………………………………………………… 197

　　真會 …………………………………………………… 198

　　真蹟 …………………………………………………… 199

　　真順 …………………………………………………… 200

　　真反 …………………………………………………… 201

　　真乘 …………………………………………………… 202

　　元貫 …………………………………………………… 202

　　致一 …………………………………………………… 203

　　互養 …………………………………………………… 204

　　充類 …………………………………………………… 205

　　異端 …………………………………………………… 206

附錄一 ……………………………………………………… 208

傳記資料 ………………………………………………… 208

　　江西提學僉事紫峰陳先生墓誌銘 ………………… 張　岳 208

　　按察司僉事陳紫峰先生琛傳 ……………………… 王慎中 210

　　國朝明史儒林本傳 ………………………………………… 212

　　閩省通志 …………………………………………… 謝道承 212

　　泉州府志本傳 ……………………………………… 懷陰布 213

　　晉江縣志人物本傳 ………………………………… 方　鼎 214

　　陳紫峰先生黌宮特祠記 …………………………… 黃鳳翔 215

　　督學陳紫峰先生琛 ………………………………… 李清馥 216

附錄二 ……………………………………………………… 218

四庫全書總目提要 ……………………………………… 218

　　紫峰集提要 ………………………………………………… 218

　　正學編提要 ………………………………………………… 218

校點後記 …………………………………………………… 219

陳紫峰先生文集卷首

陳紫峰先生年譜原序

　　叔元自稍知章句，家君授以陳氏《淺説》諸書，且命之曰："紫峰先生之學，蓋得於吾祖木齋公及蔡虛齋先生，而仰溯乎紫陽，是閩學正派也。"小子臆而問之曰："夫學，天下萬世之學也，奈何系以閩哉？"家君笑而不答。

　　稍長，從學士大夫游，睹當世所稱理學者，大抵尸祝姚江，土苴紫陽，若對壘然。夫六藉之訓，要使人思而得之。思之愈深，則其得之也愈固。故有由、賜所不聞，而閔、冉聞之矣；閔、冉所不聞，而顔、曾聞之矣。又有終日與回言，而不筆於書者矣。

　　今不揣學力之淺深，不分根器之鈍利，而概哆之以知天知性之學，就使妙契畫前，神遊帝先，總爲玩弄光景，而無益於身心性情之實，矧愈講而愈失其真哉？《淺説》、《通典》諸書具在，繇其淺者而深思之，繇其通者而潛思之，迺知學士大夫果無以加於紫陽，而周禮之果在魯也，即系學以閩，奚不可哉？

　　紫峰先生出處大節，張襄惠諸名公業爲之誌若傳。而其季子敦豫君、冢孫復君，又倣《紫陽年譜》之例，裒輯成帙，而命小子叔元序之。昔子思作《中庸》，鄭康成以爲孔氏家譜。而《魯論》之譜《鄉黨》者，詹詹於衣服飲食爲粗而已矣。夫道無精粗，而譜顧有精粗哉？十五而志學，至於七十而從心，夫子之年譜，則夫子自譜之矣。《中庸》何精？《鄉黨》何粗？然則兹譜也，謂足以盡紫峰先生固不可，謂不足以盡紫峰先生亦不可。

　　後學李叔元頓首謹書。

陳紫峰先生年譜後序一

　　閩理學濬發自蔡文莊,而紫峰陳先生翼之。叔元竊聞於家嚴曰:"吾祖木齋公於文莊友也,紫峰師也。木齋公以史官在告,紫峰禀學焉,時年二十矣。文莊以銓曹在告,紫峰禀學焉,時年二十五矣。前輩不立講學門户,而淵源師友,非偶然也。紫峰贈文莊詩則諷以孤舟野渡,贈木齋詩則期以黄花秋色,而兩先生出處大節,若合符然。前輩師弟子相與氣味何如也,小子謹識之。"

　　紫峰純孝類曾、閔,見大符點、開,張襄惠之誌,王道思之傳徵矣。季子敦豫、孫復又倣紫陽之例,編年爲家譜,小子以班荆之末受而卒業焉。先生真人也,先生之學真學也。布衣擁臯比,而諸生負笈者,自江右、自粤,靡不心悦誠服,胡然乎?年三十餘薦于鄉,戀戀親舍,宜也,至感其同榜門人,亦依依師席,而不赴公車,胡然乎?四十登第立朝,僅一考,而先進、後進踵門請益,如山之岱,胡然乎?至冗者,權曹也;至咆烋而不可理諭勢禁者,中涓也。鼓譟數十徒而從容談笑,能使之逡巡謝罪,且却其餽而弗爲忤,胡然乎?海内識與不識,莫不知有紫峰先生,而與田父野老塾師游,若不知有紫峰也者,胡然乎?足跡不至府城,而民瘼吏隱必告當道,此自吾儒分内事耳,而郡邑有司捧片紙隻字若珙璧,胡然乎?

　　今之仰止先生者,翛然如孤岑淚鶴、千仞翔鳳,而先生當年猶之乎布帛菽粟也。小子括以一言,曰:"真而已。""鳴鶴在陰,其子和之。"君子居其室,而千萬里之外應之,真也。天地鬼神不違真,而况於人乎?蓋前輩有及見文莊者,曰:"與虚齋先生坐半晷,則胸中半晷聖賢也。"有及見紫峰者,曰:"紫峰表裏洞徹,似青出於藍。"

　　嗚呼!叔元不及見文莊矣,亦不及見紫峰矣。竊以意度之曰:文莊其鍊後金乎?紫峰其璞中玉乎?敬請正於有道,何如?

　　後學李叔元頓首再書。

陳紫峰先生年譜後序二

英雄豪傑繇來以當意氣壯烈之士，斯道亦有之。孟子作七篇，述仁義，其發明辯難，有排山摧嶽之風，此真英雄者也。琴張、曾晳、牧皮其心事，磊磊落落如太空無雲，而春風可習，此真豪傑者也。

吾泉郡先輩德行、文章、氣節可謂盛矣，最著莫如蔡虛齋、陳紫峰二先生。虛齋謹密精微，涵而揉之，而不見其端。紫峰光霽峻潔，融而超之，而莫得其跡。蓋虛齋聖門曾、閔之徒，而紫峰琴張、曾晳、牧皮之侶也。聖門而後，其悠然溫厚者，莫如陶元亮；其脫然瀟洒者，莫如邵堯夫。紫峰先生殆欲兼之。先生自其布衣時，則已亢自矯厲。入仕三年，世利齔無磷淄。告滿得恩以榮其母，便掛冠歸養，聲名特達，朝命屢下，堅卧不出，卒奉菽水，終厥天年。林居二十餘載，粃垢塵俗，飲酒賦詩，飄然有物表之致，而卒歸之精義正學，可謂風舉雲停，鴻飛鳳立。嗚呼！先生於古人真豪傑之士矣。

先生冢子敦履躬行實踐，無愧先生，嘗有志修先生年譜而不逮。季嗣敦豫屬稿未就，先生家孫復乃與同志考核論次，又請蘇君民乎、李君叔元重加削訂，復使遠卒其業。遠皓首老大，於虛齋與先生，望之不得其津涯，序先生年譜，不覺爽然自失也。

後學何喬遠頓首謹書。

陳紫峰先生年譜後序三

此紫峰陳先生之《年譜》也。光縉生也晚，不及事先生，而竊讀先生之書，蓋儼然有羹牆之意，私心猶嘆其未竟。及得先生之《年譜》，而反覆窺之，然後知世之貌先生，未易以區區語言文字盡也。

縉謹按先生之譜，其在經生時幾三十餘年，其掛冠謝事者二十年。迺其纓藉之後，遷徙於南北曹郎間，刑而户，户而吏，僅五六年，而先生遂請將母以去，隱不復出矣。先生居官之日少，而去位之時多。且當筮仕之初，南曹多暇，功業無所表見，而僅見於榷淮安關務。是官非先生所樂居，第令無浼而已。

先生進無得於事功獻爲，退而樂道教人，往往發之于文章。其生平之精神學問，疑盡在《淺說》《通典》二書。然先生不云乎，"余所談未盡管中見，必細論顔子之所謂彌高彌堅者，而後至也"。然則先生之深造可想矣。先生之學，不尚口耳，不離日用。捧持一敬，而歸本之于人倫孝弟，造履平實，天趣圓融。與門人弟子相問答，隨叩隨鳴，徹上徹下，而嗒然有以相忘於魚兔筌蹄之外，不爲訓詁詞章所拘縛，而其精者乃在於身心性情之間，其大者則見于去就進退之際。道闇然而日章，俗學未之識也。

先生自初第時，即無意于仕進，屢疏求退。既退，被召，竟不復出，人始以先生爲不欲仕。夫先生非不欲仕也。譜記先生徙官之南，張襄惠公祖而送之。先生臨別握手語曰："《北風》、《雨雪》之詩，吾兄得無意乎？"嗟夫！先生豈無故而求去？亦豈無故而率人以去？其感憤時事，早知遠害之旨，隱然見於言外，寧但以其親隱而念母不置也？人莫知先生之所以去，先生亦不以其去之故語人。其後朝紳多被禍者，先生獨飄然於繒繳之所不加，即襄惠公其初未之信，迨事後之悔始深，自媿先生爲不可及，此先生之所以卓然獨高也。

襄惠公稱先生求仁而得，時哉屈伸。蘇紫溪公之傳先生，謂："有得於《乾》初之潛。"夫仁者當理而無私心之謂，潛者成德爲行之謂。孔子不以仁與由、求、赤之仕，而賢夷、齊之去。潛之爲道，樂行憂違，確不可拔，惟深潛純粹之人能當之。兩先生豈溢美哉？令先生之道無以爲世用，又或有意于去，未忘于出，縱不有藏拙梯榮之心，亦不能無幾微係戀之累，則亦安所稱仁，而于潛亡當矣。

道術破裂，異學並興，人多詭說奇行，借筏竺乾，竊壇鄒魯，偃然以師席爲盡在己，而道學之名，反爲終南之徑。經生學子又從而採摭其說，以應有司科目之求。朱考亭之註疏，幾爲室戈者之的，屢煩功令禁之而不能止。夫然後知先生之書，大有功于學者，其名"淺"名"典"，良有深意，即先生終身行未離乎是矣。讀先生之書與譜者，於先生之風，儻其亦有興乎。

後學李光縉頓首拜譔。

陳紫峰先生年譜

明憲宗成化十三年丁酉，十月十六日庚戌，戌時，先生生。

先生諱琛，字思獻，紫峰其別號也。世家晉江青陽山。有天祥者，仕宋監簿。元孫若濟，號碧溪，始定居涵江。碧溪五世孫體成，號質齋，先生父也。娶吳氏，皆藹藹齊德。是歲，館于涵口橋北林家，而先生生焉。十月辛亥，十六，日庚戌，時丙戌也。雙眸炯炯，秀遠而威，玉色金聲，方口而美髭髯。手紋如亂絲，當胸有紅痣三四寸。

十七年辛丑　　五歲

始入小學。

受業于封評事默省季公鳳舉。動如成人，書帙無捲摺。一衣一履，終歲如新。

十九年癸卯　　七歲

先生少小即儒氣道風。尋常應對，皆成節奏。默省試對云："醜貌之人羞對鏡。"先生應聲云："潔身之士願乘桴。"一座驚異。叔高州太守敏齋公嘗語人曰："是兒大異凡兒，必大吾宗。"

孝宗弘治元年戊申　　十二歲

三年庚戌　　十四歲

在郡城，從諸葛先生駿習舉子業。嘗作《賢哉二大夫論》，語爽韻協，如賦如頌。厥後登第，未幾，即賦歸去。人以爲少時一對一論，不濁於俗，殆其讖云。

七年甲寅　　十八歲

秋九月，丁父質齋公憂。

九月三十日，質齋公卒，享年五十。先生年甫十八，執喪一依《朱子家禮》。貧不能葬，權厝于橋頭山敬齋公兆側，歲時省視，悲呼而去。

九年丙辰　　二十歲

受學于李木齋先生。

木齋先生時以翰林檢討下(丁)外艱,教授于學宮。先生從之游,卓有志於聖賢之學,題其柱云:"發憤三年,須是不爐不扇;把持一敬,莫教愧影愧衾。"《程子遺書》、《朱子文集》,皆摘抄成卷,朝夕潛玩。木齋先生少許可,獨於先生亟稱焉,批其文曰:"光輝射牛斗,雄壯倒崑崙。有此學力,允愜予望。"

木齋諱聰,字敏德,經術行誼爲時所推。登弘治庚戌進士,以翰林出輔吉藩,以剛正舉于職。正德元年,疏乞歸養。尋詔起用,竟不應。蔡虛齋稱其有"堅忍之志,遠大之識,信謹之行"。學者稱爲古李先生。所著有《易經外義》、《發凡剔要》《鑑斷》若干篇,蓋先生道學所自來矣。

十年丁巳　　二十一歲

讀《易》于資壽寺。

閉關兀坐,不出户庭者累月。

十一年戊午　　二十二歲

應福建鄉試。

以儒士第二名應試,落榜歸,慷慨自若。有詩遣懷云:"長使心間涵水月,不妨面上汙埃塵。"又云:"眼界乾坤三萬里,胸襟風月百篇詩。"

十三年庚申　　二十四歲

嘉禮成。

娶王氏,郡廩生明齋公福季女,鄉進士一臞先生宣之妹也。一臞爲虛齋高弟,敦行好古,獨推重先生,故以安人許焉。安人少孤,依母董氏。每聞一臞讀書,輒問其旨,一臞以《小學》、《內則》語授之。比歸先生,斥奩具,拮据營辦,以給朝夕。先生處窮處達,而無內顧憂者,安人相之也。丁公自申稱安人"寧靜專一,有以養先生紬繹之思;食力甘貧,有以充先生卓厚之氣。欲知先生者,宜并有考於安人"云。

十四年辛酉　　二十五歲

受學于虛齋蔡先生之門。

虛齋先生時以南吏部郎中終養歸,一日得先生文於木齋所,嗟異久之。木齋曰:"此吾徒也。"虛齋曰:"吾得此人爲友足矣。"遂詣所館,屈行輩與爲禮。先生遜謝,乃執羔幣,以師禮事虛齋。虛齋曰:"吾所爲沉潛辛苦而僅得者,以語人常不解,不意子皆已自得之,今且盡以付子矣。"又語人曰:"吾嘗以清源、紫帽,屹峙南北,効靈毓秀,當有名世之士出乎其間。陳子其人夫,陳子其人夫。"

是歲,以儒士首名,與一臞先生及襟兄粘公燦,同應鄉試。

十六年癸亥　　二十七歲

南安王閒齋疇延先生西席,《四書淺説》起稿於此二年。題其柱云:"隨柳傍花,心樂敢希程伯子;夏涼冬燠,窝居竊比邵堯夫。"

冬十月,長子敦履生。

十月二十日也。敦履,字德基,邑庠生,以齒德舉鄉賓。長孫復,其子也。

十七年甲子　　二十八歲

郎中傅石崖浚延先生于錦田書舘,遣子機從學。機後第進士,官大行,以苦節純孝著名,其淵源蓋有自云。

是秋,以儒生自(首)名,同一臞應鄉試。一臞中式,先生爲聯賀之云:"賢才用世皆由此,科目得人不在多。"

十八年乙丑　　二十九歲

虛齋將之京,先生送以詩云:"清源紫帽兩相雄,萬仞誰人在此中?已喜是非能自信,肯將語默與人同。孤舟野渡時將晚,一枕東窗日正紅。今日忽經離别遠,何時再把好顔容。"虛齋籌度未行,而江右督學之命下矣。

武宗正德元年丙寅　　三十歲

從虛齋先生往江右。

虛齋督學江右[①],邀先生同行,教其子存微、存遠等。先生曰:"有母在。"虛齋即躬詣涵江,白太安人,得請以行。道經鵝湖,思晦庵、象山之異同;舟次彭蠡,仰匡廬白鹿之高遠,所學益進。

夏四月,至洪都,疾,就醫于彭澤。

至洪都,痞氣大作。虛齋視之曰:"是水火未濟也,不可以付庸醫。"亟請彭澤陶仲文視之。仲文曰:"先生之疾,非藥所能愈;區區之術,非醫所能窮。"蓋有不醫之醫,無藥之藥焉。因固請至彭澤就醫,月餘而愈。

五月,回洪都。

至官邸,虛齋另築一小軒,以居先生。朝夕講磨,不及他事。藩、臬慕先生者,爭投刺請見,先生未嘗往焉。會虛齋試南昌,諸生以試卷就先生品題,拔舒芬、鄒守益、夏良勝等,寘之首選。時芬等猶未知名,士論譁然。一日,諸生大集省下,虛齋邀兩司會考,兩司固請先生出與諸生會文,論"目心如穀種"。先生援筆立就,兩司及諸生無不嘆服遜避者,赫然名動江西。虛齋曰:"舒芬必大魁天下。若吾陳子,才學當居會試之首。"後皆如其言。又嘗作《斐然成章》、《食志食功論》及《葉公問》數策,虛齋稱嘆不已。每食,置案上,令二子朗誦數邊,而自擊節和之,以爲快云。

《正學編》成。

是編刻入《今獻彙言》,家無遺稿,疑在江右時作也。萬曆乙未,督學洪公啓睿始爲序而傳之。

二年丁卯　　三十一歲

秋,自江右歸。

虛齋命存微邀先生歸應秋闈,遣一皂從行,諭之曰:"善事陳相公,他日必居吾此座。"又以其歸之遲也,貽書督學推薦之,先生不知也。至三山,存微以告,先生曰:"此固尊公雅意,但得失有命,而借援以進,於心不安。"遂取燭焚之。

三年戊辰　　三十二歲

設講席于邑學宮。

虚齋丁卯冬致仕歸。是年，復遣存微等從學，四方來學者百餘人。若吾邑洪助教開、張司訓志發、朱文學延彥、族弟侍御讓、文學良節、同安黃郡伯偉、江山周節推積、鄞錢縣尹乾、潮陽蕭貢士良球、揭陽邢貢士照之其著也。先生日登講座，先用鄉談，次用正音，不事艱深隱僻，只就聖賢口頭語，而以胸中所自得者發之，隨才而授，道理躍如。虚齋至期輒潛詣講所，默聽之，講畢，則相與討論，取所授講說看閱、參訂而歸。

《易經通典》成。

《四書淺說》成。

時執經問難者衆，先生日授數章，以示諸生，體貼經傳，窮極理本。聽者聳然心悅，札記以繡諸梓，盛行一時。《論語淺說》止於"顏淵喟然"章。至辛未年，寓行春門樓，迺連《下論》湊補成書。未幾，災于火，而家傳無全書。涿州守王師性，故門人景昇子也，道："原有《下論淺說》註，在書之上。"即家求之，則先爲人持去，匿而不還矣。今所刻者，門人何綱之說，採《蒙引》而補焉者也。

先生嘗答門人潮陽蕭良球書云："所抄去《易經》、《四書淺說》，皆從遊朋友私記大概，未足以盡區區管中之見。僕短於記誦，平日讀書，獨觀大意，得其意，則雖文詞之出於古人者，亦時忘之。至於科塲時作，則固不暇觀矣。故朋友中有以舉業文字相索，非知僕者也，然亦不敢自謂不曉舉業也。間有以經義論策見訪者，稍稍爲之去取，亦皆笑曰：'幾得其會通矣。'然欲就區區之困廩而傾倒之，則又無片紙隻藁可以膾炙于時，蓋雖知之而不樂爲故也。"

侍御公讓曰："虚齋《蒙引》得聖學之精深，間有意到而言或未到，及其所獨到，可以發晦翁之所未發。先生《淺說》得聖學之光大，意到則言無不到，及其所獨到，又可以發虚齋之所未發。《蒙引》可以易箋註，《淺說》可以備講讀。"

漸溪曾公仲魁曰："學《易》者，不可一日無《易傳》、《本義》，則不可一日無《蒙引》、《通典》。《通典》之有功於《蒙引》也，猶《本義》之有功於《易傳》也。蓋《易傳》言乎其體也，《本義》則推其體而致之用也；《蒙引》言乎其詳也，《通典》則約其詳而反之要也。均之羽翼聖經，有功來世。"

秋九月,送別李木齋先生之長沙。

木齋自翰林出爲吉府長史,將之任,先生上木齋書云:"行藏之具,高明有素。今日之行,蓋出於不得已也。親友會別間,亦有知吾先生之意者乎?"贈詩云:"天地徒勞混更闌,紛紛萬古總塵埃。我思陶令有高識,誰嘆賈生屈大才。白髮暫將秋色去,黃花應候故人來。月明笑拂松根坐,淺酌微吟亦快哉。"又云:"今日滿城無風雨,明朝馬上見南山。胸中一段悠然趣,付與孤琴不用彈。"又云:"寒澗水清舟去漫,荒村路細馬行遲。前程有道憑誰問,一卷羲經是故知。"時重陽前一日也。木齋得詩大喜,曰:"吾子可謂深知吾心矣。"

十二月,哭虛齋先生于喪次。

是月二十三日夜,有星墜于邑之西,虛齋没,先生哭之甚哀。

四年己巳　　三十三歲

春,設講席于月臺寺。

從游聽講,倍于學宫。

請祀蔡虛齋先生賢祠。

呈云:謹按南京國子監祭酒虛齋蔡先生清,規圓矩方而操履端正,春風和氣而德性溫良。名聞四方,學推一世。隨文精研,細入繭絲牛毛;掩卷潛搜,妙造天根月窟。無疑不解,有得則書。雙幹分條,始由一而至萬;百川到海,終合異以爲同。豈特仰高鑽堅,實亦升堂入室。口説具在,見平生之學術有徵;筆迹終傳,卜身後之事功不朽。雖其謙云初稿未定之見,僅可引蒙,然間亦有先賢未發之言,何妨立教。詞取達意,粗亦寓精。皆嫌布帛無文,豈知菽粟有味?熟玩皮膚訓詁,始信名儒之不守專門;遍觀聲律詞章,深羨壯夫之不爲篆刻。精力皆費於有益,體用直窺乎一原。雖立言之人亦多,而聞道之言自别。使逢陸子静,則支離徑約不免鵝湖之異同;若遇朱晦翁,則品第稱揚未論北溪之優劣。如此名流,宜膺獎錫。

秋七月,應巡道宗公西席聘。

先生在月臺,從者益衆。分巡福寧道僉事宗公璽慕先生名,介傅公浚請教其子,而具書幣遣節推沈公珂來迎。先生不受,宗公媿之,即躬詣舘固請,先生始就聘。是日,陪賓筵者乃傅公浚、林公潮二大夫也。先生分庭抗禮,屹然上坐,自論道講學外,無語及私。布衣節概,人人歎服,宗公甚雅重之。

　　貽友人王閒齋書。

閒齋以貢士授常寧訓導,將行,先生貽書云:"青衿之慶,竊爲知己不樂者有三:一曰時未得子,二曰儒官不大自見,三曰薄田數畝無待俸餘。"閒齋遂乞休。越年,子承箕生。先生代名曰承箕,又爲公號閒齋云。承箕後爲沅州守。

　　送門人邢照之還揭陽。

序云:東廣揭陽秀才邢生照之,千里裹糧,來予館中。問予詩,予不能詩;問予文,予不能文;問予疑義,予不能章句講解。歲暮,告歸。以遠來未有所聞爲歉,予告之曰:"吾饑焉當食即食,渴焉當飲即飲,困倦焉當睡即撫枕而睡,睡足焉當起即整衣而起。徐徐焉而行,安安焉而步。不能詩,亦取古人之詩,如陶靖節之平淡,邵堯夫之閒適,而時歌詠之,而不暇及於李、杜、黃、陳之高吟絕唱。不能文,亦取古人之文,如周濂溪之《太極》,張横渠之《西銘》,而時誦讀之,而不暇及於韓、柳、歐、蘇之雄文大筆。不能章句講解,亦取程、朱之四書、五經傳註而時覽觀之,以會聖賢之大經大意所在,而不暇及於陳北溪、饒雙峰諸先生之疊牀架屋、至簡至易、自暇自逸。值風則與之俱清,值月則與之俱明,值菊花之黃,梅花之白,則飡英索笑而與之同其臭味。學士大夫、田父野叟,亦或有時焉相值,則與之談論古今。談及太平,則欣然而笑;談及衰否,則戚然以呼。談及大賢君子之經綸設施,英雄豪傑之叱咤馳騁,則感慨發憤,踴躍若狂,直欲盡吸西江之水,而時吐之於壁立萬仞之崖。初不知其愚訥迂拙,而不適於時世之取用也。吾之所以爲吾者如此。吾告吾子,亦止於此。書此贈歸,藏之篋中,三年然後出而觀之。又三年,覺其言之太繁,然後卷而棄之。"

　　送門人周以善還江山。

序云:閩山之巍然而高者,莫如武夷,幽絕殊勝,神仙居之。草木之生乎其間,亦光采特異。有丰骨峭奇穢人世不居,飡霞服日,期欲長生久視,望景上友者,往往問津求至焉。余少慕之,以道遠未能到。

正德丙寅春,虛齋蔡先生往江右督學,因從行。至閩江,御輕舟上泝。值灘石紛錯廉利,崎嶇廻曲,窮力攀挽,不得徑前者累日。忽夜半震雷大雨,別潤細流滾滾,奔騰赴會,大溪驟漲,亂石俱平。予揭帆視之豁然。舟子顧予曰:"此建溪也。武夷在邇。"於是繫舟竹陰,沽酒自勞。雲收日麗,微風過之。酒酣興發,叩舷歌曰:"渺渺兮人生,堂堂兮春去。翹首兮望山,武夷兮何處?"溪畔有行客大聲歌應曰:"一朝夢寐兮頓醒,十年蹤跡兮徒勞。眼看實地兮立脚,聞道泰山兮更高。"予聞而異之,邀與同舟。問其居,曰:"江右信州之西,有巨陵特起,陁然如象。吾結廬於其陵之巔,奇峰萬叠,皆來獻狀。後帶二溪,流入彭蠡。坐望彭蠡之渚,則見其混涵太清,茫無界量。而蒙衝巨艦,順風揚帆,瞬息可以千里。視此武夷山下,川流派別,而遲遲鬱鬱以進其舟者,其難易大小,何如也。"

予笑曰:"予既知泰山之高,而何不知彭蠡之未足爲大也。大莫大於海。混涵之湖,派別之溪,始雖異而終則歸合于一。故曰:'登泰山而小天下。''觀於海者難爲水。'然泰山之高,未易登也。或自武夷,或自象山,皆可以望而見之。東海之大,未易觀也。或自建溪,或自彭蠡,皆可以漸進而徐達焉。得所入而求底于止者存乎人。入此則右此而抑彼,入彼則右彼而抑此,皆有所繫而未見其大者也。"客無以答。

浙東三衢周生積從予遊,見余談及山水,欣然喜,若有志於其間。且嘗道其兄、今莆陽尹以仁君,亦雅有山水之趣。歲暮告歸,其同游諸友圖吾閩山水爲別,予因取畫筆直叙昔歲與客問答之言爲贈。暇無人處,焚香默坐,出一再閱,則水光山色將融入方寸間,而發其遐思也。

復沈節推書,論振作士氣。

略云:好善忘勢,古之賢者皆然,何獨於執事不然?況今士氣委靡,但知有貧富貴賤、禍福得喪,不知士之爲士,可寒可餓,而不可輕忽。故曰"志士不忘在溝壑"也。嗚呼!古道不可復見矣,士氣之衰,不可復振矣,其所關亦豈少哉?非高識遠見超于時俗者,其孰能作而養之,使簪裾厮養頓殊耶?

十二月,葬祖母林氏父質齋公于秀林山。

先是,虛齋校士江右,閱周天章一卷,知其善堪輿也。果然,邀之來泉,秀林則其所擇者,虛齋以屬先生用之。

五年庚午　　三十四歲

春,館福寧道。

秋,舉福建鄉試。

以儒士首名應試,本房教諭豐城陳公梁見其文驚異,語御史王公注,宜置首選,竟以外簾不合,列七十七名。揭曉之日,尚書見素林先生俊至,御史延之鹿鳴。見素指先生名賀得人,御史驚嘆曰:"向非陳君,幾失此子。"諸考官動色相賀。

冬,侍養母疾,不赴公車。

同榜門人黃偉見先生不往,亦不往,而就館講學如儒生時。

六年辛未　　三十五歲

春,寓泉城行春門樓。

冬十月,仲子敦艮生。

十月十一日也。敦艮,字德止,游國學。孫倈、衢、衛,其子也。

貽書張克軒大尹,請寬六里陂夫役。

書云:仁,生理也。庭草交翠,陽之動也,此濂溪先生作圖之本也。故萬物得所謂之春,一夫失所謂不足以盡仁。伊尹、周公之相天下,龔、黃、卓、魯之治郡縣,貽芳傳美于丹青,而不能使之朽者,非有他道也,完養其方寸間之生生者耳。

敢悉愛一達。敝都有六里陂,上承九十九溪之水,下潤數萬餘畝之田。躍金沉璧,則萬姓笑歌;赤地滔天,則一方憔悴。其所繫蓋不少也。舊時官設陂夫四十二名,夜則巡行溪潦江潮,晝則補砌長湄巨岸。衝冒風雨,出沒波濤,其勞亦云甚矣。其受役者,皆丁力貧寡,昏懦無告之人也。蓋其爲力甚勞,而又有三年之苦。夫以至愚極困之民,當最勞最久之役,已爲可哀,而該都里長之姦猾

13

者,又欲要其酒食之盛,然後爲之呈禀准役。不爾,則雖有明文下帖,無由達于父母之庭,盡棄前功,復編新役。欲告訴,則目澀舌頑,見吏胥則魂驚膽落,徒爾呼號天地,默説艱難。無可奈何,典其風日不蔽之茅;甚不得已,鬻其乳哺將成之子。此皆目見,實亦動情;匪有希圖,爲之改釋。伏惟興哀於無用之地,垂德於不報之所。不日編排已定,務使枯槁復回。則豈惟召伯之棠,百年春茂;行見燕山之桂,五折秋香。

作《伯喬仲瞻字説》。

伯喬名崧,仲瞻名巖,邑大尹克軒張公廡之子,冠而字之,先生爲之説。略云:論士於今之世,而定其高卑,必其勵進退大節,破名利兩關。言峻而行不洿,貌古而心無俗,亦庶幾乎。喬出而足瞻也,則與之游於塵埃之外,而細論夫顔子之所謂彌高者。若夫記誦詞章,基無尋丈,而臨深以爲高者,吾不與也。

七年壬申　　三十六歲

講《易》于開元寺。

八年癸酉　　三十七歲

作《邑庠講堂十咏》。

先生少許可,獨愛朱墨溪文簡,故爲之題十咏。後又贈詩云:"遠大有期須實地,分毫無益是虛名。平生胸次何涇渭,偏爲先生眼作青。"

夏,北上赴公車。

同行王一瞿、黃孟偉。

秋,至京師。

入太學。

九年甲戌　　三十八歲

春,會試禮部,南歸。

十年乙亥　　三十九歲

與門人黃孟偉書。

孟偉既登第,官比部。先生寄書略云:"古人不以仕廢學。剖决紛瑣之暇,亮必卻律例、前經史,以養道心德意,而時出其意於法律拘束之外。雖官以秋名,而春固自在也。"

秋七月,寓小丹丘。

小丹丘在金粟洞之下,古元室之頂,小屋三間。先生顧而樂焉,因讀書其上,弟讓公及子敦履從。至丙子秋迺歸。

十一年丙子　　四十歲

冬,赴公車北上。

同行曾漸溪。日間舟次,酒二壺,《淺説》一部。漸溪涓滴不入口,侍談竟夕無惰容。

十二年丁丑　　四十一歲

春正月,至京師。

二月,會試禮部。

先時舟次臨清,遇一監生,浙人也,傳翰林所擬試目,諸公多夙搆者,先生獨不作。及試,果合,搦筆搆思,移時而成。三塲值大風,坐龕欲壞,迺命守舍卒捧硯立書,不加點竄。出試院書懷云:"萬里東風拂面來,群英肆筆掃浮埃。豈無經濟酬當寧,定有光芒燭上台。侈美未多張詠榜,掄真肯數子雲才。家僮全不知人意,只報燈花夜夜開。"

登會試榜第八名。

大學士靳公貴爲總考,本房編修尹公襄得先生卷,以爲造詣精深,出舉業蹊徑之外,宜置首選。靳公反覆數遍曰:"信然,必出陳白沙門下。不然,則蔡虛齋。"批其卷云:"學識才氣,俱出人意表,置之前列,允當。"尹公批云:"《四書》、《易》義,説理精詳,論雄深雅健,變態自然,已超時文一格。五策隨觸而發,議論卓絶,若不屑屑於尺度間者,而光彩爛然,使人目奪心驚,不敢逼視。蓋其蓄之厚,故出之餘裕如此,諸士孰能先之?然窺子志識固天下士也,儒者體用之學切有望焉,亦可爲明時得人賀矣。"比拆號,迺先生也。是時傳虛齋之學已有聲,衆咸服二公知人云。

三月,廷試,登舒芬榜二甲進士,觀兵部政。

故事,舉子登第,則候謁舉主,行門生禮。先生未及謁,而尹公則先自見之。比選館,同儕皆以詩文先生餘事,則靳、尹二公知己,度必得之。先生辭,不赴考。

寓慶壽寺。

與同郡同年净峰張公岳、次崖林公希元寓慶壽寺,以道義相期許,而净峰猶篤。對榻疎燈,講《易》至夜分不輟,四方從游者甚衆。大理卿劉公玉遣子來學,今刑部郎中憲、參政慤是也。衡陽劉公懋每伺先生講《易》,潛入傍舍,傾耳以聽。先生覺之,笑曰:"子果有意乎?吾與別講。"劉知先生有霽霽意,嘗夜至先生館,或邀先生至其館。番禺王公漸逵、句容王公暐、上海朱公豹,每值月夜,具疏酒,邀先生講《易》,論道,談文,説詩,久而不倦。王公漸逵歸娶,先生送之,文曰:"長松巨柏,不用爲宗廟之棟樑,而用爲廬舍之榱桷,不可謂不用也,特用之小耳。人大而吾用之小,是棄人也;吾大而吾用之小,是自棄也。自棄是棄天也。"其相勉勵之意甚厚。

三疏乞歸養,不行。

先生以母老乞歸養,疏凡三上。吏部諸公相□曰:"是有學者,方將大用,可使去耶?"三疏皆不允。

貽書叔敏齋公論宗事。

略云:故家子弟,惟讀書力田。無田,則擇商賈之安穩者爲之。子方之里長,德孚之老人,德良之社師,又其次也。若吏則決不可爲。十一兄老矣,可分付德謙勿耕寺田,恐他人久假積負者激極生變,官府發憤,不及致詳耳。祠堂內祭田須分付諸弟侄公勤者掌理之。以費剩之租,贖舊典之田,贖完亦可多積創增。吾陳氏有涵江二百餘年,猶相扶持聯屬,不失儒雅舊家,正以祠田數畝猶存,而孰昭孰穆,猶時時會序,不敢廢也。而族中一二,猶欲微侵兹穀,以濟一時之急。所濟有幾,衆效群尤,漸就荒廢,是猶竊勺水以潤枯葉,而暗中自拔其根也,衹速其枯而已矣。

十三年戊寅　　四十二歲

夏四月,授刑部山西司主事。

先生以律例不精,無以斷獄,日夜考究刑書,而時出於法律拘束之外,疑獄得從末減,所平反甚多。

送林君信使江西。

林沙溪名潮,字君信。爲侍御,將往江西刷卷,先生告之曰:"蔡虛齋先生謂寧王有異志,近寖不佳。君往江西,到任,便須出巡,駐節南康、九江等府。遊鵝湖,登鹿洞,一應宗卷,概帶來審,緩觀熟察,豫爲之所。若常在省城,必爲所牽制,不得自由。小詩奉別,蓋有深意,君其思之。"沙溪不聽,卒染宸濠之難。廼思先生先見,歸田後,常掛詩于壁以志悔。詩云:"劍鋒耿耿逼虹霓,高枕時聞半夜雞。騰踏忽驚空冀北,激揚先喜到江西。鵝湖水滿魚争躍,鹿洞雲深路不迷。如此湖山閑一賞,就中便有上天梯。"沙溪歸,先生又贈以聯句云:"赤狐黑烏,口舌張皇猜柱史;青天白日,園林瀟灑見沙溪。"

十四年己卯　　四十三歲

春二月,疏乞改南,以便養親,遂調南京户部雲南司主事。

先生以寡母在堂,年踰七十,加以時事可憂,歸與之嘆,每形諸夢寐。嘗自咏云:"得官更覺貧中味,經事方知静處功。"又云:"望遠可堪雲隔水,思歸更有日如年。"又云:"白髮愁邊争出早,青山夢裏欲歸忙。"至是,上疏乞改南。臨行,張净峰祖餞崇文門。先生告之曰:"《北風》雨雪之詩,吾兄得無意乎?"未幾,武宗將南巡,净峰以諫被杖繫獄,廼嘆曰:"紫峰其真知幾者耶?"

夏六月,至家。

取道歸省太安人,因請南京就養。太安人不欲行,遲遲起程。莊太守科以書勸行,謂:"限期方嚴,恐貽後悔。"先生批其書云:"此正合我意,何悔之有?"

十五年庚辰　　四十四歲

春三月,之南京。

《過大義江，夢得詩四句，足成一首》："春風纔見百花新，轉眼離披又惱人。杜宇聲中長致意，逍遥谷裏可容身。養真最愛圖南睡，安分寧憂原憲貧。寄語家僮多種秫，秋來吾欲醉鱸蓴。"

夏四月，至南京。

署中無事，出則與同志諸公談道賦詩，入則掃榻讀書，其於世味紛華，泊如也。王安人侍太安人在家，宦邸家僮只供酒埽奉筆劄而已。有《南都即事詩》。

秋，奉差監淮安鈔關。

李木齋先生訃至，爲位哭之。

十六年辛巳　　四十五歲

春，至淮安。

《夜坐書懷》云："欲借春風一解顏，春來正在舳艫間。嚴持酒戒偏能飯，稍放書程亦自閑。心裏有天堪白日，眼中何地不青山？千週未了參同契，一炷清香坐夜闌。"

革弊寬稅。

先生督舟稅淮安，嚴水閘啓閉之禁，以革私弊。小舟舊不由閘，從旁梁往來者，悉弛其征，人皆稱便。而漕院之撫淮安者，微欲有所干撓。先生移辨甚力，略云："各處鈔關，各自設法，前後相襲，謂之舊規。若淮安，則更紛冗瑣屑，不能枚舉。僕自領劄付時，亦嘗細問諸同寅之舊爲是官者，而寫記于簿，廼出南京，非特至此始輕信左右之惑，而生事以擾民，非特擾民，亦自擾也。且雖有是舊規，亦未嘗一一遵依，臨時斟酌，務寬分數。如先告改剝者，或收其半，或收其三分之一。或苦告艱難，則亦全免。但不來告，而先自剝者，則不特收其全料，而且有微罰矣。蓋革弊貴嚴，而算課欲寬，但不敢太寬耳。若論王道之純，則鈔關可以無設，而洿池數罟，亦豈仁者之所忍爲？此所以古之學道君子，不肯爲條例司官，必盛德如程明道，廼能不以爲浼，而庸拙如僕者，將如之何哉？兹正額不虧，而多取贏餘以爲功，吾不忍爲也。"

卻内官饋花石。

正德末年,中貴烜赫,有淮安鎮守太監縱牙卒横行,私與人過關不納稅,過國計門不下馬。先生繩之以法,太監怒,擁卒數十,突至先生所,欲加以無禮。先生勁氣直詞折之,所帶刀劍盡奪之,太監屈服。已而多方捃摭,雖隻料匹稅,亦無法外者,益用歎服,饋花石數十朵以謝,一無所受,竟置之法。

與諸生論學。

先生雖日在錢穀中,而退食之暇,手不釋卷。諸生時來請益,則與之剖析經傳,俾知所用心。嘗與陳台翁書云:"僕初到淮,殊厭俗冗。近日漸漸熟而安之,亦自忘其勞矣。日間不暇,暫於燈下尋剔舊蠹。《易經》、《四書淺説》乞擲下,以有十數秀才,時於夜間問難故也。"

秋七月,調南京吏部考功司主事。

先生自己卯疏乞改南,三年無一字入京。吏部戴選郎時宗云:"紫峰淮上清節,真不愧生平。近者考功之調,清地、清曹,不負清人,所就當日深矣。"

十月,自淮安赴考功司到任。

先生在淮將一年,解額之外,分毫無染。稍有贏餘,則貯廩以備公費。比歸金陵,篋中圖書而已。在考功,清曹無事,益肆力學問,删正《淺説》,學者造門請業,户屨恒滿。張净峰云:"吏曹清暇,歛其平日識見議論,而一味静養,獨到之妙,蓋有非人所知者,殆造物者以是資先生乎?"

世宗嘉靖元年壬午　　四十六歲

考察例有題目,先生以菜根命題,諸作無乃意者。先生做一冒子:"天下有不味之味,而至味存焉。非知味者,孰能識之?"少宰朱公希周敬信先生,考覈悉咨決焉。一時名賢,如工部尚書吳東湖公廷舉、大理寺卿陳石峰公琳、左庶子方矯亭公鵬,皆朝夕議論,從學之士,日踵至。如鴻臚卿嘉善陸琯,永康令嘉定金洲,進士臨朐馮惟健、惟重,真定秀才劉堪、孟盟、曹評、危邦傑,其著也。

爲大司空吳公題東湖書院。

吳公建東湖書院,以"克己復禮"、"定性事天"、"常默守愚"等爲扁,請先生題咏，凡三十四章。東湖云"先生之詩，各有理趣，各足意咏，可與朱、程性理詩並傳"云。

　　與吴東湖論出處。

　　東湖疏乞歸田，而猶掌户部印。訪於先生，曰："生仲冬初旬，即欲解任歸里，而留都諸老勸候俞旨，知己寥寥，誰可告出處者？惟先生道明德立，於生交雖淺，而愛實深。教曰宜速，生不日便行；教曰宜遲，生如諸老之言，便俟朝報也。"先生答以詩曰："冉冉浮生得幾秋，黄河不復向西流。功名正喜稱矍鑠，老病還須憶少游。此去看花猶半吐，何人懷璧肯遲留？東湖書院真佳景，歸去來兮休便休。"東湖得詩，遂抗疏決歸。

　　貽書侍御王石崗論水利。

　　王石崗按閩，詢民瘼於先生。先生與之書云："晉江縣二十九都有灌田溝水，名曰六里陂，陂在本縣爲水利之最大者，其餘陂塘不能當其百分之一。水旱荒歉，民之饑飽，官之徵科攸繫。舊設陂首一名，擇本都有恒産、恒心兼有才幹，人所推服者爲之，一任三年，不免差役。陂夫四十二名，多是下户寡丁，一役三年，甚爲勞苦，例於該年均徭内編排。其他小小陂塘，不得比例。緣此閘陂有大小十餘所，其閘之大者有三，曰六陡門，有閘六間，水漲則開放，流于海。曰上福湄，有閘一間。曰後坂湄，有閘二間。水漲則開放，流于下溝。下溝屬本縣二十七都，里班會于後坂湄閘之上，約曰：上溝水深直有一丈，則放下一尺；水深五尺，則放下五寸。大率十分與一，永爲定規。蓋下溝短淺，容受不多，而灌溉亦無幾也。近年下溝有一二豪民，遇天旱，則率衆執兇，夜到閘上，用斧破開板鑰，將閘板盡底取起，舡載去家，上溝將涸，猶不肯還。及下溝容受不得，則放下于海，甚可惜也。夫自爲民父母者言之，則彼此皆赤子，安有上溝多水，而不分以與下溝，但欲適均耳。天作旱意，不預密關而混漏洩，惟恃上溝有水，以爲無恐。至上下俱竭，廼謀力争，此何理也？又瀕海鹹潤埭田，其岸亦不預先脩整，爲海水擊崩。及岸既補，則大開埭閘，多取溝水洗鹹，而放下于海。且埭田多是豪家之産，以故二家管水陂首，皆不敢禁止。又上溝六陡門閘，於弘治年間曾被洪潦衝倒，府縣委官起集丁夫千餘人，費銀千餘兩，脩補五六年，不得完密，農夫困甚。今觀後坂湄閘兩邊土石亦已傾墜，若不先加脩補，一旦壞倒，其害可勝道哉？此皆爲陂首者之責也。近年陂首以陂夫不齊，及被姦惡告誣，以故都民多不肯爲，而願爲者又不可人意，將若之何？蓋陂首三年一換，亦甚辛苦，不有所利，其誰肯爲？儻爲此者能而且勤，或旱或水，開閉不失其時，則其於農也，尚亦有利哉！既能利人，亦當使之自利。其於舟隻木頭小稅，及收成丐取禾把，亦是土俗舊例，官府可定爲之限，陂首不得多取，挾怨不得妄告。至於陡門崩壞，海埭漏洩，兩溝爭水，或至殺人，則責有攸歸，陂首亦不得辭其責矣。若陂夫人數亦當照舊編排，免其差役，始肯向前受勞。其保立陂首，須得通都里老當官保結，不得狥私。大凡有職事者，須得才幹之人辦之，若徒謹厚或富豪，不可也。有才肯幹事，不問貧富，皆可。未知何如。"王得書，以言事回籍，議竟不行，邑人惜之。

秋七月，給由考績。

疏乞養病。

《與鄭思舜帖》云："僕初二日考滿，領文書出部。初十日，進本乞養病，以八十老母在堂故也。不踰月，即離金陵矣。受氣不豐，而材又疎拙，只林下獨居爲宜。若拘以官守，則嵇叔夜所謂麋鹿見羈，則狂顧頓纓，逾思長林而志在豐草也。"

秋八月，奉勅贈父體成承德郎、南京吏部考功司主事，封母吳氏太安人，妻王氏安人。

先生以三年考滿，會上兩宮徽號，例得封贈。先生曰："吾持此歸，足慰吾母矣。"

秋九月，南歸。

吳東湖贈詩云："萱花瞥眼又三秋，陳子歸心似急流。表以陳情憐李密，敬而能養望言游。紫峰烟月供吟弄，白下衣冠重去留。可笑東湖真孟浪，連章說退幾時休。"方矯亭謂："先生兼禄養先養，以慰母心。"林次崖謂："賢人君子進退自有道,未易以常情測度也。"《舟次姑蘇,次韻別諸公》云:"皎皎三更月滿峰,心兵寂寞失前鋒。也知金粟無人到,應有白雲盡日封。悔昔才疎空擲筆,從今睡穩不聞鐘。幽人亦有男兒事,無暇栽花與種松。"

詩贈同年林次崖之京。

林次崖公名希元,以大理寺之京,先生贈詩云:"瀟灑衣冠綠染苔,門前積雪白磑磑。相思正苦梅邊月,欲別那堪林次崖?天地許君能正氣,江湖笑我亦歸來。行藏更有深深處,莫把文光燭上台。"

二年癸未　　四十七歲

春三月,抵家。

《與南部同寅晉》云:"僕以三月盡時到家,見老母康寧如舊,私自欣慰,賤體諸疾亦頗消除。但在途中冒雨到家,又不免應接,遂成微瘵,延及秋凉,始稍稍病復。然猶須將息,屏書閉目,不親筆硯,以故諸公命作拙文,未能具稿。度亦不出今冬,當勉就篇數也。過雖賢者不免,石梁胸中不知尚有舊積否?邵子詩曰:'自從會得環中意,閒氣胸中一點無。'或稱程明道平日未嘗見其有忿厲之色。僕近日常書于笙,而時觀之,以爲進修之助,但未保凡庸狷隘,果能如所願否。"

請建虛齋先生書院。

《與潘僉憲書》云:"亡師蔡虛齋書院事,知執事雅念賢哲,特費經營之力,古所謂身後知己,殆不是過也。異時記書院者,生當實錄矣。"

建紫峰精舍。

先生既歸,足跡不入城府,不通達官貴人書,間即所居旁闢一室,朝夕偃仰其中,靜觀天地萬物消息之變,以及世之興衰治亂,世態之炎凉向背,或迫然發笑,或喟然嘆息,先生不以告人,人亦莫能測也。題其柱云:"荒僻孤居,本欲逃名非避世;跏趺兀坐,由來習靜類修禪。"又曰:"滿目雲山,飲酒看花懷邵子;絕蹤城府,清風高節仰龐公。"又曰:"洗竹灌花,雨露歸來猶自好;左經右史,山林依舊不曾閑。"又詩曰:"小小清齋古地偏,坐來真有日如年。鄰家怪我無烟火,不識閑人亦是仙。"又曰："雨澆花木四時好，風掃塵埃一點無。只此窩中吾亦樂，憑誰説與邵堯夫。"

郡太守高抑齋聘修《泉州府志》，辭。

後聘史筍江、張净峰修之。

冬十二月，季子敦豫生。

十二月二十六日也。今孫徵徹是其子也。

四年乙酉　　四十九歲

秋，貽書郡守，請修晉江南路。

晉江南路起自八里亭，歷土岸、東山、棘巷、新亭、茅坂、涵口、陳埭、海岸、龜潮、塘頭，曲折四十餘里，僻在海涯，非官府往來之衝。以蓁塞泥滑，岸傾石墜，大潦而舟無可渡，陰雨而馬不敢行，人甚苦之，而難於修整，而海岸之整爲甚難。先生以詩請于郡守高抑齋曰："武侯治西蜀，道路皆整新。爲政務精密，千載仰斯人。江路怨泥滑，山路苦荆榛。咨諏勞太守，歡喜動泉民。"高公答曰："吾將之京矣，節推張侯掌府事，當代吾勞。"乃復移書于張，張慨然以爲己責，選召好義之民，隨地起工，勸人助財，八閲月而路成，行人稱便。

五年丙戌　　五十歲

春，作《朱文公祠堂記》。

永春柴大尹鑣建文公祠堂成，以書來請先生爲之記，曰：竊惟孔子集羣聖之大成，而朱子則集諸儒之大成，以發明夫孔子者也。學者口誦其書，心維其義，真實爲己，刻苦加工。繭絲牛毛，析之極其精而不亂；天高海闊，合之盡其大而無餘，斯可以知朱子矣。知朱子，則知孔子矣；知孔子，則知天；知天，則知所以事天，而學者之能事畢矣。而近日士大夫以豪傑自許者，由訓詁以識字，由文章以著名，由科舉以進身，顧乃張大其言，曰："不談科舉，不習訓詁，不作文章，而後可以言道。"然則文公亦廢此三者乎？顧人之志嚮何如耳。訓詁所以明義，文章所以達意，而科舉則學成而見諸用也，初何妨於道學哉？滯於字義而不得其會通，溺於浮文而不根於道理，逐逐焉以爵禄繫心而不思，曰吾將以行吾之所學也,如此,則於道爲有妨,於學爲無用,而豈聖賢著書立言,以教人之本意哉?讀聖賢之書,而得其所以教我之意,孜孜求道,而至於聞道焉,則視傳註爲糟粕可也;章分句解,以啓迪後人,亦可也。白賁反本,朴若野人可也;無意於文,不得已而文出焉,亦可也。隨時科舉,以行乎富貴可也;不樂科舉,泊然而安於貧賤,亦可也。夫讀書而至於聞道,又焉往而不可哉?患書多而讀之不得其要,廼謂文公著述太繁,多言障道,而引許魯齋欲焚書,及陳白沙以輪扁爲真儒之説,顯肆譏排,間摘其一二未定之見,痛詆于師友之間,自謂朱子之忠臣,而不知其爲不孝子也。義理無窮,人各有見。分更分漏,亦安能一一與人皆合?善讀者融而會之,則千流萬派,同歸于海矣。手舞足蹈於焚膏繼晷之餘,嗒爾忘言於千言萬語之内,於是始知文公有罔極之恩,而書可以無焚,而魯齋之所欲焚者,非文公之書,廼文公之書之蠹也。

贈徐恕軒《遷從化教諭序》。

泉庠司訓錢塘徐公恕軒,擢廣東從化縣學教諭,將行,其門生某等求贈言於先生。先生贈之以辭,曰:"造化清靈粹美之氣,始發西北,而漸盛于東南,如水之行,自高而下。大江以南之地,荆楚吳越,高於甌閩,而廣南百粤,又處吾閩越之下。故自唐以來,閩中人物之盛,比江浙爲差緩,而廣之人物,則迨今日,而始駸駸入閩。昔人謂南士不可作相,信然,則范文正、李忠定、張曲江諸賢,皆宜屏居閑散,而大儒如周濂溪、朱晦菴、真西山輩,亦皆不堪經綸調燮之任乎?何地無賢?惟賢則皆可用。岐南北而二之者,不知元氣潛移默轉,概執秦、漢以前之風氣,論吾江南人也。然博學寡要,多文少實,本根微而枝葉盛,邇來南方之士,大抵居多。蓋氣之所至,鍾爲英雄豪傑。或不得已焉,而時出其道德才能之餘,以成文章。豪傑相望挺生,而文章之美,亦不容以一二數,膾炙當時,輝煌後世。中才之士,得於見聞,竊其餘而遺其本,慕其華采絢爛之可以彷彿,而不知其無本而不可以傳。加以科舉掄選,外此無復他途,故鄉里子弟,稍工筆硯,即軒然老大,視其父兄師長,若不足爲恭。而有司之無識者,又從而驚異,以爲奇而進寵之,以盛滿其浮氣,而玷累其成材。其或資之近道,才之可用,而木訥焉,不能以文自見，則皆尋常視之，無一爲之出者矣。此風俗之所以不淳，而時士之有益於用，若布帛菽粟之可以禦寒濟饑者，亦甚寡。蓋教之失道，作之無術，舉南北而皆病也，豈特南方爲然？余每静思竊嘆，謂或得國之柄，決不可專用程文設科，直責有司以實德異才之薦，計其所薦之真僞多寡，以當績效之有無，而爲之黜陟。漢、唐以來，詩人文士，間或有善飭躬，有功及物，則爲選録其詩文之美者，而廣行之。浮侈如司馬長卿，失節如揚子雲，阿比如柳子厚，偏執己見、流毒生民如王介甫，凡若此輩，悉取其書，火之勿傳，使天下後世，知空言無實之不足恃，而人不皆尚言，末俗其有瘳乎？末俗其有瘳乎？"

卻永春白馬寺田。

時泉之膏田，半入梵宮，有司以爲餽遺，縉紳視若私莊，先生一無所預。永春有白馬寺，寺僧困於侵漁，以租二千石遺先生，先生諭而遣之。郡守屠東厓嘗曰："吾接四方士夫多矣，不入城府，不與寺租，不説關節，紫峰先生蓋僅見焉。"

同年，史筍江訃至，詩以哭之。

詩云："去年送子出東門，三疊陽關酒半醺。今日北風來萬里，凄凉信息不堪聞。素心曾照筍江水，爽氣應隨月夜魂。斜日寒天香一炷，淚流無語痛斯文。"

七年戊子　　五十二歲

講學不輟。成子學、黄南金諸人至自廣。

貽書錢大尹立齋，論振士類、除盗賊，及六里水利陂夫役事。

先生高尚，未嘗以私事干有司，至於政之得失，民之利病，每有納諸溝中之念。而邑大尹立齋公梗，雅重先生，嘗馳使咨問，故先生貽之書曰："往年儒士多被沮辱，望執事以斯文禮貌待之。其椅棹茶餅之類，須使整齊，皂隸門子，莫使呵叱，實爲大惠。"又曰："新政清明，郡盗竦息，猶有一二横行，不肯畏威者，蓋天奪其魄也。養稂莠者害嘉穀。審實芟割，惟立齋留意焉。"又曰："敝都六里陂，在晉江爲水利之最大者，其餘陂塘不能當其百分之一。貧難單丁下户，編排陂夫，看守隄岸，與水浮沉，姑免官徭，其來久矣。近因瑣小陂塘，亦皆援例告免,以致俱不蒙惠。望賜公道訪審,與以慈仁,亦微積陰德,收拾民心好事也。"

冬十月,詔徵用,辭。

冢宰桂公蕚、方公獻夫,薦先生有用之學,不宜在散地。命下,有司促駕。先生辭不赴,因賦一律:"國書催我上長安,行李蕭條路亦難。薄酒也應冬日煖,敝裘聊退北風寒。遣愁發笑寧無訣,醫國還元自有丹。待到雪消春萬里,靜觀定見好容顏。"

閏十月,即家起貴州按察司僉事,提督學校,兼督所屬二十衛所屯田,辭。

八年己丑　　五十三歲

《新春試筆詩》曰:"病告歸來今八年,聰明肯道不如前。萱堂優逸誠堪喜,春色融和正自妍。新命敢忘天北極,幽懷正在水西邊。東風吹起春花好,春草成茵借睡便。"

謁羅一峰祠。

題詩云:"牛山須禁牧牛羊,藏久良弓要力張。遠大也應甘澹泊,元微亦只在平常。悟來始信無多語,老去方知有故鄉。敬起一峰吾敢問,定行白水答清漿。"

夏六月,即家起江西按察司僉事,提督學校,又辭。

林次崖勸行書云:"近時一種新學,害道不細,江西尤甚,直須極力磨洗一番,所望於執事者,自是不淺。當勉於一行,不可失此機會也。"克齋王公暉亦有書勸行,先生答云:"屢承惠書,差人趣生視學江右。賤體向愈,固宜起行,而實有甚難於行者。蓋生爲老母引疾乞歸,已八年。母今年八十七矣,據情與理,實難遠別。且使生非退而爲親,去歲便當應徵北上,聽受職事矣。今既不能,能赴江西,以任所不易任之事乎?用是具狀告,乞休致,而甘爲林下無用之棄人,非真能遯世以爲高也。閒念叨朝紳三年,絲毫無益於世,儻因此行求教諸公,收一方人才,以效之吾君,不亦報稱之一端哉?而不能也,祇自愧自歉而已。顧情理如此,當爲知己吐也。"

九年庚寅　　五十四歲

《春日觀物遣興》詩云："一縷香烟一碗茶,詩篇遍閱大方家。遊魚戲日將騰浪,嫩菊逢春又長芽。最愛陶翁辭彭澤,更憐賈傅屈長沙。悲歡今古都成夢,笑看兒童寫墨鴉。"

十一年壬辰　　五十六歲

先生歸養日久,德愈高而望愈隆。朝紳注想,每有館院清班,必推先生,咸謂威鳳祥鸞,非世所能致也。是歲,吏部郎中張公廷,援章楓山、蔡虛齋例,議起先生左春坊。或謂："先生爲親而退山林日長,必不出矣。"張公謂："起一名銜,亦好。"或曰："先生尤不喜名。"迺止。

十三年甲午　　五十八歲

春正月,丁母太安人吳氏憂。

太安人享年九十一歲。先生執喪如禮,猶依依孺慕云。吳族後復姓王,先生爲作《龍塘王氏族譜序》。

十四年乙未　　五十九歲

冬,葬太安人于秀水山。

中葬林大母,右葬質齋公,左葬太安人。朴素渾堅,不效世俗作華飾。

十五年丙申　　六十歲

寓秀林庵。

葬母之後,起居多在秀林庵,雖避塵囂而就幽勝,實藉墓廬以展孝思也。有《題秀林三笑圖》詩云："三笑到虎溪,笑笑世人迷。誰會笑中意,一笑出塵泥。"又《三睡圖》詩云："三睡睡不醒,且無聲與影。枯心又槁形,令我發深省。"

十六年丁酉　　六十一歲

寓秀林庵。

十七年戊戌　　六十二歲

哭門人黃孟偉之喪。

是歲,泉大饑,觀察李公元陽請孟偉主貸事,旦暮區畫,食寢幾廢,必欲無一人遺,無一刻滯,疾作而卒。先生哭之慟,曰:"天喪吾道也。"隨送之鄉賢。

二十四年乙巳　　六十九歲

春閏正月,卒于正寢。

先生自南歸,家居二十餘年,詩酒自娛,不問家人生產,而好學不倦。每篝燈夜坐,有得輒書。里有書塾,時一至,課子弟學業,教以進退坐立唯諾揖讓,爲師者,亦因得所以教人之法。數十年間,塾師所教,子弟所學,猶有古者小學遺風。門生故人,後生新進,或執經問難,或馳書求益,各隨品而告,一本於身心性命,中正塗轍,德業舉業,所造就甚多。遇光風霽月,扶杖行吟,與田父野老,談說桑麻節度,或乞題贈,或具雞黍,隨而應之,各得其歡,人人謂先生親己。惡少年作姦犯科,爲不善於鄉,竊相語曰:"陳先生得無聞知耶?"問或誨諭教戒之,無不汗顏革面,願卒爲善士。課兒以詩書,訓女以蘋藻。閨門之內,肅肅雍雍。凡擇婚姻,不令媒妁窺富貴人門戶,曰:"家之盛衰損益,豈關於此?惟種德之家,謹厚之子,則吾佳婦快壻矣。"自奉澹約,親朋過從,一蔬一酌,談笑終日。雖值貴顯者,未嘗盛饌加禮,曰:"草蔬同飯,何人哉?"生平無忿厲之色,疾遽之聲,海度汪涵,雖犯而亦不校焉。淨峰謂:"虛齋既沒,無愧師門者,先生一人而已。設不退而爲親,必進而有爲於世,其事功之及人,可勝述哉?"非虛語也。所居後海,潮不至。越數日,而先生卒,閏正月二十一日也。

八月,祀泉郡鄉賢祠。

督學熊公汲,以先生學問淵源,履行純實,縉紳山斗,鄉邦典刑,從兩學諸生呈,移文泉州府祀焉。

二十七年戊申

冬十二月,葬于秀林山。

諸子從先生遺命,添築于質齋公舊壙前,合爲一墳,而祔葬焉。蓋骨肉團聚之思,溪山舊遊之樂,不獨區區山水間矣。侍御見吾弟讓作《行實》,宮保張襄惠公岳作《誌銘》,方伯林象川公一新作《銘》,參政王遵巖公慎中、廉憲蘇紫溪公溥作《傳》。張襄惠公岳銘曰："道宗先覺，學異專門。精詣洞觀，貫于本原。鐘鼎非豐，菽水非貧。求仁而得，時哉屈伸。一卧廿年，衆望方殷。天不留哲，遽爾乘雲。涵江紫帽，流峙高深。英爽飛沉，千古來今。體魄所歸，山曰秀林。父母在兹，式慰孝心。"林象川公一新銘曰："秀林之阡，伊誰卜吉？虛齋先生，恩義攸屬。遡昔温陵，儒術推轂。紫峰氏興，刊除樸樕。滋培本原，英華繁郁。虛齋正傳，於兹嗣續。先生之學，卓然儒宗。先生之行，穆如清風。辭榮耽寂，孰窺其衷？高堂養母，三公孰隆？母也違養，率禮襄事。力疾服勞，以成素志。先生終葬，窀穸斯侍。曰永孝思，存亡一致。"

穆宗隆慶六年壬申，春二月，有司立墓祠于秀林。

秀林墓上有祠，中塑先生遺像。至是，同守丁公一中手書"紫峰先生墓祠"。

神宗萬曆元年癸酉，有司請建專祠于學宫。

先生之没，有司既祀之鄉賢，猶謂未滿崇尚之意，議特祠如虛齋先生例。而學傍有隙地，堪以卜建，於是郡守朱公炳如等，請於督學、按臺，而成其事。

二年甲戌，正月，專祠告成，學宫特祀。

禮部尚書儀庭黄公鳳翔爲作記，其略曰：我國家稽古定制，廟學中設鄉賢祠，將擇其德業學問卓爲儀表者而祀之，即古瞽宗西庠之遺意也。顧甄覈弗嚴，沿私相襲，既非所以明祀典之重，況有曠世賢哲，屹然挺生于兹地，上之有功於聖經，下之有關於風教者，詎可概以常典施之哉？

鳳翔自少小時，輒聞吾邑有陳紫峰先生者，今世名賢也。先生爲朱考亭之學，諸所著述，皆足羽翼傳註，而發其所未發。至其棄官歸養，再徵不出，飄然道遥於物外，而不知有可慕之禄爵，尤爲足以立懦而廉頑。知先生者，謂其有避世之深心而非玩世，無道學之門户而有實學，此百世之定論也。

先生之没，有司既採輿論，列祀之黌宫矣。然景行私淑之士，猶謂不滿崇尚之意，始議特祠如蔡虛齋先生例。而學傍有隙地一區，堪卜建如式，殆若天造地設以遺之今日者。議始於郡守朱公炳如，邑令黄侯金色，成於按院劉公良弼，督學宋公儀望,郡守姚公光泮,同守丁公一中,通守陳公嘉謨,推守羅公文靖,而邑令曾侯仕楚實助鍰金,以襄厥事。二百年來,未有之曠典,于今始備。熒熒奕奕,即黌序亦爲之生色矣。告成之日,奉主以祭。郡邑有司暨吾鄉縉紳學士,忻忻然後先駿奔焉,謂茲舉不可無記,而屬筆於小子翔。翔謂先生之大節素履,詳於傳誌,載在郡乘,可以無贅,故特記其興事始末,使千百世之下,知我國家崇賢右文之治,真與殷、周比隆。又使遐邇人士,讀其書,可以尚論其世,而聞風思奮,有不止於言語文字之粗者。則茲祠之建,其所繫於世道不小也,豈特以爲先生榮已哉?

祭儀式。

每歲,春、秋二祭。每祭,猪壹隻重壹百斤,羊壹隻重貳拾斤,糖餅壹桌,油糭壹桌,菓伍色,粉伍碗,菓酒貳事,大金壹架,共銀貳兩叁錢。丁後二日,府縣正印官率僚屬師生臨祭。

祭文式。

維萬曆二年,歲次甲戌,正月丁丑朔,越十有八日甲午,泉州府知府姚光泮、同知丁一中、通判曾球、推官羅文靖,謹以牲醴祭告于先賢奉政大夫、江西按察司提學僉事紫峰陳先生之神。惟公道宗闕里,學源考亭。闡明奧旨,翼贊聖經。行節超邁,出處光明。佑啓後覺,千載儀刑。茲惟仲春、秋,敬修祀事,用薦德馨。尚饗。

二十八年庚子,四月,議謚。

大中丞希所郭公惟賢議云:江西按察司提學僉事陳琛,福建晉江人。穎悟絕倫,默契宋儒朱熹之正派;静修自得,洞徹師門蔡清之真傳。所著有《四書淺說》、《易經通典》。當士習偏駁之日,而根極本原,推明理性,所羽翼聖經者功尤不小。初除刑部主事,旋乞改南,以便就養。任户曹榷關,清操惠政,商民德之。迨轉考功,爲思親引退,純孝至性,泊於世味。兩拜督學,俱力辭不出,高標似孤岑唳鶴,道氣如千仞翔鳳。登其堂,月朗風清,能振頑懦而銷鄙薄;誦其書,開關啓鑰,直揭二曜而行中天。此理學之名臣也,宜謚。

吏部郎中省菴林公嘗議云：陳琛，晉江人。仕江西提學僉事，蔡文莊高弟也。穎悟絕倫，默契朱考亭之正派。所著有《四書淺說》《周易通典》，其爲聖經羽翼，甚非淺鮮。兩拜督學，力辭不出，說者謂有鳳凰翔千仞之意。性至孝，澹於世味。立論一根極理奧，真理學名臣也，宜補謚。

三十三年乙巳

欽差提督學校福建按察司副使饒爲學政事。照得晉江縣陳紫峰先生，諱琛，爲八閩理學名臣。所據生平事蹟，曾否有謚，合行查取，爲此票仰本府官吏即行該縣，備查陳先生原日所經歷事實抄造，及曾著《淺說》，再著有某書籍，俱要查取，詳議明確，一併呈報，以憑參閱。爲請謚施行，毋得遲延。須至票者。

泉州府晉江縣儒學廩、增、附生員韋孚敬、蕭夏纘等，呈爲遵依查議先賢確行，乞轉達上請事。見蒙欽差提督學校副使饒票行，查紫峰陳先生行蹟書籍確議，以便請謚等因。謹按紫峰陳先生諱琛者，道宗先覺，學啓後人。由李木齋前輩而師虛齋，得精思力踐之微，呼爲己友。自朱考亭正傳，而遡洙泗，闡無言未述之旨，開之吾徒。其著述在於洞見本原，凡經傳訓詁之殊，儒先聞見二岐，無不迎刃而立解。其學問在於躬行實詣，凡出處進退之大，言動語默之細，無不中知以表坊。師嚴道尊，韋布坐藩臬之上；辭和義正，談笑却貂璫之横。文章海闊天高，未揭榜，咸卜爲虛齋弟子；胸次風光月霽，不識面，亦知爲紫峰先生。由北署改南曹，《北風》雨雪之詩，張襄惠服其先見；自地官調天部，"看花完璧"之句，吳東湖媿其遲留。督稅淮安，拒漕院餘羨之撓；乞歸田里，絕達官通問之書。奉菽水而盡歡者廿年，辭詔書而陳情者三至。《淺說》《通典》，戶誦家傳；文集行言，士欽世仰。允矣正學，鬱爲儒宗。蓋先生之改官，早見武宗南巡，不與廷臣激抗之禍；先生之歸養，真切北堂西日，直棄人世紱冕之榮。辭召非高，絕謁非峻。故以春風沂水達先生者，未盡先生之篤實；以翺翔千仞高先生者，未盡先生之冲和；以著書直言崇先生者，未盡先生之素行；以急流勇退義先生者，未盡先生之建立。志潔行方，見超心廣，真虛齋之正印，後學之指南也。士論方久鬱而未伸，公道乃自上以及下。先達可當之無愧，斯文信美而有光。伏乞表章，亟行轉達。進五品之舊秩，贈官以應令典；挈一生之懿美，易名以示崇襃。得有榮於前修，即可風于來世。下情無任懇願之至。

晉江縣知縣顧參語云：先生素履步趨聖賢，立言羽翼經傳。《淺説》、《通典》之行世已久，文集諸書之傳家不磨。南北敭歷三曹，皆儒者之用；後先陳乞二疏，終孝子之情。一辭朝徵，兩辭督學，何異九遠之鴻狖，而千刃之鳳翔耶？允所謂得師門蔡虚齋之真傳，以遡宋儒朱考亭之正派者。宜照虚齋先生事例，一體贈謚，以示追崇。

署泉州府事推官李參語云：先生資性冲和，涵養純粹。功深不爐不扇，幾嚴愧影愧衾。其學由虚齋以達考亭，由考亭以遡洙泗。闡孔、曾、思、孟之秘，盡在《淺説》諸書；發羲、文、姬、孔之微，復著《通典》全部。言言抽關啓鑰，人人户誦家傳。歷官諸曹，純是學問作用；陳情屢疏，尤見孝思淵深。至今讀其書者，聾發而瞶開；仰其風者，頑廉而懦立。允宜比從虚齋先生事例，請贈請謚，以示追崇。

【校記】

① "右"：原作"有"，據上文意改。

陳紫峰先生文集卷一

五言古詩五十(四十七)首

靜庵爲朱秀才題

爲學在此心,靜之而勿正。遇靜則欣然,未可言入聖。後儒頗好高,易簡驚俗聽。昔我亦慕元,恍惚捉其影。澹然離言説,幾欲空人境。大道自圓融,稍偏便作病。仰看鳥雲飛,俯察魚川泳。俯仰物何多,一一關吾性。即事厭紛紜,實棄天之命。達人握其樞,靜中觀動定。黑白分毫芒,遇敵期戰勝。屯兵雜居民,按堵不聞競。指麾何從容,到此是真靜。

送黃伯馨司訓海陽

伯馨於爲學,積累成寸尺。兵家貴近攻,兹法乃大益。易學久紛紜,虛齋破其的。羨君獲升堂,攻鑽窮朝夕。古貨時難售,吾自適吾適。清漳今入潮,桃李欣潤澤。皋比擁春風,觀聽聲嘖嘖。有問即有答,真樂亦泛溢。更憐清齋夜,無語得虛白。

送鄭廷昭司訓惠州

平生負戰藝,自擬無遺鏃。不侯由數奇,利穎徒爲禿。采芳入儒林,歲晚逞幽獨。峩冠談唐虞,發我十年讀。春風與時雨,英俊任薰沐。逍遥吏隱兼,清寧天與福。何日訪子真,惠陽見鄭谷。

送胡國華侍御還延平

文峰秀色濃,劍浦深源活。時時夢寐中,冰壺與秋月。古人不可見,古意未應絕。誰解慰我心,君亦自清脱。花封饒雨露,柏府耀霜雪。兹亦君之餘,君更有本末。愛君何以贈,静中觀未發。

舟次蘭溪,贈南溪張廷鳳别

地北冰雪嚴,風勁塵沙惡。車輪去苦遲,馬蹄回催速。南來渡長江,始見山水绿。山高欲到天,水清堪明玉。魚鳥任飛沈,草木剩芬馥。南溪泛此翁,悟悦應自足。我亦欲爽心,焉能爲齷齪?

題洪氏孝思堂

親恩昊天大,親存無百載。高堂扁孝思,風木生感慨。但能勉爲善,鄉黨皆敬愛。更得諸兒子,怡怡無傷礙。親靈在此堂,料必常康泰。矜式示後人,滿堂見光采。

題蔣氏端本堂

蔣氏中微,鞠於外氏,從揚姓。至國信第進士,始復舊云。

大塊開兩閒,形賦千萬億。理一分自殊,差等不可易。人人各親親,四海自歸極。所以蔣氏堂,根本欲端的。此意啓後人,孝思幾時息。待看春滿枝,始知端本力。

壽林母陳氏

昔憐寡婦寒,今喜節婦壽。昔憐兒啼號,今喜兒成就。莫謂天無知,善人天所祐。稱觴北堂前,班衣舞大袖。願兒知報恩,孝思不改舊。

輓四川汪太守 汪起教職,至知府。

業儒多作迂,事吏或近俗。何人隨所之,政教皆可録。桃李醉春濃,桑麻欣雨足。清白素傳家,典刑猶在目。無能作九原,閱銘祇心肅。

題韋氏旌節手卷

大道幹蒼蒼，人各秉正性。草澤有貞婦，寒餓不爲病。吾曾見數人，中心懷炯炯。食荼歸泉壤，湮滅無名姓。何處貞節堂，煌煌甚齋整。古來忠列傳，史臣曾論正。豈無僞與真，自有幸不幸。端的韋氏女，鄉閭皆起敬。表彰自公論，亦足見天定。諸賢與贈章，盈卷得清勝。我拙不能詩，感慨聊成詠。

題司馬貽翰手卷

大司馬翰公貫道邀安溪高先生瑞文爲弟子師，時見敬禮。集其平日所貽手柬凡若干，題曰《司馬貽翰》，示不忘，且表公謙德也。諸士夫能詩者俱爲贊揚，余不能，瑞文强余，亦詩之。

師友道久衰，市井談鄒魯。偶然得青朱，羞與布衣伍。書生氣少剛，俯仰亦辛苦。何人識獨高，一笑輕泥土。恭敬翰墨貽，珍重珠璣吐。貴貴與尊賢，依稀兩存古。

題張敬中巽作巽有二義：柔巽也，又深入也。

吾愛張子房，聲容斂輝赫。從容談笑間，摧折無堅敵。吾愛揚子雲，淵潛探消息。太玄首黃鍾，千古垂心畫。養剛在用柔，入妙貴深索。此理自吾儒，老氏亦窺測。所爭直毫釐，相去寧丈尺。還應巽所翁，爲我發真的。

送王司訓

古詩三百篇，讀者拘題意。憐君有獨得，筆能發其義。膽大出波瀾，心小入精緻。葩艷無枯題，優柔有餘味。自謂雖時樣，亦足爲美器。逐隊獻當道，百戰百不利。儒官天與閒，晚芳聊自媚。時因酒發豪，不覺思千里。

贈地官趙文卿別三首

天地最高深，莫能測其妙。幽居觀群動，亦足供一笑。東鄰說金多，西鄰誇地要。不有出塵人，伊誰可同調。

又

道險説羊腸，磯深聞牛渚。擇取平路岐，行行任晴雨。淵明有真意，紫芝現眉宇。相看各點頭，分擕無一語。

又

金臺本崔巍，金陵亦佳麗。青天一白日，均照無兩地。丈夫志四海，故土莫濡滯。後會有新知，願言示經濟。

贈高抑齋太守三十首　時乙酉秋，抑齋將北上。

抑齋自謂來春欲歸東溪，余應之曰："東溪信樂矣，其如蒼生何？"素不能詩，乘興連賦數十首，政績之美，願留之勤，山林之樂，難老之方，榮遷之頌，俱於詩中見之。工詩者笑其拙，知道者則曰："中間云云，頗有味哉！"然狂言野態，自不敢謂無。若肯清觴三酌，俾山童月下放聲三誦，亦未信蓬萊中有煙火也。

日月無停機，乾坤有真一。達人握其樞，白白生虛室。俗吏紛紅塵，抑齋自素質。應有意中人，爲秉循良筆。

又

斗舉久張皇，誰是讀書者。衣被皆錦章，無復見朴野。抑齋浚源頭，泮水來清瀉。青衿掬餘波，味甘可能捨。

又

桐城開水溝，潮湧任去留。山川來秀氣，唐宋想前修。云何二百載，無塞不堪舟。抑齋明地理，活潑見清流。

又

大火赫南州，征人怨長路。荷擔欲徐徐，又畏山雲暮。忽然抑齋春，滿道榕陰布。鬱鬱將十圍，好作甘棠樹。

又

北風撼樹根，東風回樹春。安安郭橐駞，不喜亦不嗔。柳子工爲傳，抑齋讀之頻。吁吁發長歎，雅意得吾真。

又

武侯治西蜀，道路皆整新。爲政務精密，千載仰斯人。江路怨泥滑，山路苦荆榛。咨諏勞太守，歡喜動泉民。

又

史官有天刑，謂其枉生理。畏愛與喜怒，一一出自己。潤筆博黃金，千載無信史。抑齋得端人，郡志亦可喜。

又

學校欲整新，財足民無愁。濟濟欣多士，明明頌魯侯。佳賓燕鹿鳴，信息喜今秋。茲亦道所繫，豈爲科舉謀？

又

古人不可作，古意何邈邈。古祠欲草荒，名花失香馥。誰整賢守祠，鮮明更超卓。歷歷數宋元，西山真道學。

又

君謨稱宋賢，史傳甚昭昭。晝錦泣泉南，秋天起鶤鷃。政猛人不病，此意久寂寥。古祠重修飾，豈爲洛陽橋？

又

黃堂一杯酒，令尹撫字心。梅溪此佳句，萬口尚謳吟。春風花滿枝，秋風葉滿林。珍重抑齋翁，古琴振遺音。

又

爲政畏多言，論治貴識體。察察作總（聰）明，紛紛入瑣細。但見訟愈繁，未見冤能洗。何如抑齋翁，靜默稱愷悌。

又

治蜀法最嚴，如何能得民？治鄭火甚烈，如何稱惠人？過惡有故誤，懲惡要認真。抑齋尚三代,用法不爲秦。

又

飲食有寒熱,適可乃爲良。味熱已滿口,如何又桂薑?抑齋自菜根,中宵清夢長。少恩如漢祖,能害張子房。

又

人生在世間,談笑無百年。百年亦瞬息,生理忽茫然。惟有桐鄉愛,廟食自綿綿。天地同悠久,詎肯稱神仙?

又

處世真若夢,辛苦何逼迫。富貴千黃金,於我竟何益?腐鼠落人間,紛紛爭得失。請看抑齋翁,清香坐朝夕。

又

廣廈甚堂堂,容膝只一席。兒孫自有地,勿爲掛胸臆。造化任縱橫,雞蟲任得失。清齋坐垂簾,一日似兩日。

又

得亦人所憐,失亦人所憐。一物可到手,誰肯不爭先?豈知滄海大,忽爾成桑田。古人稱不死,季札與仲連。

又

魯連亦人耳,何能獨不死?商賈不屑爲,蕭條自行李。渠自有寶珠,商賈亦奚以?清夜想斯人,月明三萬里。

又

吾愛嚴君平,占卜亦垂教。與臣言以忠,與子言以孝。百錢輒下簾,幽光不顯耀。若遇抑齋翁,定請與同調。

又

翬飛甚峻整,上界真人居。其奈足官府,案牘日紛如。終日勤視聽,耳目不能虛。何如作散仙,杖屨自徐徐。

又

江南處處梅,愛梅只和靖。黃昏聞暗香,深淺見疏影。妙句不點塵,可以發深省。北人亦愛梅,但說堪調鼎。

又

松柏挺澗幽,果有二千尺。古貌閱歲年,何曾改今昔。逍遥陶隱居,杖屨散蹤跡。聞風愛厥聲,不說堪柱石。

又

西風時作秋,凄清逼重九。百草萎以黄,菊花疎而秀。行行自瘦筇,采采花滿袖。持獻抑齋翁,壽觴盈泛酒。

又

落葉滿空山,秋菊有佳色。此間理最妙,識者百無一。造化有乘除,人生自消息。持此問抑齋,果果見端的。

又

秋風動林杪,秋氣甚崢嶸。香添爐有火,卧冷心無兵。起坐對江月,炯炯雙眸明。遠遊入泰初,蘭芷爲芳馨。

又

東溪通黄河,萬里自天上。飲流尋其源,月掬光在掌。九曲來棹歌,静夜得清響。光霽正無邊,勞我馳夢想。

又

瀰瀰東溪水,泛泛抑齋舟。舟行不閡淺,水滿無停流。何必角巾折,只此是仙遊。更有簑笠具,寧愁風雨秋。

又

鳳陽中都地,山水秀而平。赤氣光騰後,猶能生俊英。五馬亦高貴,一笑澹無榮。乃知天下士,但欲乞身輕。

又

人皆愛美人,美人不易得。既得不易留,行旆催逼迫。今朝樽俎同,明日山水隔。新春來好風,猶應見顏色。

錢立齋大尹之三山試闈,聊贈香茶見意

香茶清且香,堪比君子德。半片着齒牙,風味勝冰檗。持贈素相知,雅意良有極。今秋大比年,君固文之伯。閱文塲屋間,巨眼秋月白。搥石兼撥沙,金玉光的的。稍閑聊試茶,清香當滿席。

陳紫峰先生文集卷二

七言古詩 十八(二十一)首

贈林社師

涵江此地最幽僻,車無音塵馬無跡。門外山光接水光,庭前草色爭春色。落霞飛與孤鶩齊,蓬島扶桑望眼迷。古殿中有歲寒柏,春禽借此託幽棲。絳帳延君來寓此,光景盡入君懷裏。機心曾對閒鷗忘,富貴真若浮雲比。我來相訪坐寒氊,雄辯高談入九天。研朱只用點周易,覆瓿仍將譏太玄。愧在塵埃無相識,今日開經逢三益。作詩聊以舒我情,敢詠南山與白石。

田景玉種菊吾讀書窗前,花盛開時,王邦贊惠酒於余,併及景玉。適景玉以事出,余取酒對花獨飲,不覺興發,錄呈二先生,博一笑

何人種花我得賞,何人送酒我專享。花前酒醉浩浩歌,聲震如雷光萬丈。舉頭只見天青青,暗裏不知有魑魅。魑魅時時能耀靈,何似城南老樹精。此精識仙未識我,我欲乘風登蓬瀛。蓬瀛仙子我同調,聞我來時息醉叫。風清月靜夜如何,滿座相看發一笑。

夜坐感秋,書樂清連氏孝善卷時甲戌下第歸。

欲駐春風未有因,颼颼木杪又秋新。短檠書生頭欲白,高堂更有白頭人。逐貧未能文送鬼,變白安能藥通神。東家風寧木最靜,西家捧檄得爲親。三復連氏孝善傳,愧我堂堂七尺身。

燕歌卷爲祝秀才題

憶昔少年膽氣粗,羞爲弱女具眉鬢。張拳直欲攖猛虎,開眼何曾見俗夫。年來英氣消磨盡,事不能平惟有忍。時逢猺獠肆撞突,和顏溫詞謝不敏。男兒胸中富甲兵,善藏其用用斯精。動在九天藏九地,機緘誰會測沈冥?素冠白衣易水上,周身先已失屏障。好勇由來笑匹夫,北風蕭蕭空悲壯。越人來燕作燕歌,慷慨激烈恨何多。疢疾未必非君福,美玉正應山石磨。與君美酒博君笑,丁寧莫學我年少。燕歌爲我轉和平,高竿從此生清妙。

送良鄉申尹擢守安吉州代同年趙文卿作。時安吉民有反側者。

白面書郎誰赳赳,稍試之難動掣肘。申侯畏利亦懦夫,偏有牛刀出大手。子我良卿剛幾時,春深處處皆花柳。也知利器合攻堅,須念癡孩難去母。奪此與彼天亦私,轅攀徒爾勞白叟。似聞彼處有潢池,鰍鱔欲作蛟龍吼。鄭僑此去火煌煌,何物更敢膽如斗?前在招遠渠未知,赤眉聽風曾北走。自古相須才與誠,君才兼有孚盈缶。雄文一擲鼉魚潭,定有歡聲齊萬口。

樗庭卷爲鎮江丁同年敬夫先翁題 翁善岐黃。

江水西來深復深,老翁江上看浮沈。也知渴飲止滿腹,時取津津澆杏林。人將杏林比仙島,花實長春雨露好。翁言吾庭更有樗,百年欲與吾俱老。萬丈絲綸收釣竿,倚樗長嘯搖金山。庭中步影蒼苔滑,感慨人間行路難。路難祇應樗下息,忽見新槐長百尺。車蓋亭亭蔭道旁,樹木真爲人愛惜。世人疑天感應迂,鑽核能留杏一株。槐陰寫入樗庭卷,始信陰功果有無。

松主卷爲縣尹霍廷獻先翁題

寒盡山中春滿空,松花不解趁時紅。洛陽名苑爭看錦,寂寞誰堪獨主松。忽爾波濤作風雨,聲聞正恐招斤斧。南山佳處捷徑多,澗愧自應松不主。何人愛松最識真，優游老作松中人。窗當松月夜生白，座滿松風衣失塵。天地爲爐誰不朽，風月資人偏耐久。試看松主百年餘，清聲素質還依舊。

壽秋官鍾彥才母七十母生日在陽復之月。

平生中饋清苦心，二尹囊中無黃金。父吾夫者皆吾子，吾一視之何淺深。不敢中斷是吾織，子讀而倦子之責。諸彥吾伊皆有聲，秋官彥才眉更白。奏績承恩自日邊，榮封正值古稀年。座上風生聞笑語，階前綵舞看神仙。江南梅花開最早，報導陽回消息好。願待花實調鼎時，猶見高堂春未老。

壽通政楊實夫母八十

愛日堂前拜阿娘，低頭包羞汗如漿。參政祿厚欲養母，風木蕭蕭恨轉長。何人春秋登八十，自天錫命光煌煌。元晦有母不貧乏，希文有祿無恨傷。淋漓壽杯江水闊，婆娑綵服春風香。歲久且看桃結子，腰纏真有鶴上揚。

題曾漸溪書屋

鴻漸之山鴻聳峙，繞山長溪流迤邐。彼流何曾厭坎科，不盈不行行且止。漸溪居士癖愛溪，積石封鎖深自底。匯集停瀦剛幾旬，忽驚兩岸皆茫瀰。也知儵魚出從容，更見雙雙白鷗喜。一朝騰湧決牢關，白日雷霆轟地起。仙槎自在放中流，頃刻定應幾萬里。

題慕椿詩卷

日月籠中雙轉轂，苦無長繩堪繫縛。纔聞海上說靈椿，轉見人間悲風木。生平詩書手澤存，拭淚忍心時一讀。今年果能勝舊年，郎罷知之應捧腹。回枯存生只此方，未信丘原不可作。

贈李縣丞

視篆晉江滿一年，端端的的不言利。人言君是老書生，湛湛雨露皆生意。

我叔當年守高州，可人曾說君名字。正堂先生肯扶持，應見春生花與卉。高情莫詠歸去來，掃溉樹松且相對。

輓莊州判 _{莊曾上疏言時事，老乞致仕。有子中鄉試。}

賈生何曾居言責，殿前願獻治安策。陶翁晚愛菊花黃，只爲當年腰無力。燕山教子以義方，靈椿丹桂争春色。二三老子化一身，昨宵歸去滅蹤跡。遥望乾坤不見人，江流一帶傷心碧。

輓陳職方母葉宜人 _{職方父作法司官。}

君有疑獄君勿嗔，求生不得君亦仁。兒兮刻苦傳清白，貧乏喜兒消息真。榮封並夫稱有子，福德如斯曾幾人。埋玉山前斜去路，時聞嘖嘖往來頻。

尤某將之京，謁當道獻其所蘊，且順途看其二姪介卿、純卿 _{代林地官帥吾作。}

詩人久抱濟時志，逢時那肯藏利器。清風明月何處無，碧水丹山隨所值。韋布不殊錦繡榮，廟廊須帶煙霞氣。君家二姪雙桂香，相見一言應有味。

題羅一峰書院二首 _{代小兒敦履作。}

元氣周流無定所，物換星移自今古。昔稱佛國是泉南，今道泉南爲鄒魯。一峰正氣到吾泉，泉人謂宜食兹土。毁淫扶正廟創新，淺齋先生心亦苦。

又

淺齋之齋元不淺，以道誘人微而顯。一峰書院深復深，淺齋鳴琴出正音。雙江先生聶持斧，心約淺齋同好古。盛稱多士秀吾泉，褒衣博帶追前賢。盡友天下猶未足，尚友一峰爲私淑。清源山頂石嵳峩，紫帽對之欲婆娑。兩山南北光照映，一峰登臨應起敬。山神到院費丁寧，多士慎勿説功名。

感　　事

世上元無真愛惡,惡聲到耳何須怒。平生無限古今懷,今日偏懷黃叔度。撓之不濁澄不清,一望汪汪千頃平。安得畫工表顏色,時時拜揖仰寧馨。

壽顧洞陽太守

先生初度之辰,僕僻居林野,不知賀。適經幕曹君來索詩補圖,乃乘興大書一首,但覺狂言可歌,不覺其拙也。

澹蕩風回千里春,無霜無雪又無塵。偶然有雪報春信,萬家歡笑春不貧。何人緩步雪花上,道是洞陽山裏人。洞陽梅發清源頂,白白花開歲歲新。

清源地暖多梅,少雪,但梅花清白,自含雪意,故併雪言之。

端午遊東湖看蓮有感

蓮花自古稱君子,又道菊花是隱逸。隱逸心亦君子心,出處休論心與迹。迹是心非吾所惡,外須衣褐內藏璧。端午地中回一陰,陰能助陽亦須惜。無營自遇上界仙,得謗莫怨他山石。小人嗜利如蚊蠅,見利小小亦聲色。大人自有大襟懷,天地尚能容荊棘。薰風南來動蓮花,我對東湖春拍拍。

戲贈田均州景玉

均州卜居余鄰鄉龍溪邊,每見之,必談仙,或作字哦詩,皆自以為仙助。詩成怒余見笑,不與和,挾醉大罵。因詩以贈之,殊覺煙火氣多也,不知田仙以為何如?

瀟洒均州田太守,平生落落不曾愁。年來頗得滄洲趣,時時望仙樓上頭。青州從事亦好道,為君遠作迎仙驂。鎮日迎仙仙不到,道心起火驚浮鷗。濃酒濡頭雙袖舞,墨花洒雨風颼颼。舞罷浩歌發嫚罵,聲聲搥碎黃鶴樓。黃鶴仙人無膽氣,疑是張李與君謀。立召從事前受勅,封君龍溪溪邊作醉侯。

陳紫峰先生文集卷三

五言絕詩

送王閒齋之京受職二首

欲寫不成詩，無詩不自已。何時遇故人，清風一千里。

又

萬事皆前定，人生勿大勞。高歌時取醉，我輩亦人豪。

送林六川會試

萬水千山路，三杯半日談。功名思遠道，勿苦憶江南。

六言絕詩

題秀林菴四首

百鳥鳴山山幽，萬木成林林秀。盡日閉關絕塵，清風時拂領袖。

其二

巖巖白石出頭，峩峩紫帽壓鬢。洗心借坐禪床，名利一時都盡。

其三

清風明月有情，枯木寒鴉無怨。拂扇煑茶爐前，拄杖放生池畔。

其四

自有朝霞夜露，不嫌樵歌牧唱。惡客時來叩門，說與衲掛梅上。

與留朋山索酒

雨凉欲開酒思，雲黑大發詩悰。我有所思何處，朋山酒裏豪雄。

七言絶詩

讀孟子有感

孟子曰"有人於此,其待我以橫逆,則君子必自反也"云云。余讀而歎曰:"處憂患之道,無踰此矣。"及從容諷誦,至其所謂"與禽獸奚擇焉,於禽獸又何難焉",頓覺英氣大露,終不若顏子淵、程伯淳氣象溫厚之尤爲可愛也。因詩以自勉。

春風面目對人好,秋水心情到處安。英氣有些還害事,銘盤朝夕願希顏。

題四一迂士圖代蔡虛齋先生作。

陶廉憲自號"四一迂士"。四者,春杏、夏蘭、秋桂、冬梅;其一,則迂士也。

一點乾坤分付真,采真元是看花人。傍花隨柳前川樂,數百年來幾問津。

静庵爲魏秀才題四首

小借江山結靜椽,閉關高坐到何年。忽然夜半千門闢,風月都來不用錢。

又

心遠何人地最偏,結庵元不爲逃禪。中間莫道無多地,一洞天深一洞天。

又

烏啼月落四飛霜,榻上跏趺正欲忘。曉向東窗一開眼,謝家春草滿池塘。

又

簡册堆塵欲汗牛,半生辛苦坐書囚。而今我也都拋却,一鳥不鳴山更幽。

題筍江清泛圖

筍江方子韜,豪勇好義,且善飲而喜遊,亦余族姻舊也。知余素有山水之癖,一日,攜酒一壺,偕秀才四五輩,邀余泛江避暑,且命工作圖,題曰《筍江清泛》,而强余爲之序。余方趺坐船頭,觀魚子出遊甚適,不暇序之,惟叩舷朗聲歌詩一絕。

　　五月清溪已得秋，小舟蕩漾在中流。莊生久解濠梁意，何處江山不自由？

泛　　舟

池塘有草兩涯青，天地無風一水平。自在小舟吾自樂，耳邊鼓吹任蛙鳴。

閑　　步

田夫要我我皆去，江岸逢鷗鷗不飛。萬物悟來都一體，蚍蜉亂撼欲何為？

送李長史先生之長沙二首　時正德三年重陽前一日。

今日滿城無風雨，明朝馬上見南山。胸中一段悠然處，付與孤琴不用彈。

又

寒澗水清舟去慢，荒村路細馬行遲。前程遠近憑誰問，一卷羲經是故知。

恩命褒崇冊二首，為張吳山僉憲題

二十餘年把劍磨，風霜冰雪幾經過。恩波萬里來天上，何事希文恨最多？

又

移孝事君得顯親，君親豈是兩般人？直將義命分開說，自是莊生識未真。

贈朱墨溪教諭受獎勸

星宿光芒射俊英，何人江海欲逃名。也知高枕閑中好，爭奈金雞半夜聲。

次韻朱教諭題邑庠講堂十首

掃地焚香澹得清，眼中物物足明經。劉郎到此應為主，莫遣苔荒百畝庭。

又

黃昏門戶鎖深清，夢裏分明了六經。夜半鐘聲驚夢覺，起看明月正中庭。

又

雨滴高梧夜更清,輕風爲掩讀殘經。曉開窗户無人問,雲影天光共一庭。

又

坐穩滿團想大清,先天畫外得全經。四時長覺春無恙,誰訝秋深草滿庭?

又

長松祠下挺孤清,霜雪多年亦飽經。洪景只知明本草,未應得此種盈庭。

又

抖撒衣冠總未清,不應青紫在明經。何人濯足登千仞?静影浮光看洞庭。

又

扁舟搖曳碧波清,灩澦當年亦幾經。望望我家應得到,無窮花鳥候門庭。

又

芙蓉擎露出輕清,不用研朱碎點經。最笑仙人知我淺,時來教我讀黄庭。

又

蘭菊堪多總是清,千年憔悴在騷經。餐英我亦知多少,一笑春風自滿庭。

又

兩山日對眼爲清,真勝華嚴一部經。適意自行還自止,何人蹤跡到吾庭?

題古元室道士杏林春曉圖

萬古乾坤一片丹,神仙捨得在雲閒。可憐仙景分明甚,留與後人醉眼看。

題張大尹梅花四軸

老　梅

樛曲偃蹇無與伍,崢嶸突兀若有怒。只將清白守故吾,莫管時人憎貌古。

嫩　梅

風骨生來自奇峭,橫斜幾點更清妙。冰霜保護期結成,丈夫誰敢輕年少?

風　梅

北風亂撼茅屋破,何人山中得安卧?孤根欲回天下春,辛苦須從這裏過。

静　梅

大塊無聲春有色，美人窗外媚幽寂。相思忽見兩忘言，了我胸中一部易。

東湖書院三十四首，爲工部尚書吳獻臣先生賦

院中之匾，曰克己，曰復禮，曰定性，曰事天，曰常默，曰守愚。院左右前後亭，曰釣魚，曰歌鳳，曰飛翠，曰觀瀾，曰詠歸，曰思過，曰仰高，曰拱極，曰息機，曰見一。院外遊觀之景，曰松嶺，曰竹林，曰梅根，曰菊徑，曰蘭畹，曰桂坡，曰楓嶠，曰柳隄，曰蘆溪，曰菱港，曰蓮塘，曰萍沼，曰菜畦，曰藥圃，曰尋春塍，曰避暑洞，曰桃李蹊，曰百花莊。

克　己

風雲八陣大張圍，窮寇當前不敢追。曾信癯儒操寸鐵，笑摧勍敵臉生肥。

復　禮

黑風吹海立崔巍，失却珠光照蚌胎。新到使君廉若洗，一朝合浦又珠來。

定　性

主人門户放開扃，客去客來休送迎。千古周文垂艮卦，華嚴不必又傳經。

事　天

大塊崑崙分八方，要知物我共痛癢。西銘讀罷胸中了，不用焚香告彼蒼。

常　默

萬品生生自歲年，全無一語是先天。風流終日清談客，忘却自家更甚元。

守　愚

祗見春來草木敷，誰知元氣在根株？至人被褐還懷玉，無限神明向内腴。

釣魚亭

袖有絲綸不可量，從教魚子樂洋洋。乘槎直欲到東海，釣取鯤鯨萬丈長。

歌鳳亭

接輿元不是狂生，眼底還能識聖靈。何事下車不得語，由來真隱欲逃名。

飛翠亭

動静無端造化該，閉關禪客莫相猜。若言山静全無動，請看群峰飛翠來。

觀瀾亭

徙倚觀瀾探化機，窮源不得得歸遲。將心與競能分曉，須是忘言静始知。

詠歸亭

功業浮雲過太虛，春秋不復見唐虞。年來還有周公夢，曾點詠歸又起余。

思過亭

林野生來失佩韋，回頭四十九年非。故鄉寸地堪思想，莫戀并州不肯歸。

仰高亭

千載尼山滿逕蒿，晦翁指點到牛毛。還須料理登山屐，一悟象山恐未高。

拱極亭

清風千古首陽高，何物揚雄獨反騒。更笑莊生分義命，天然可是不能逃。

息機亭

海上群鷗不可思，誰將抱甕笑區區。申韓老子還同傳，始信馬還（遷）不腐儒。

見一亭

大氣茫茫信杳冥，森然物色萬縱横。太虛便是乾坤一，亦恐横渠説未精。

松嶺

挺立徂徠失萬牛，清聲時復作颼颼。也應匠石來斤斧，去作人間鐵漢樓。

竹林

松柏蕭蕭霜滿天，此君雙對亦清妍。知音應有伶倫在，不許人間又七賢。

梅根

相思一夜到天涯，春入孤根意轉加。到處會心疎影在，何須竹外見枝斜？

菊徑

霜英色色自怡愉，泛酒還能起病夫。更喜翩翩秋興早，歸來三徑未荒蕪。

蘭畹

獨清獨醒思幽幽，中夜無爲獨遠遊。盡道屈平元不死，至今蘭畹在湘流。

桂　坡
冉冉香來桂子風，高枝折盡廣寒宮。獨憐寂寞空山夜，抱膝無人坐桂叢。
楓　嶠
清齋坐久復行遊，忽見丹楓又感秋。落葉紛紛隨去水，天機袞袞可能留。
柳　隄
楊柳堤頭亂絮飛，沈吟春意澹忘歸。夜深踏遍天心月，又有風來面上吹。
蘆　溪
隨興尋詩到水湄，水光與我共清漪。午風淡淡蘆花起，亂點緇衣亦自宜。
菱　港
夜半鐘聲報曉晴，起看野水與堤平。逍遙觀物到菱港，可是先生亦嗜菱。
蓮　塘
畏日炎炎正午天，萬花無復敢爭妍。水宮淨拭亭亭出，不是濂溪亦愛蓮。
萍　沼
詩人也不喜浮名，感歎無根水上萍。我欲憑風都掃盡，天光雲影看分明。
菜　畦
根頭有味儘堪憐，一食何須費萬錢。知味仍教無此色，前人先得我同然。
藥　圃
千鋤萬品藥苗新，參朮芝苓盡可人。醫國休誇吾有物，須憐病痛自家身。
尋春窐
一窐藏春春更深，暖風晴日許幽尋。欣欣木上涓涓滴，此是乾坤造化心。
避暑洞
石洞陰陰枕簟橫，幽人高臥有餘清。應知赫赫日當午，無限蒼生觸熱行。
桃李蹊
紅桃白李兩無言，笑笑含春自可憐。最是多言能賈禍，白圭三復歎前賢。
百花莊
萬紫千紅春滿園，小車花外喜晴暄。間將物理觀皇極，一度花開是一元。

贈刑部正郎鄭雪齋歸莆田

茲數日以疾累,不得與雪齋常常會叙,甚不懌。又聞雪齋將行,更作惡,此蓋朋友常情也。而雪齋於我,全不相聞,既不問安,又不告别,此何説也?仕途中能容此簡傲人邪?宜其告病歸也。山林有樂,須識高者得之,雪齋豈亦能出塵耶?謝公東山掃榻,相候久矣,第不知其樂幾時耳,因詩以諷之。

潮雨金陵送雪齋,壺山定説好歸來。蒼生任爾愁安石,絲竹清聲自快哉。

寄長洲令郭澄卿同年

清淮去歲憶同遊,楓落吳江又一秋。莫怪道人情亦冷,曾隨孤月到長洲。

謝高抑齋太守

老母受封,小兒進學,兩蒙賀儀,感感。病體未能走謝,愧歉實多。聞開城河,併栽清源山樹,甚喜。偶以拙文换鹿一隻,謹遣家人奉上,聊將敬意,由來衙門中無一毫之私敢干也,幸勿訝。拙詩一首博笑。

綠浮江水入城中,山滿蒼蒼萬木豐。太守也歡山水妙,野人獻鹿頌成功。

寄贈蔣悟庵地官

處處逢人聞政聲,知君雄劍有精神。年來秀氣江南滿,紫帽清源盡可人。

戲贈田忍翁戒酒

洗心一夜戒狂藥,醒眼三年看醉人。聖學最難惟克己,顔淵三月不違仁。

丁亥立春前一日夜坐

半夜怡神坐養真,寂寥榻上更無塵。霜清月冷天將曉,春報融和氣色新。

書齋遣興二首

小小書齋占地偏，坐來真有日如年。鄰家怪我無煙火，不識問人亦是仙。

又

雨澆花木四時好，風掃塵埃一點無。只此窩中吾亦樂，憑誰說與邵堯夫。

謝張大尹惠春筵

惠到春筵，中有羊肉甚佳，晝坐暫歇菜根，喜而得句。

長占先生首蓿盤，薑鹽終日有清歡。昨宵夢破春風鬧，報道羊蹄踏菜園。

與高抑齋太守索曆日

杜門養病，經年不入城郭。盛德在想，而疎於省侍，以求教益，愧歉實多。何日病愈，得一拜望爲慰耶？二司先生並無一册新曆送到府中，若有，希惠下數册，俾村野之間，亦知寒暄氣候，至感，至感。

詩書筆硯帶煙霞，寂寞柴扉自一家。要看好春無曆日，漫將消息問梅花。

答同年季明德見寄

草有精神花有香，生生隨地見春陽。莫將花草誇新艷，要識根頭在故鄉。

贈曾敦厚

正德壬申夏，廣文潘東厓焚香設席，邀余坐觀瀾亭下，出其文集，屬敦厚讀之。余因識敦厚，且覽其所作文集後序，爲之贊賞者久之。自後余以祿仕遊走兩京，及以病告歸，計一十五年，與敦厚無一字來往，敦厚簡余耶？余簡敦厚耶？茲因吾泉二守李春江先生邀爲弟子師，以書來索予贈言，賦拙與之。

文采風流香紫煙，觀瀾亭下識君賢。江山咫尺成千里，不覺于今又幾年。

贈李春江二守三十七首

温厚明通,江右餘干士大夫所以號吾泉二守李先生爲春江也。先生謙而不居,曰:"吾學仁而未能,學智而不足,何有於春江哉?"余聞而笑曰:"吾泉之民,饑而温之以飯,渴而凉之以水,此非春江而何?"然而春之熱爲夏,夏之冷爲秋,秋之寒爲冬,損益盈虚,行藏進退,此亦春江之所以微微教我者也。太極之元,源頭之活,此則春江之不肯教我者也。泉士大夫謂余辱知於春江,何可以無詩贈?乘興作三十七首,其德政之美,人品之高,不於詩中道及,而於詩外見之。

春江江上春可憐,春入江花色色鮮。更愛通渠堪稼穡,農家春好慶豐年。

又

江净能堪半點埃,逍遥一望興悠哉。波恬浪静江逾好,無限春光入眼來。

又

浩蕩春江漾綵舟,晴暄無復獻功裘。野人一識東風面,報道春來不作秋。

又

穿巖越谷必朝東,漫漫隨春到處通。莫訝分時如有異,要知合處乃爲同。

又

萬里空江春亦清,雪消春水與堤平。遊人最愛春長在,江樹根頭坐聽鶯。

又

萬山參錯逞巉巖,作意侵春欲放嵐。一夜江風輕掃盡,水心月照碧潭潭。

又

杖藜江上踏晴春,和氣熏人若飲醇。兩岸萋萋芳草色,一般意思望中匀。

又

江波淡淡捲寒漪,正與人間智者宜。春静無風波不起,從人江上照妍媸。

又

江頭石暖正春深,石上漁人坐柳陰。釣得鱸魚長滿尺,何人攜酒入幽尋。

又

欲駐春風未有因，春風到處總宜人。且看風地江平穩，暫借輕舟去采蘋。

又

何處思君春正愁，紛紛江月上樓頭。只將腸潤喫二碗，不喚墻醪過半甌。

又

春意茫茫何處尋，江頭觀物細沈吟。平生不盡春江興，洗濯歸來詠此心。

又

滾滾西回灎澦堆，轟轟地底日驚雷。春江正在夷陵地，多少遊人去復回。

又

花竹交加春日遲，花間壺酒竹間棋。山河棋上經綸手，試問春江知不知。

又

車前何事怒螳螂，奮臂相當不肯降。浩浩湯湯含垢污，幾人曾信有春江。

又

騎驢雪裏早尋春，江上梅花正還魂。更有一枝花獨妙，清清僻在白玉村。

又

閒來料理釣絲長，江上無風春亦涼。蕩漾釣船尋處穩，看人膏火鬧爭先。

又

昨夜東風報早春，繞門江水盡生溫。老來莫笑春無力，請看微青入曉痕。

又

活潑胸中春有無，平生自信只區區。春江一望何多地，瀟灑還堪著腐儒。

又

清源紫帽兩相高，煙雨相連氣亦豪。問舍求田兩山下，春江笑我祇徒勞。

又

楓落吳江一片秋，令人蕭颯失遨遊。何如滿地春江暖，蕩槳百壺送小舟。

又

空谷幽幽自采真，可憐絕代有佳人。天寒翠袖寧依竹，不向長江媚借春。

又

江柳籠煙十里青,柳花如雪舞風輕。紛紛點斷春歸路,道是無情還有情。

又

江頭春暖看晴暉,羅帶青青曲幾圍。開舡喜有青簑笠,斜風細雨不須歸。

又

萬卷藏書教子孫,吾伊未必盡能文。何如漲漲春江水,漫浸陰功收滿囷。

又

江上結廬對遠山,春來病去得心安。出門一笑何多景,岸有芷兮江有蘭。

又

百卉逢春鬧出新,半江温水躍修鱗。人間此景誰無分,祇恐靈臺未有春。

又

興來不管路欹斜,掛杖尋春興頗賒。幽意獨憐江上草,忘情不賞魏家花。

又

萬物涵春自喜嬉,遥岑一碧出霏微。江神報我春無恙,不見紅塵點釣磯。

又

世間萬事一毫芒,百病欺人藥有方。要得春江消息好,北窗枕上問羲皇。

又

彭蠡春深不可涯,小姑江上立崔巍。東西賈客舡傾出,祇見漁舡載雪歸。

又

春花逼水欲抽芽,江燕尋泥誤點沙。老樹花能開嫩色,舊巢燕不背貧家。

又

水雲輕點白鷗微,相對何人更有機。一片澄江净如練,詩來我亦愛玄暉。

又

黃鸝樹杪説青春,江上風來半掩門。欲賦春詩三百首,自然不肯學西崑。

又

雲暖風和正月天,轟轟鐘鼓不成眠。涵江鬧有春江趣,説在豳風七月篇。

57

又

倚劍長歌有所思，春風動盪意何如。涵江水暖魚歡躍，月滿天明夜色虛。

又

天地無窮酒一甌，相看盡日不生愁。晚來風起春豪壯，吹上元龍百尺樓。

七，少陽數也。少陽能發生，故作詩止於三十七。

春江四詠代小塯謝道夫作

村不識吏

形色生來吏亦人，如何見吏便須瞋。桐城城外千村靜，盡道官貧吏亦貧。

門無懷金

孤月中天照此心，爐香一炷夜沈沈。他年清白大夫第，傳與後人勝似金。

問俗同邑

過化同安有大儒，而今風俗是何如。古人不作將誰問，力挽未還意有餘。

借賢莆陽

有美春江到處宜，莆陽稱頌足新詩。木蘭水亦清源水，願借先生飲幾時。

題潘監生慈孝圖二首　潘之妾有子，而其妻育之甚慈。

深山大澤生龍蛇，此語憑誰一笑誇。悟得孝慈真感應，女無美惡總吾家。

又

妬婦津頭問鶺鴒，行人返哺說啼烏。回心莫作風波惡，且看潘家慈孝圖。

答王閒齋惠酒

搔首江樓正獨醒，新愁高起百丈城。解圍何處來衣白，剪插名花向眼青。

與蘇任真飲歸而有懷

睡足開門日正東，無懷笑喚葛天翁。人生百歲須安樂，春色十分花滿叢。

簡張鳳溪推府

前日蒙差老人許貴、社首倪泰和,督理道路。今土岸至光孝洋十里將畢工,而陳埭至塘頭二十里,則全未。蓋此路傾圮已久,修整頗難,不惟費工,且費財。有蓮埭林甫達、長市柯中元、塘頭王履中、杏墩王才咸,此數人者,有恒產恒心,爲衆所服,可着老人唤來,分付數語,想彼亦歡欣趨事也。願留之意立見,頌歌之聲滿海隅矣。

月湧潮聲漫擊堤,長途風雨苦淒迷。斷橋新整泥無滑,應有行人説鳳溪。

與同年福州府太守朱子文

濯足清江萬里流,越王橋上步新秋。逍遥忽憶朱邦伯,卧穩元龍百尺樓。

與張大尹

敝都六里陂,在晉江爲水利之最大者,其餘陂塘,不能當其百分之一。貧難單丁下户,編排陂夫,看守隄岸,與水浮沈,一役三年,極其勞苦,姑免官徭,其來久矣。近因瑣小陂塘,亦欲援例告乞優免,以致俱不蒙惠。望賜公道訪審,輿以慈仁,此亦漸積陰德,收拾民心之好事也。肯留之意最感。

父母堂高牧愛深,飛雲到處盡爲霖。陂夫不怨三年苦,猶抱區區寸草心。

簡永春柴大尹二首

極目雲山入永春,歲寒猶見物華新。清清坐落三更月,彷彿梅花是美人。

又

浪説詩人膽氣輕,江流石轉解談兵。蓬壺壯士堪操縱,定見永春有石城。

謝顔大尹惠春筵

白淡書齋只菜根,寂寥自笑是鄉村。華筵偶得南安惠,便欲凌風生白雲。

簡安溪黃大尹

安溪好山水，當欲往遊，而未暇也。近聞詩書禮義之政，浸灌于山水之間。山彌高而水彌深，春發青而秋涵綠。使我神爽飛越，便欲躡屐持竿，登高臨流，以紓素想，以窮夫人跡所不能到之處，而清曬白足。未堪遠遊，聊賦一詩見意云。

何處揮弦歌正音，高山流水思沈沈。欲尋僊容萬山裏，奈此苕蕘隔水深。

送黃君惠秀才還海陽

紫帽峰前水色深，青燈夜半細沈吟。鱷魚驚退非文字，忠信在人只此心。

送李德紹秀才還揭陽

文章到處總啾啾，羨子江山解遠遊。須識昌黎原道好，莫將趙德說潮州。

贈廖潮二首

廖潮，江西臨江人也。以公事往北京，因謁吏部，領提學勑書到吾泉。余偕青錢百餘文助之買草履，不肯受，但索余拙詩，因而賦此。

分水關頭望八分，南來西去總潮東。人情何必生乖異，心地平平到處同。

又

萬里歸來穩夕眠，青袍白馬看他年。要知生世都如夢，始信神仙不愛錢。

與陳通守

潮響泉聲自可親，春風到處總宜人。書生來報好消息，通守潮洲只是貧。

贈周術士

君術有神能富貴，我生無望到公侯。相逢只話間風月，冷冷清清一片秋。

謝大參留朋山惠潮絹

惠到潮絹,即已收領,付酒家矣,不知亦頗傷廉否?寒齋元(兀)坐,久無筆墨,望與一二,禪心動時,借以有言,何如?

潮絹青青映小齋,酒杯十日不塵埃。毛公墨子驚春夢,又報朋山清氣來。

遣興柬留朋山

萬里青天萬里雲,誰家白日不黃昏。漁人自喜鈎無餌,高笠短簑臥石温。

與興化傅二守

故人一別許多時,長日思君君未知。昨夜梅稍月下夢,清清遥見木蘭陂。

書齋遣興三首

平旦窗前一炷香,心閒無事自清凉。虎皮坐穩對周易,庭草青青引意長。

又

涵江一水緑於苔,紫帽莪莪映小齋。樵客也憐山水好,時時泛水上高崖。

又

萬水千山到處清,脚跟更不踏浮名。最憐紫帽峰頭月,半夜問丹成未成?

感事示弟子升

雞蟲螂雀亦何求,得失輸贏苦未休。自笑迂疎無箇事,跏趺榻上看蜉蝣。

簡同年郭白峰

東禪寺住持僧戒旺,實郭世立、陳子升之表叔也。曾相見,不敢談及其家世,但句句慈悲耳。若問以輪廻之説,則笑答曰:"無此理也。"蓋釋子之近於儒者也。希執事留衣贈之,以爲他日美談,未知肯否,一詩見意。

61

飢來喫飯困來眠,身外浮雲任變遷。寸地清閑真佛國,不知何處是西天。

題秀林庵禪房四首

高巖穩築禪室新,草青樹綠望中勻。禪家亦有神仙趣,不許禪房坐俗人。

又

煙火生塵不到禪,風光月色自無邊。出家若解無生滅,許爾西天步步前。

又

石泉一掬使心清,最喜中宵兩眼明。看破人生都是夢,風波何處不安平。

又

方寸光涵萬里天,英華落盡見真妍。眼中道路平如砥,信步行行任自然。

二弟落解,詩以慰之,且期待其來日云

瀟灑涵江一帶清,巍峩紫帽映江明。山川出色休嫌慢,梁棟由來欲老成。

題子遷弟移居册葉

側廬山下借隱居,一山清冷欲何如。浮橘發爾春風興,不受埃塵只看書。

寄　友

君對青燈我欲眠,寒山寺裏一秋天。江山咫尺成千里,不覺于今又幾年。

題浦頭書館三首

桃樹池邊亦漫生,村童爭飽不能平。世間萬事皆如此,造物誰能洗甲兵?

又

對面群山萬木青,秋來山骨大分明。夜深見月多秋思,唧唧蛩螿不可聽。

又

一池清水浸秋雲,獨坐無言到夜分。偶聽農夫歡喜話,今年秋季好耕耘。

錢大尹父存庵公正月四日生辰，詩以壽之十首

梅花開遍春正和，雪後梅開景更多。子丑春，如寅何，存庵此時好婆娑。

又

美酒消寒正月天，厭厭夜飲人未眠。座中樂，誰最便，存庵拍手自呼仙。

又

百里歡呼動四憐（鄰），不知誰主更誰賓。不饑寒，是吾民，民道父祖總是親。

又

酒盃日日效淵明，我亦山林不世情。花草鬧，春意明，閑人多壽醉微醒。

又

太極仙人道理公，誰人談道與之同。花與柳，綠又紅，醺醺壽酒蕩春風。

又

九萬扶搖不見山，誰聖誰賢在人間。聖賢書，靜中看，存庵笑人總未閑。

又

天外有天天外馳，白日羽翰可能羈。餐霞處，服日時，七日千年誰得知？

又

笑向溪山欲結廬，最知此地可安居。樵不采，釣無漁，床頭只剩無名書。

又

時行時止覺心安，借問洞天路在前。拾瑤草，斷火煙，試問存庵見自然。

又

紫帽崔嵬聳半天，凌霄石塔出其巔。誰造作，大夫賢，祝公壽與塔連綿。

陳紫峰先生文集卷四

五言律詩二十七首

夜　　坐

獨坐盈千念,沈吟僅二更。百年逐日減,九轉何時成?風靜爐煙定,堂虛夜氣清。石盤鑽可透,暗與自心盟。

夜讀覺倦

選舉乖三代,詞章贅六經。預愁雙鬢白,苦對一燈青。蟲刻終無用,羊亡亦豈輕?何如禪榻上,趺坐斷將迎。

題族姑貞節坊二首

百年期靜好,俄頃發哀彈。不怨生來薄,惟求是處安。茗兼茶作苦,霜與月爭寒。誰在紅塵裏,聞風愧玉顏。

又

何曾愁少婦,斷欲匹忠臣。有弟能知己,乞恩匪爲親。樹茲千載石,風彼二心人。更莫憐無後,須知不朽身。

代蘇户部次韻送張舉人春試

未空樽裏酒,忽起座中人。劍發雙龍焰,毫揮五色新。行應天借曉,笑與物爲春。宇宙男兒事,寧榮一日伸。

送沈推府考績

靈臺窺黑白,人物見卑高。公自持三尺,誰能干一毫?綠垂煙際柳,紅吐日邊桃。萬里饒春色,扁舟任所遭。

送吳司訓擢羅城教諭

對花呼酒數,留客索詩頻。談笑真驚座,風流欲出塵。車圓何擇地,春好總宜人。聞說羅城柳,年來亦轉新。

送劉司訓擢合江教諭,便道還萬安

先生年老,合江道難,故於落句諷之。

秋聲入井桐,涼氣生高竹。欲別此先生,稍煩我心曲。光風久在閩,化雨將行蜀。歸去近重陽,清樽還對菊。

送張主度秀才還龍溪

孤征兼水陸,萬里到幽燕。父事當誰了,吾身敢自便。萱花勞望眼,春色逐行船。歸去三冬足,雲衢看着鞭。

贈監生季時貞還南通州

大尹舊傳經,羨君早過庭。高談都脫俗,老氣解藏英。欲贈無長句,相將只短檠。江湖春水滿,瀟灑進前程。

春晴對酒簡王閒齋

積雨傷春半,忽晴欣日遲。江山皆景色,花草自天機。獨飲吾難醉,有懷君未知。何時同舊榻,清語破前疑。

挽張通伯

陋巷昔愁賢,銀臺晚喜仙。平生毛穎傳,是我送窮篇。雙鳳何多彩,一經亦幾年。行人東郭外,嘖嘖張家阡。

挽安溪劉某

面未識君真,知君是古民。偏能憐志士,更不厭貧人。景逼桑榆暮,情辭草木春。克家稱有子,歸去足怡神。

金陵別諸朋舊往淮安,至江上有所思三首。時正德庚辰冬

倭遲歌四牡,寂寞嘆孤征。索笑憐梅白,因思入夢清。寸心翻鬱鬱,一水正盈盈。重撥爐煙焰,燒殘夜雨聲。

又

黯黯一年別,迢迢千里行。論交期晚節,顧我自多情。涉世防深阱,見山憶舊盟。誰爲元德秀,眉宇向人清。

又

百年將欲半,一藝不能長。進德憖多病,觀書苦健忘。情真時忤俗,意豁轉成狂。蘧瑗吾師也,知非且自強。

江上阻風雨,舟次龍潭驛前三首

行止非由我,陰晴總屬天。孤舟應有畏,永夜不成眠。憐我爲三釜,譏人食萬錢。何時山展隱,徙倚白雲邊。

又

客途逢久雨,臘月見深春。憂國應知欸,逢人盡説貧。江空愁日暮,鬢短怯年新。獨坐何能樂,沈思亦損神。

又

王事催行急,客心欲進前。但愁風自北,敢怨夜如年。江色平收浪,晴光暖破煙。便當置樽酒,擊楫賀吾賢。

渡江到揚州

冬雨乖時節,風帆任疾徐。半江來雪浪,終日索衣裯。到岸猶驚恐,入揚始嘯舒。人生貴適志,仕宦欲何如。

送鄧念齋之任國子監

纔得歡清賞,可堪唱別筵。春行應萬里,好會是何年。秦學深文苑,長安近日邊。加餐宜努力,莫歎足齏鹽。

代簡答張大尹

塵褐偏藏玉,詩囊不污金。平生清脫意,獨鶴在孤岑。渡蟻非要福,放麑爲惻心。魯連不可作,吾欲破吾琴。

代簡答錢大尹二首　冬至前一日。

解元登進士,君自不知榮。識度胸中遠,文章眼底輕。分君浙水秀,照我晉江明。新出牛刀手,便聞有頌聲。

又

端的好消息,歡傳又一陽。幽眠起醉舞,豪興發詩狂。地暖何須雪,梅清自有香。回春歌大尹,聲與日俱長。

題蔣氏世祀堂

幽明有感應,此理豈冥茫?敢廢吾宗譜,重興蔣氏堂。慈孫兼孝子,春雨與秋霜。盤薦新成味,爐生不斷香。髮膚追所自,惻惻孰能忘?

丁亥元旦試筆

艷艷燈花發,霏霏江雨勻。柳從梅作色,人與物俱春。拜起勤雙膝,謹呼動四鄰。酒杯三百後,静坐養吾真。

天恩存問卷爲張尚書題

萬仞聳高崗,凌風起鳳凰。獨憐心最赤,不覺鬢俱蒼。日下尚書府,雲邊具慶堂。自天來雨露,慰我説行藏。始信忠爲孝,翻驚鶴上楊。君親均義命,回首意何長。

陳紫峰先生文集卷五

七言律詩 二百一十[三]首

送蔡虛齋先生赴京

清源紫帽兩相雄,萬仞誰人坐此中?已喜是非能自信,肯將語默與人同。孤舟野渡時將晚,一枕東窗日正紅。今日忽驚離別遠,何時再挹好顏容?

讀虛齋蒙引有感

榜頭龍虎説歐陽,入宋衣冠只是唐。雲谷久應來地脉,清源今始破天荒。何須後世是非定,可卜此生精力長。愧我迂疎猶畢業,未知門下更誰狂。

寓南昌,送王僉憲之子之天台

公子少年愛我迂,新吟贈我錦模餬。客中無酒與爲別,月下因詩來索逋。男子桑蓬射天地,洪都襟帶見江湖。尋常富貴皆餘事,別有家傳不可孤。

自嘆吟

屈指今年念六年,聰明漸覺不如前。每向六經尋妙理,聊因佳士一談玄。乾坤萬里供雙眼,風月兩頭掛一肩。有時發出疎狂話,笑殺山靈盡倒顛。

遣懷二首

萬仞峰頭游我神,世間何地可容身?任爭腐鼠無分我,看破全牛有幾人。長使心閒涵水月,不妨面上污埃塵。這般妙處能知得,別有乾坤一樣春。

又

世上英豪都是誰,千花萬草一般奇。妍媸鏡裏難分辨,榮辱夢中浪喜悲。眼界乾坤三萬里,胸襟風月百篇詩。清源紫帽爭相勝,我肯中間樹鼓旗。

右《遣懷》二詩俱少作,不知向之所志云何,歷十五六年間作何生涯,而今徒只如此也。歲月如流,聰明日減,感今懷昔,徒爾嘆吁。

不寐

撫枕長吁到五更,如何黑者漸星星。美人何處草空碧,窮鬼相隨眼盡青。十萬甲兵誰腹負,千間廈屋幾時成?明朝霜落還能滿,磊磈猶應未盡平。

輓漳州林方伯公曾建觀瀾書院及刊《北溪集》。

瞻仰荊州恨隔塵,觀瀾想到北溪濱。書生終老無方伯,末俗于今有古人。見素與銘應錄實,翠渠作表亦傳神。二公不是能諛者,又況林宗德最真。

輓黃德威

樽酒相逢亦幾秋,幾人襟韻與君侔。君曾倒我三江水,我亦期君五鳳樓。常恐祖生先進馬,未應李廣不封侯。芙蓉城裏今誰主,落月滿梁空自愁。

輓林易齋

俯仰乾坤有幾秋,清風不改一狐裘。世人有眼任青白,沙鳥無心自去留。教子讀書非慕祿,傳家積善勝封侯。死生真忘曾知得,懶向人間白盡頭。

不寐

門掩西風落葉飛,蕭蕭斷續雨聲微。未能一日勤三省,每到中宵念百非。何物獻甘翻作苦,幾時戰勝得生肥。吾儒自有安心訣,不向禪家問指歸。

題雙鵲圖

笑口百年開幾時,可堪鬢髮欲成絲。忽看庭樹來雙鵲,暫借春風入兩眉。

分内此身皆樂地，閒中何處有危機。尋常此意君應會，鵲噪鴉鳴總不疑。

次韻楊叔亨見嘲舟邊濯足

破襪生塵着水仙，盈盈水上那能眠。脚頭平實非無地，眼底空明欲到天。檣燕語風陪色笑，楊花滚雪共蹁躚。風流此日猶曾點，誰道人生只百年？

次韻楊叔亨寫懷，呈同舟諸友

舟横靜對三更月，舳艫不來萬里風。縱有東坡能許可，誰言北海是英雄？劍光的的還明眼，勁氣瀟瀟欲滿胸。最笑酒徒無興致，醒來不飲歎飛蓬。

送李長史先生之長沙

行藏之具，高明有素。今日之行，蓋出於不得已也。親友會別間，亦有知吾先生之意者乎？生妄得而度之云。

天地徒勞混更開，紛紛萬古總塵埃。我思陶令有高識，誰嘆賈生屈大才？白髮暫將秋色去，黃花應候故人來。月明笑拂松根坐，淺酌微吟亦快哉！

送潘東厓助教

古道蓁蕪今幾秋，飛花盡逐水東流。王門莫笑徒工瑟，野渡行看欲進舟。方寸地中收汗馬，五車書裏破全牛。平生我愛真豪傑，不數文章誰最優。

茂松清泉圖三首，爲潘東厓賦

逍遥谷裏自容身，此老當年亦識真。白眼那堪常對客，青山終是不生塵。微風入樹琴清耳，積石明泉玉可人。都付東厓長作主，也應借我往來頻。

又

耳目聰明貴此身，乾坤何處認吾真？滄江煙雨迷漁艇，紫陌喧囂暗馬塵。身外許多皆剩物，寰中最少是閒人。東厓只說松泉好，惹我中宵夢寐頻。

又

月臨翠蓋明高古，石夾清源湧素真。此景可堪容醉夢，仙家安得有微塵？兩間消息都關我，自古行藏不屬人。太極先天誰盡了，等閒拈出莫頻頻。

送葛通守復職歸上虞

眉間黃色映歸裝，清話更能一夜長。雄劍當年悲耿耿，覆盆今日見蒼蒼。尋真要入詩書府，卜宅須求道德坊。遙望南山佳氣滿，憑君細與問行藏。

送余通守致政歸曲江

夾道荔花鬧作春，香風欲住曲江雲。桔橰不用貧生病，脂粉全收淡得淳。一笑功名磨過客，幾人江海坐垂綸。羨君琴鶴歸無恙，贏得日長酒滿樽。

送興化鍾節推考績

盡將法律付詩書，便見胸中萬卷餘。道滿春風時拂旆，人攀棠樹欲停車。九皋靜聽琴邊鶴，萬里翹看滇北魚。最愛木蘭溪上水，終期到海亦徐徐。

送張秀才還江右應秋試

麟筆千秋幾晦明，憐君史外欲傳經。直從禮樂窺顏子，何止天人見董生。滇海秋高鵬翼奮，杏園春暖馬蹄輕。人間花草皆凡品，須出人間覓異馨。

送張伯喬還江右應秋試

閩山歸去一書囊，琴有清聲劍有光。桂子分香應有定，槐花作色不須忙。且看阮籍青青眼，直臥陳登上上床。酒飲千鍾詩萬首，不妨人笑十分狂。

夜坐有感，簡朱墨溪廣文

拂拭孤桐對月明，可堪山水不成聲。真誰氣力能降虎，多少園林欲囀鶯。

遠大有期須實地，分毫無益是虛名。平生胸次何涇渭，偏爲先生眼作青。

甲戌下第，三月二十四日出張家灣

聞說春歸已有期，可人春色亦應稀。客思遠道催行急，舟繞長灣故去遲。江上一樽忘獨老，天涯何處覓相知？懷中多少平生夢，說向癡人恐未宜。

舟次臨清

杏花村裹灰和酒，客子舡中桂作薪。風雨五更時破夢，江湖萬里儘知津。蒼天慣見不平事，白髮應憐未貴人。最是野鷗能脫洒，水中相近更相親。

濟寧阻閘

喚起催歸不自由，無端向晚又啾啾。柳風吹面醉初醒，江月入懷清可收。遲速此生都大夢，乾坤何處不虛舟？相逢半是忙中客，誰解長歌續遠遊？

下邳晚泊

遠嶂依依起夕氛，長河滾滾自天溷。阫上殷勤憐孺子，天下英雄聞使君。千載功名惟故址，幾人夢想不浮雲。月中光景應無限，清借人間知幾分。

僧房夜酌

打破愁城樽酒邊，山川勁氣未全綿。縱無善價堪沽玉，也有清風不用錢。窗下小燈明蠹竹，月邊涼露滴秋天。西庵禪伯似僧悟，漫指蒲團問極玄。

題古玄室

室，泉之紫帽窩也。水抱山環，冬溫夏冷，學修真者居之。正德乙亥秋，余借靜其小丹丘，約待丙子春暮，方束書北上，赴丁丑會試。室主攜詩卷請留姓名，因書此與之。

抱素真人曾此留,排雲掃榻耿巖幽。也知有雪偏能暖,尤訝無風亦作秋。石澗潺潺驚水逝,塵纓滾滾歎人遊。半年待我西銘了,紅綠描春定滿丘。

次韻題小丹丘二首

白雲縹緲四時留,青壁廻環儘自幽。露竹珠涵滄海月,風松波撼洞庭秋。窩中已足逍遥樂,頂上還堪汗漫遊。待看羽翰生白日,人間始信有丹丘。

又

漁郎到此可能留,好鳥一鳴山更幽。正喜清樽宜對菊,那知白髮解驚秋。高情真與千峰會,環堵真堪萬里遊。頗怪忘琴陶靖節,崎嶇何事又經拔(丘)。

登紫帽峰,題金粟洞

拔地凌空失衆丘,雄奇應得數南州。白浮雲谷真堪玩,青映吾廬若可收。滄海遥看深處淺,仙壇幾見昔人留。亭亭老柏丹崖下,欲挽憑誰借萬牛。

丁丑正月初四日,舟次臨清

是日,州人迎春,大張錦繡,而天時亦甚和暖,因試筆呈同舟諸友。

浩蕩春風滿客舟,從容正好及春遊。擬將紅紫千家錦,博取乾坤萬丈裘。鳥度好音如勸飲,草含生意欲忘憂。詩家清景分明在,説與詩人莫浪求。

臨清舟中寫懷,次張南溪韻

逍遥放却上天槎,最是詩人得趣嘉。雲物滿前從變態,春風到處總吾家。翠尋茂叔庭中草,紅映堯夫酒裏花。猶憶蒼生霖雨望,新雷候聽一聲摘。

丁丑二月十五日大風,出試院書懷

萬里東風拂面來,群英肆筆掃浮埃。豈無經濟酬當宁,定有光芒燭上台。佽美未多張詠榜,掄真肯數子雲才。家僮全不知人意,只報燈花夜夜開。

晚步玉河橋，有懷潘東厓

芳草萋萋萬里同，遠遊誰敢恨東風。得官更覺貧中味，經事方知靜處功。城外好山來紫翠，河邊細水去玲瓏。美人胸次皆山水，顏色猶應似舊紅。

遣　　懷

破除舊恨出新篇，轉覺情多不入禪。望遠可堪雲隔水，思歸正有日如年。生憎不飲花渾醉，偏愛無愁柳欲眠。風雨也應知客意，曉來收拾作晴天。

送同年彭仁卿還南海

仁卿，余同年中可畏者也。余方挾長，俾罄厥有惠我，而仁卿以覲省告歸矣。顧余亦有親在堂，能爲情哉？然同年得歸者，例有限期，又安知明年余歸時，仁卿在南海，不蹇別足耶？然則仁卿之樂亦暫也，又安能余誇耶？故於落句諷之。

閩嶺東南春共天，曲江春宴又同年。論心正擬長攜手，把酒忽驚是別筵。此去舞衣應楚楚，何人歸興亦翩翩。白雲影裏瞻紅日，欲借東山恐未便。

送同年吳文傑還夔

夔入國朝來百五十餘年，至文傑始第進士。

磅礴胸中不可涯，縱橫筆底見紛華。妍時盡放巫山出，險處還將灧澦誇。天破久荒連五桂，前朝進士。春回喜色動三巴。錦衣迢遞東風道，人指神仙望去槎。

壽林泉山尚書代顧武庫作。

瀟灑重恩堂名。白晝光，春風又轉特恩堂。經霜老柏根逾壯，得雨新枝葉更長。天上無塵惟綠野，人間全福幾汾陽。廟堂正憫蒼生渴，擬向仙翁借壽觴。

謝戴梁岡吏部惠緑豆酒

寂寞枯腸不可搜,望鄉時倚夕陽樓。千山紅樹重遮目,一夜清霜欲上頭。杳渺好音聞過雁,依稀春夢見盟鷗。羡君緑豆堪澆渴,不數人間萬户侯。

送王存約都諫改官之任

蕭蕭殘雨北風涼,冉冉浮雲淡日光。白髮愁邊争出早,青山夢裏欲歸忙。何人痛哭心徒切,此去江湖憂轉長。却怪春明門外别,眉間還見有真黄。

次韻送胡石亭憲副貶官之任

東漢清流信可傳,直辭勁氣想當年。世更今古空成恨,誰向江山欲結椽？霖雨終須龍卧起,春風好送馬蹄前。逢人莫漫論天定,且放情懷到酒邊。

送地官貢月樓致仕還江陰月樓之子山東僉憲,亦以疾歸。

福地誰能早致身,畏途何處覓通津？江陰忽報歸孤艇,林下争傳見一人。獨樂更應誇有子,雙清總得羡無塵。何時我亦滄州(洲)去,魚鳥相忘會意真。

一竹爲黄門田用周作

豪氣崢嶸付酒樽,眼中萬馬盡空群。平生落落誰知己,獨立亭亭有此君。静想孤根宜實地,笑看清影勝浮雲。何時對我偏相慰,雪落庭空正掩門。

一峰亭爲鄉同年方世元尊甫侍御公作二首

松竹交青遠映空,梅花時白杏時紅。小車花外開三徑,高枕亭前見一峰。獨樂人應識司馬,上林我已厭元龍。登臨剩有平生屐,留與仙郎躡舊蹤。

又

雲漢飛騰雙翼長,倦來穩借一枝藏。也知黍熟經時久,却笑人生爲底忙。

疊石爲峰從不雨，環亭種菊亦堪賞。眼中我亦興歸思，翰馬蹄前雪滿梁。

送林君信侍御使江西

劍鋒耿耿逼虹霓，高枕時聞半夜雞。騰踏忽驚空冀北，激揚先喜到江西。鵝湖水滿魚爭躍，鹿洞雲深路不迷。如此湖山閒一賞，就中更有上天梯。

輓顧武庫乃翁

萬里仙郎望去程，脚頭到處有清聲。始知食德須天足，浪説陰功猶耳鳴。逝水潺潺悲舊會，行人嘖嘖認新塋。太常作表虛齋誌，幾度驚看俗眼醒。

夜雨感懷

急雨蕭蕭斷復連，凄涼又是一秋天。客愁未破三杯後，舊事空追十載前。到處布衾聞惡卧，何人肉食得安眠？盡情還有孤燈在，爲照豳風第一篇。

己卯四月，阻風淮上，即事有感，呈同年林維德

萬里陰風日怒號，宦途贏得此生勞。馬前久厭紅塵惡，舡底又驚白浪高。盡説東南民已竭，可堪豺虎氣尤豪。幾廻對酒難成醉，祇欲狂歌續楚騷。

輓莆田曾崇賢

過濟寧，同年葉鳴玉爲道崇賢行實之美，因索輓詩，乃作此。

排貧食力半生勞，積散鄉鄰晚更高。自覺疴痒忘彼己，敢言陰德爲兒曹。學田誰解捐二頃，薄俗應慙靳一毛。今日山墳盈宿草，猶聞朋舊有哀號。

庚辰春盡日，過大義江，舟中夢得詩四句，醒起足成一首

春風纔見百花新，轉眼離披又惱人。杜宇聲中重致意，逍遥谷裏可容身。此四句夢中得。養真最愛圖南睡，安分寧憂原憲貧。寄語家僮多種秫，秋來吾欲

醉鱸蓴。

庚辰季夏南都即事

誰將大有卜今年，春種初苗雨又慳。受暑若焚惟問馬，從公弗息幾歸田。流離有態堪圖畫，慟哭無聲到管弦。萬頃煙波舟一葉，何人正在白鷗邊？

金陵雨中送顏德升教諭香山

顏尚苦工進士課業，故落句諷之。

風雨蕭蕭水亂流，眼中百物盡驚秋。誰將天地回元氣，我欲江湖問釣舟。對酒且拋身外事，羨君好得嶺南遊。官閒地僻真成隱，何事燈前苦未休？

夜宿金陵盧龍觀感事，簡觀主王東谷

夢隔華胥萬里津，人寰到處幾安身。馬牛賦與應誰恨，天地蒼茫自不仁。伏虎要看龍作配，清風只許月為鄰。不生不滅渾無事，最是仙家認得真。

庚辰冬往淮安，舟次揚子江邊，感事不寐

細推今古祇徒勞，我亦勞勞未見高。何處霜威壓花柳，誰家春色入蓬蒿？夜來耿耿聞三鼓，曉起蕭蕭見二毛。欲問堯夫皇極數，一元陽九幾迴遭。

渡　　江

曾獵水軍誇百萬，截江鐵鎖費千尋。幾經分合空流血，無限英雄不到今。水石帶腥猶有恨，乾坤生物果何心？我來幸遇江平穩，靜聽漁歌作好音。

辛巳春到淮安鈔關，夜坐書懷

欲借春風一解顏，春來正在舳艫間。嚴持酒戒偏能飯，稍放書程亦自閒。心裏有天堪白日，眼中何地不青山。千週未了參同契，一炷清香坐夜闌。

寓金陵感秋十首

畏途百折敢爭先，豪氣消磨亦自憐。到處逢人惟有忍，幾廻中夜不成眠。爲難正得似原憲，不校猶應愧子淵。滾滾是非何日了，令人苦憶種瓜田。

又

望中嘉穀已盈疇，風雨連朝苦未休。江上鱸魚應受釣，鏡中頭髮又驚秋。九攻枉費機心巧，百鍊甘爲繞指柔。勝負古今閒局面，出門一笑更誰仇。

又

俯仰周旋強作顔，將心能得幾時安。讀書盡説居官易，得路方知涉世難。三徑西風黃菊瘦，一天秋水白鷗寒。易圖元有真消息，姤復中間仔細看。

又

聲色乖崖可得同，令人羽翼欲隨風。斗筲總不能容物，醜好何由敢入宫？此日乾坤偏雨露，鄰家花柳更青紅。紛紛惹得閒鶯蝶，一笑那知是夢中？

又

金陵佳麗映天長，望望閩天在一方。時見輕風吹紫帽，更憐細雨濕羅裳。從容看去還能遠，瀟洒詠歸可是狂。吾自有心吾自主，囂囂衆口總無妨。

又

崎嶇世路雨冥濛，士論年來甚不公。小技也能憎命達，壯夫豈肯哭途窮？浮雲靄靄當空薄，細水潺潺與海通。便可乘槎遊萬里，那知鬢髮解成翁？

又

破屋蕭條苔色青，幽花樹底出微明。好懷客裏爲誰放，病骨秋來亦自輕。遥憶雁行應有信，即看燕子大無情。閉門莫怨黃昏月，夜夜疏蛩只此聲。

又

怪見尊榮逼短襟，百年曾信亦消沈。塵埃到處誰青眼，山水隨身自素琴。老筆退鋒聊息戰，亂書藏奧足幽尋。短檠半夜逢傾蓋，相對忘言印此心。

又

曉來風色作蕭蕭，極目鄉關路正遥。百怪張皇驚魍魎，一枝安穩歎鷦鷯。

日將空釣垂流水,晚泊孤舟看上潮。此樂何如叢桂裏,小山於我更須招。

又

西風瑟瑟報秋頻,石上藤蘿月色新。君莫有心欺病客,天將教我作閒人。盡稱美玉堪成器,須得他山乃見真。信步何曾知有命,羊腸坂上且轔轔。

贈鄭希嵩還龍溪

希嵩,含山大尹希禎之弟也,典倉儲于南京。以能醫,往來余館甚熟。今役滿,冠帶歸,索余贈詩,因書此與之。

崢嶸詩骨瘦生寒,藥裹憑君暫借安。閩俗泉漳元共好,君家兄弟亦皆難。榮歸定有深杯酒,樂事還尋舊釣竿。祇是池塘春草滿,漫勞清夢說含山。

贈大理林次厓之京

瀟洒衣冠綠染苔,門前積雪白皚皚。相思正苦梅邊月,欲別那堪林次厓。天地許君能正氣,江湖笑我亦歸來。行藏更有深深處,莫把文光燭上台。

簡大司空吳東湖先生

先生抗疏決歸,而猶掌戶部印,外議紛然。辱在愛下,敢以詩見意。

冉冉浮生得幾秋,黃河不復向西流。功名正喜稱夔鑠,老病還須憶少游。此去看花猶半吐,何人完璧肯遲留?東湖書院真佳景,歸去來兮休便休。

壽張半閒爲文選方矯亭作

俄頃光陰逝水間,百年曾見幾開顏。如何此老偏多福,早向浮生得半閒。一日正誇似兩日,人寰欲轉作仙寰。矯亭頌禱文章切,報道先生仔細看。

壽陸蘭谷六十

谷口猗蘭天與芳,幽花排葉出輝光。也知甲子春初遍,盡道花神晚更強。

到老深林寧改節,何人入室不聞香？朝朝墜露君須愛,滿取十分泛壽觴。

題澹軒王太守九十壽詩卷澹軒子今爲刑部侍郎。

蓬島仙人骨相殊,福田信亦不區區。承家司馬本寒族,畏利孔戡如懦夫。一澹此生元正性,百年到處見真吾。岳陽范老江湖念,盡與忠宣作壽圖。

薄姑蘇次南吏部諸公贈別韻

皎皎三更月滿峰,心兵寂寞失前鋒。也知金粟無人到,金粟,仙洞名,在紫峰絶頂。應有白雲盡日封。悔昔才疎空擲筆,從今睡穩不聞鐘。幽人亦有男兒事,無暇栽花與種松。

書齋夜坐述懷,簡高抑齋太守

病軀那得九廻腸,聊把安心當藥方。求退只因知分定,甘貧更不趁人忙。花明小屋群書靜,月入斜窗半夜凉。忽憶蘇州韋太守,居崇欲覩郡民康。

病　　起

簷鵲聲聲報少安,催租無客且開關。數竿不俗籬邊竹,一點可人天際山。炎火漸灰呼吸後,靈丹尚在有無間。何時九轉堪開鼎,散與蒼生盡解顔。

題　一　寄　軒

草樹長春綠滿階,清源深處見蓬萊。神仙降世真誰識,懷抱逢人有幾開。白髮三千驚作客,蒼生百萬苦沈材,相思我亦清宵夢,時在姑蘇最上臺。

對　　酒

一寸靈臺六尺身,乾坤分付作何人。十分杯酒十分醉,無限鶯花無限春。未信飯山終太瘦,久知戶牖不長貧。耳邊赤舌時炎赫,一笑何曾動點塵？

即事寫懷

四月清和麥正秋，長溝通港水安流。人言大麥能脾健，我試小甌若病瘵。田起春禾欣色色，樹群野雀任啾啾。若無俗客談官府，只此窩中足遠遊。

端午喜晴

滿城風送雨蕭蕭，多少農夫愁到苗。今日端陽忽晴霽，逢時佳客共逍遙。酒堪撥水招明月，醉欲乘風步紫霄。我亦不知誰是我，雙眸朗暢在明朝。

賞蓮

愛蓮說說濂溪，我亦愛蓮蓮未知。晴日滿山薰欲醉，光風吹面笑相宜。貧將鬱鬱方爲樂，語到平平始是奇。天地無窮人不老，一聲好鳥在高枝。

甲申新春試筆

風向西來又轉東，浩歌清興與誰同？柳絲裊嫋還千樹，花錦芬華又百叢。子弟揭書皆識字，鬢毛驚我欲成翁。鄉人齋戒祈安穩，報道神仙有異逢。

喜晴

清溝泛溢不波濤，地僻無人共小舠。白酒三杯欣獨酌，黃粱一覺笑徒勞。蕙蘭雨過還爭茂，燕雀風微亦自高。正是晴和天氣好，杖藜隨意出蓬蒿。

早起出書齋門外獨立

潮平岸闊柳依依，紅滿扶桑百萬枝。溝澮深深都足水，農夫箇箇盡開眉。借錢多買好春釀，拄杖漫看平路岐。更愛野僧能識字，新茶跪進乞題詩。

小雀聒耳

擺脫禪扃發興幽，從教庭雀亂啾啾。累身正苦顏如玉，生子何須氣食牛？

山出雲來濃作雨,水將春去半涵秋。春秋晴雨渾閒事,一笑樽前散百憂。

睡　　起

夢覺關頭望八分,乾坤萬里自堂堂。無邊風月生虛室,得意江山入錦囊。眼界可堪容齷齪,心兵未許起冥茫。低頭笑看塵中客,蠅利蝸名亦自狂。

乙酉元日病中試筆二首,簡田南王一臞

今日得年四十九,喜見涵江春水肥。江上梅花猶白點,陌頭楊柳欲青垂。多藏美酒聽鶯囀,豫整舊巢待燕歸。更逐新春進新德,何須來歲覺今非?

又

昨夜東風入敝廬,曉來門外見新符。山茶映水回春色,樽酒招人起病夫。破戒一斟將興發,從渠三勸覓愁無?意中我了南山老,應有杯盤到一臞。

乙酉春前二日,病臥僧房,聞花樹上鳥鳴好音,起吟

枝頭幽鳥語綿蠻,白晝驚回夢裏閒。一片野心遊物外,九天春信落人間。田翁向我問栽秋,家塾呼兒讀訂頑。此意慇懃誰領會,隔江獨坐聽潺湲。

元夕僧房獨坐二首

輕風入樹晚蕭蕭,僧院牢關坐寂寥。野外無人堪笑語,靜中隨地足逍遙。殘編漫展對燈火,清韻微吟當管簫。此是元宵真富貴,樓臺爭得羨岩嶢。

又

夜深無語興幽幽,時坐時行是遠遊。燈火轉青偏照眼,月華垂白欲侵頭。安心未即拋詩卷,養病暫須戒酒甌。笑向野僧漫一問,元宵可亦入禪不?

夜半呼童烹茶溫酒,看杜詩、左傳

微風細雨帶春斜,苔染柴扉自我家。老去詩篇猶筆墨,坐來呼吸有煙霞。

殷勤鄰舍堪沽酒,點檢杜詩自煮茶。半夜呼童燈起火,那堪左氏最浮誇。

雨中獨坐,憶弟子升與表弟郭世立。時子升入北山讀春秋,世立居資壽寺讀易

雨香花氣發春寒,更奈琴僮報酒乾。老我誰知留意遠,愛才不說作文難。莫將左氏耽成癖,須向先天看弄丸。野寺山阿茶熟後,可曾清對月團團?

夜來枕上聞雨

甲申冬連乙酉春,百日間無三日晴。米價趨時欣踴躍,貧家終夜苦經營。我田不滿中農數,里正何勞再次征。明日文章兼債了,攜壺花外聽啼鶯。

僧舍閒行,喜晴,不得酒

風雨淒凉久作秋,忽驚春日出牆頭。遙瞻野岸明花竹,更愛農夫賀麥犨。惠遠不開蓮社酒,淵明欲作醉鄉侯。虎溪寂寂無人到,祇見清流泛白鷗。

病寒小愈,起坐遣興二首

久雨初晴退曉寒,敝裘輕換布衣單。苔侵書架還生色,水溢硯池不作瀾。且向病中聊取樂,肯於分外更求安。莫言妙理難分曉,識破浮生已是難。

又

玲瓏户牖不生寒,來往無人未覺單。杳杳雲山都入眼,滔滔名利幾迴瀾。生前有福閒爲上,身外無營病亦安。健步攀緣登絕頂,韓公曾苦下來難。

獨坐觀潮

欲挽春江入畫圖,依稀摩詰筆痕疎。酒醒半夜潮頭壯,茶熟中天月影孤。不管明珠疑薏苡,只將本草覓菖蒲。年來頗識滄洲趣,翻愛文章淺與粗。

感事不眠

新愁覺夜不成眠,抱病起吹燒藥煙。花信報春又二月,禪房坐我忽三年。

已無志意争前進,還有是非阻静便。忍字大書常掛壁,莫將忿躁負神仙。

贈孫杏林

燈窗矻矻許多時,辛苦業儒又業醫。笑向病夫誇好手,驚看俗士樹降旗。也知市道交堪賤,不信陰功報最遲。習習和風吹藥裏,杏林應爲發新枝。

贈李竹陂

萬仞清源出竹坡,鄉人時問竹如何。我言竹有清虛節,不作人間斌媚歌。名利笑今真澹薄,文章學古太磋磨。庭前有草春來滿,竹下青青色更多。

贈鄧念齋學諭受獎勸

喜鵲誼呼驚柳眠,報聞獎異到青氈。憲臺自是采公論,多士盡稱兆有年。_{今是貢舉年,預擬賢才出。}的的花生巨筆下,茸茸草發小車前。何時共到紫峰上,酒後高吟一百篇。

早起出書齋門外,有懷地官蔣悟非二首

個個青山盡有情,清源紫帽兩崢嶸。白雲漫起山逾静,平旦遙看眼倍明。琢句五更飛玉屑,夢君幾夜到金陵。故人相見須相慰,莫道三年不寄聲。

又

茅山百里遠相將,楊柳依依引興長。乘月投壺還嘯咏,喜君得句甚飛揚。共尋流水觀行止,更把良弓論弛張。一別三年剛一會,可堪使節又催忙。

送鄧念齋學諭赴春試

念齋將行,爲余作"紫峰書館"四大字,及遊山詩十數首,示清脱雅意。

年少秋風好桂枝,廣文氈冷自吾伊。北山冒雨敲詩瘦,南洞尋仙作字奇。定見杏花春信鬧,莫愁梅嶺馬行遲。榮歸若過羅浮下,爲我排雲覓紫芝。

送晉江張大尹入覲

凜冽西風起素秋，白雲紅葉兩悠悠。賢侯報政應多喜，獨鶴隨琴不可留。路繞故山時入夢，情關赤子屢回頭。丈夫我亦多情者，夜夜相思月滿樓。

送南安顏大尹入覲

荒崖絕壁可躋攀，瞻仰彌高學有顏。冷借秋風吹北上，暖回春色到南安。贈言盡說堪羮豸，古意還須想杏壇。寸地平平江路穩，看君清洒出人間。

贈高抑齋太守十首

拂拭京塵入故林，鳴琴更不覓知音。閒推皇極窮天地，笑看浮雲變古今。長日小齋無俗客，清宵獨榻自禪心。人生安靜得如此，須念邦君雨露深。

又

髮短心長不自由，蒲團無語坐深幽。半江滾滾潮驚客，獨樹盈盈露滴秋。冷意侵床風與月，佳人入夢去還留。抑齋信有東溪興，應爲山陰笑子猷。

又

左手扳荊右挽藤，迢迢望嶺入雲層。看人辛苦誇先步，愧我迂疎謝不能。佳客座中來白酒，叢書案上出青燈。高聲朗誦東溪賦，不管山童報二更。

又

萬里江頭坐釣翁，長竿掌上起清風。淋漓花酒供垂老，酩酊歌詩笑未工。誰是可人來看竹，鶴因俗客不開籠。溪舡月滿蛩螿静，孤影隨身自養蒙。

又

繡斧光明動玉荷，湖南湖北竹枝歌。抑齋舊曾按治湖廣。歌聲盡道兵無殺，碑口誰云石可磨？白髮稍侵便欲去，蒼生力挽可如何。泉南士庶言雖拙，朴素無文意已多。

又

幽思蕭蕭欲滿懷，百川東逝幾時回。少年忽過惟多病，一日偷閒且百杯。

嘯月嘯風誰領會，倚松倚竹自徘徊。山林朝市俱堪隱，何必區區與世違？

又

身隱何須更用文，不文亦自不沈淪。無妨結會白蓮社，豈肯上書光範門？漫說江湖堪避網，要知畎畝不忘君。樵夫歇檐還能樂，長笛一聲村外雲。

又

蕭散打乖更學呆，野遊那有白鷗猜。莫愁路遠天難問，但得心閒道自諧。綠野相公剛喜笑，赤松仙子又歸來。相逢共道好消息，不許人傳到抑齋。

又

棄置行囊且息肩，東溪自結看山緣。蒼蠅畏賦逃山窟，白鳥倦飛立水邊。不辭野叟三杯勸，暫借僧房半日眠。縱有百年還未老，多多光景任流連。

又

世事浮雲自可知，安心是藥莫生疑。長安卿相多年少，老杜詩篇此句癡。五馬飛黃將去遠，三秋思憶恐來遲。新春藩臬閩山重，須許泉人看錦衣。

題聶僉憲平寇冊八首

豸冠凜凜振清商，草寇能誇白刃長。城上無聲堪嘯月，胸中有箭解穿楊。即看隴畝秋收稻，正值蒹葭露轉霜。安得甲兵長洗淨，塵氛莫使更張皇。

又

許多英偉說前籌，遙望前鋒氣即收。可是赤眉真有力，祇因白面自深憂。何人發憤身皆膽，一道淒涼月滿秋。百萬農夫喧笑口，誰家雞犬不蒙庥？

又

法司兵法美如何，曾拜當年馬伏波。銅柱嵳峩凌石塔，漳江明淨出煙蘿。歸田老叟無稱頌，入樹秋聲當凱歌。我在滄洲聞信息，也攜樽酒舞漁簑。

又

短劍長鎗更翠旗，武夫俗吏可能支。霜摧榆柳落將盡，雪壓梅花開亦遲。平寇也知天意思，凱歌真欲淚淋漓。用兵誰說書生拙，緩帶輕裘亦有裨。

又

到處煙塵滿竹扉,攜孥人去幾人歸。可堪小寇能成陣,忽報先生欲解圍。險語誓天天爲怒,長戈指日日生輝。捷音報我起呼酒,喜得輕身坐翠微。

又

聚嘯驚呼滿綠林,千村何啻失黃金。鱷魚惡毒能多害,刺史文章只片心。又有賢侯投網密,取諸惡物出溪深。江湖我亦釣竿手,那得絲綸萬萬尋?

又

白氣崢嶸太作豪,西風蕭瑟暮鴻高。果然醜類來毒手,無數先生失武韜。屯聚亂搥金鼓震,傳呼欲破石城牢。巡風使者多心計,坐看妖氛靜擾騷。

又

擬向花前散百憂,淒風慘雨忽成秋。天來殺氣真無謂,人苦傷心可自由。群盜誰能驅北走,長江憤欲向西流。憲臺聚米畫山谷,積歲煙霾一旦收。

次韻祝憲副遊清源南臺二首

松檜參差間石楠,藤蘿藉手到仙庵。清來源水寒生北,紫染帽峰秀出南。净土抽茶堪慰渴,晴雲欲雨不爲嵐。爐薰柏子留天使,詩酒從容半日談。

又

石臺壓土立峩峩,境比清源勝幾何。天上雲來翻霧雨,海東日出失蛟黿。芒鞋遊客杯盤冷,詩句何人意思多?望月醉歸猶一斗,也知路險不騎騾。

贈永春柴大尹平寇二首

赤子呼天復怨天,縱橫豺虎自年年。江魚遠逝厭流血,山鳥驚呼入暝煙。莫道書生無膽氣,請看籌策有幾先。指麾白羽風塵靜,多少人家得晏眠。

又

千村萬洛(落)半蕭條,多少游魂不可招。盡道天心何大忍,豈知生意未全消?雷驅旱魃能爲虐,雨帶風聲欲起苗。掃净塵氛開壽域,可無清頌到漁樵。

贈寫榜莊某

瀟洒衡茅養素真，雲煙萬紙未全貧。左規右矩暫諧俗，喜瘦憎肥半入神。細寫程文增態度，大題時俊出埃塵。鹿鳴預宴都閒事，筆諫還期動紫宸。

寄永春柴大尹

痞鬱胸中二十年，清狂未信不神仙。問醫何物能開鬱，使我中宵得穩眠。瑞日祥雲春可愛，光風霽月夜無邊。古人高處今人仰，夢裏問君君亦然。

次韻寄福州太守朱子文

金臺夜話憶當年，色笑知君半是仙。瀟洒故人皆進步，優游老我祇如前。承流肅政雖移地，春雨秋霜總一天。何日三山山頂上，論文論政更談玄。

丙戌新春試筆

稚子歡呼走看春，紛紛錦繡鬧城闉。乍回萬里江山色，又見一年天地仁。舊事到心知病痛，好風吹面覺精神。官頒曆日來稠疊，歲月無窮總是新。

古元道士重蓋涼亭，來索錢助費，答之以詩

古元不到幾經年，雲壑風泉夢宛然。遊息涼亭都再造，辛勤道士亦堪憐。自慚仕宦無餘俸，更笑文章不值錢。待到秋來春稻熟，減餐送助洞中仙。

答郭袁州同年見寄

黃生不見許多時，兩地懸懸想共之。千里好風剛送字，五更斜月正侵帷。曾聞當路多青眼，更喜承家有白眉。我亦衡門誇自在，那知鬢髮欲成絲。

秋前二日，有懷李春江二守

春江以事繫福州，不相見已經年矣。

早晚淒清欲作秋,撫松倚竹自夷猶。美人別我驚芳草,清夢隨風到福州。世態炎涼堪一笑,參同奧妙可千遍。人生若會環中趣,明月當天碧水流。

秋夜有懷永春柴大尹

長風木杪起秋聲,新月當空萬里明。妖草望秋無舊色,妖草指前歲流賊。故人對月自多情。公餘只管經兼史,分外何知利與名。牧愛後堂須立扁,從人題作去思廳。

秋夜讀史有感

菊花相對又杯盤,何事眉頭不暫寬。天上常時雲黯黯,人間幾見月團團。西湖有廟誅秦檜,後代無人謝曲端。莫怨佳人多命薄,雲卿當日也紅顏。

夜坐書懷

人間晴雨不堪聞,扶杖歸來酒半醺。坐我草茵仍對月,看人劍氣欲凌雲。大浮滄海疑無地,净掃塵埃得此村。千古鍾期如可作,謾將方寸一云云。

寄少參謝松澗同年 松澗在金陵時,曾示我以修養之法。

松澗高深信有仙,無言示我悟真篇。三杯共慰風雨夜,一夜可堪四五年。短髮未甘終歎老,故人應許更參禪。西江月照西江水,誰道蓬萊有火煙?

聞同年諫議史筍江之訃,詩以哭之

去年送子出東門,三疊陽關酒半醺。今日北風來萬里,淒涼信息不堪聞。素心曾照筍江水,爽氣應隨月夜魂。斜日寒天香一炷,淚流無語痛斯文。

憲副方棠陵寄到破屋詩集,詩以答之

學仙學佛兩無成,幾見故人慰曲肱。千里有詩來破屋,六年無語寄棠陵。

也知經濟皆吾事,曾望先生自此升。迂拙祇驚猿鶴怨,洗心聊與紫峰盟。

丁亥新春試筆

春雨添江欲到田,人人盡說有今年。滿斟村釀微微醉,笑看庭花色色鮮。書卷從兒勤摘句,水心照我莫生煙。桃符信有畫師手,寫出人間不老仙。

春日有懷顧洞陽太守

日暖風和百物新,雨香千里路無塵。鶯啼哈哈(恰恰)黃舒柳,鷗泛悠悠白入蘋。最愛錫山饒活水,由來南國有佳人。孤燈照我長多病,自笑無能祇有真。

贈鎮東聞尚德

太守莊青峰盛稱尚德妙於相術,偶相見,即知余是恬退人也。余愛其聰明脫洒,詩以贈之。

菊花作色映藤蘿,白白黃黃秀氣多。何處雙眸來朗暢,相余兩足不奔波。麻衣笑卻一金贈,茅筆願求七字歌。他日塵埃當盡脫,華山頂上踏嵯峨。

送順德令曾漸溪考績

悠悠旌旆出山蹊,多少行人說漸溪。辛苦三年真順德,撫摩百姓似孩提。重陽佳菊明秋色,滿路香風送馬蹄。笑我居然林下坐,看君騰踏上丹梯。

吉津橋上送蘇伯忠太守之京

送人作郡去年秋,今年又送蘇惠州。一途春色真堪賞,三疊陽關那得愁。飛燕迎風隨蝶舞,大魚吹浪撥萍浮。吉津橋下潺潺水,豫爲他邦作善謳。

贈蔣悟非休致二首

秋發鱸蓴江色開,情人江上賦歸來。悟非正喜今朝是,忤俗休生舊日猜。

到處煙波橫釣艇，有時雪月坐瑤臺。人生如此須知足，管甚經綸屈大生。

又

長風萬里掃車塵，忽見清秋月色新。人有悲歡都是夢，誰知富貴不如貧？山中芝草堪供飯，洞口桃花怕問津。書屋三間無雜物，許君來此共棲神。

贈吳洲黃孟偉太守

大海灣環流不停，吳洲誰始發山青？燈窗刻苦驚前輩，節行艱難聳後生。白菜充廚曾歎苦，黃金橫帶不知榮。滄波一望鱸魚美，千里相思月正明。

送郭白峰教諭吉水

正喜相親得飲醇，可堪攜手遽離分。飛霜莫道舊御史，化雨要看新廣文。苜蓿滿盤休感慨，丈夫到處有經綸。梅花白點三更月，夢裏分明說是君。

送吳體衡司訓博羅

讀易山齋閱幾春，爻辭象傳折紛紜。命窮浪說堪科弟（第），學富偏宜作廣文。交翠草香都滿地，無邊月色欲浮村。嵯峨四百峰頭上，待我乘雲遠訪君。

戊子新春試筆

病告歸來今七年，塵埃點不到門前。風雲俱靜和生暖，山水相涵光鬪妍。村酒香聞官酒外，梅花信到菊花邊。大家兄弟相誼樂，共說高堂坐正便。

春晴觀物，有懷李筠溪

涵江水滿白魚肥，海岸籠煙綠柳垂。晚暮最欣風樹靜，曉晴又見雨鳩歸。可憐燈火偕勤苦，更憶兒童共喜嬉。老大多情時作惡，自將絲竹寫襟期。

送李春江長史之任魯國，且便道過饒州

煙霞靜處聽潺湲，似說攀轅欲去難。竹露點衣渾若洗，春風吹面不生寒。

江西浩蕩看彭蠡，天下規模見泰山。他日舞雩清詠發，也應寄我一開顏。

次韻呈同年聶雙江御史

萬里驅馳匹馬忙，回頭還認自家鄉。逍遙暫對千峰静，信息時聞半夜香。不爲養生供飽煖，休嫌問俗說耕桑。道人樸子從來別，到處風生滿地凉。

送顧太守赴省城與試場

悠悠旌節映槐黄，五馬蹄輕踏草芳。秋氣千崖都作峻，清風一道有餘凉。滿塲未許趨時樣，具眼定應得大章。渺渺莫驚滄海闊，遺珠正好發幽光。

秋夜遣興簡顧太守二首

萬里清江一色秋，何人濯足在中流。谷神深處尋真訣，容膝齋中賦遠遊。身外浮雲空漠漠，耳邊小雀自啾啾。清寧太守閒無事，肯到明河共泛舟。

又

春滿崑崙不作秋，黄河能使向西流。參同指點皆虛語，亥子中間有勝遊。潭水虛澄山寂寂，庭花漫舞鳥啾啾。袖中自有支機石，野渡何妨不濟舟。

簡錢立齋大尹

到處縱橫豺虎郡，何人巡捕浪紛紛。孤兒弔影還堪箠，寡婦哭聲不忍聞。地下十王應設獄，人間萬口欲摇村。清明賴有中堂在，幕下觀瞻可自馴。

賀顧新山方伯陞太僕寺卿

北來佳氣滿清源，光照崇陽色色欣。途坦應無凶悔吝，才多兼有慎清勤。經綸他日期登鼎，太僕此時暫借君。笑我迂朧林下病，涵江坐穩釣臺温。

戊子初冬得薦書，不果行

國書催我上長安，行李蕭條路亦難。薄酒也應冬日暖，敝裘聊退北風寒。

遣愁發笑寧無訣，醫病還元自有丹。待到雪消春萬里，静觀定見好容顏。

除　夕

持取湯盤濯舊塵，衣冠擬整明朝新。未愁一歲老侵我，且喜三分春煦人。樽酒相親忘酪酊，燈花獨對覺精神。臞肥戰勝何須卜，爆竹聲中消息真。

己丑新春試筆

病告歸來今八年，聰明肯道不如前。萱堂優逸誠堪喜，春色融和正自妍。新命敢忘天北極，幽懷只在水西邊。東風吹起春花好，春草成茵借睡便。

喜雨簡顧太守

瀟洒輕風掃路塵，微茫細雨點津津。盡言太守有真感，始信蒼天無不仁。麥滿高陵都哞哞，粟填富室自陳陳。爲其閉糴騰價也。春風習習動千里，誰在衡門笑語新？

喜雨錄呈少參謝松澗同年

年來學稼事西疇，四體不勤亦半收。誰謂乾封焚地赤，吾將辟穀與仙遊。春風滿袖來天使，甘雨隨車喜澤流。分付家僮多種秫，陶翁欲醉菊花秋。

寄憲伯郭淺齋同年

美人不見許多時，月白風清時見之。事業喜君真作手，鬚毛笑我欲成絲。賢才自古不家食，迂拙由來與病宜。江右閩南天咫尺，相逢料必也相知。

謝南安陳大尹

養痾林野斷將迎，咫尺封疆未識荆。苦爲長風驚倦翼，喜從厚饋得芳名。古今循吏知多少，來去雪山見重輕。邑號南安應不忝，南安士庶亦多情。

己丑夏遊東禪寺述懷十首

喧囂城市不成眠，力疾出城覓洞天。遙畏長途逢北客，曲循幽徑入東禪。由來靜處皆無俗，見說禪家亦是仙。仙佛杳冥誰領會，吾儒端的有真玄。

又

寒灰枯木只安眠，始信人間別有天。我亦塵埃思脫俗，時將寂寞與參禪。久知富貴草頭露，不似希夷洞裏仙。草座麻衣身坐穩，何須此外更求玄。

又

瑣瑣蚊蟲欲攪眠，饑來飽去豈知天？隨身衣鉢無餘地，到處風波不礙禪。愛淨愛清誰是佛，不生不滅亦如仙。仰天大笑星辰動，更問時人說甚玄。

又

掃榻中堂自在眠，那聞浮謗欲欺天。蒼蠅逐臭逆施穢，白玉堅心不動禪。夢去陰厓驅怪鬼，醒來蓬島覓飛仙。仙人對我談修煉，更說修行句句玄。

又

烏啼月落不妨眠，白日無雲見老天。但得心源能似水，未拋煙火亦爲禪。詔頻下到應從命，鳳不銜來始可仙。最愛麻衣僧有道，共談華頂豈無玄？

又

可憐楊柳弄三眠，飛絮不知三月天。何似翼長高去鳥，不堪飛倦下呼禪。底因惠遠肯沽酒，爲愛淵明正是仙。誰料遊山能敗屐，白蓮先已卻參玄。

又

得道先生正穩眠，鐘聲莫動五更天。那知鼾睡都無夢，要識先生不是禪。屈子孤高非沒水，湘江清澈好遊仙。世間此意誰能會，說與巫雲總是玄。

又

耽耽利欲醉如眠，亂亂胸中一寸天。待到鑄錢終野餓，始知享福是僧禪。桃花流水肥紅鱖，釣艇橫波泛地仙。萬里蒼茫無宦跡，徵書何處覓真玄？

又

月落烏啼正好眠，那知半夜是霜天。丁寧童子休呼酒，此際野翁正入禪。

語笑高聲驚破夢,起看瘦骨半成仙。老僧若解此中趣,許爾蒲團共説玄。

又

江湖廊廟不成眠,到處能忘頂上天。月色照心方見性,風聲到耳忽驚禪。也知正學也知命,不是凡人不是仙。會理未通康節數,明經懶究子雲玄。

題羅一峰書院

牛山須禁牧牛羊,藏久良弓要力張。遠大也應甘澹薄,元微亦只在平常。悟來始信無多語,老去方知有故鄉。敬起一峰吾敢問,定行白水答清漿。

右詩一章,次郭淺齋年兄韻,聊爲入院讀書秀才言之,非以頌一峰也。

庚寅春日觀物遣興

一縷香煙一碗茶,詩篇閱遍大方家。游魚戲日將騰浪,嫩菊逢春又長芽。最愛陶翁辭彭澤,更憐賈傅泣長沙。悲歡今古都成夢,笑看兒童寫墨鴉。

辛卯二月二日病卧書齋,聞社鼓

野水茫茫遠接潮,更須風雨夜連朝。園翁嗟歎已淹麥,田社慇懃又徂苗。春欲放花空自好,雪來侵鬢可能消。也知愁破應須酒,肺病未堪滿盞澆。

六月雨多害稼

野氣蒼茫曉半開,轟轟地底又聞雷。晴鳩報喜雨鳩到,五月糶新六月來。租稼滿供和尚樂,農夫盡作杜鵑哀。書生才拙無經濟,空坐吟風弄月臺。

看田夫割稻時大雨水漲,村僧送茶來索穀。

老天方寸頗仁柔,喜見田家得半收。岸折波濤歸大海,舡浮瓜酒入平疇。野僧有鉢多求粒,騷客無田亦解憂。更愛秀才望科舉,手攀槐樹自夷猶。

壬辰春夜夢覺,起立檜樹下翫月

雲破東風月滿窩,摩挲雙檜夜如何。可堪得句生春草,且獨乘舟理釣簑。

何處神仙能笑語,此間光景浪蹉跎。醉翁半醉醒心上,惟有南豐得趣多。

題雲深處小景

是處山深雲更深,憑誰説與總無心。全因俗客都迷路,幾爲蒼生欲作霖。靜映方塘惟半畝,高臨絶壁亦千尋。優游肯逐南溪水,流向人間覓賞音。

癸巳春日,有懷屠東崖太守

太守聲聞未下車,天光雲影動游魚。人於風月偏多興,公有乾坤不在書。錢禁不譁真政體,詩愁無語在公餘。梅花一望春千里,應笑區區是漢儒。

喜雨二首録呈屠東崖太守

太守清明誰與儔,時將寬猛與時休。猛以除兇無惠壅,寬而有制使民柔。周餘雲漢方憂旱,雨足郊原定有秋。喜雨亭前珠玉詠,山青雲白水悠悠。

又

兢兢累夜不成眠,緩步中庭遠看天。黯淡得雲方作喜,開明見月又生憐。好音忽慰三農望,起舞狂歌七月篇。可是寒儒欣一飽,從來憂國願豐年。

感興八首録呈屠東崖太守

太守清聲動四鄰,清而不矯認吾真。寧波東去還通海,浙水南來亦有神。是處青鞋堪步月,何人布襪不生塵。西風作爽驚秋到,惹我蓬萊夢又新。

又

瀟灑風流太守佳,髮如新漆映烏紗。勞心煩熱惟澆水,退食逍遥只看花。未問高科真富貴,亦知隱士有煙霞。夜來寂寞休便睡,且聽池邊兩部蛙。

又

春夏誰憐造化功,翻然一雨喜秋冬。拜從黔首還先起,書與青龍不肯封。如此賢勞真太守,更看活水盡朝宗。林間獨坐應憨我,也祝苗神願歲豐。

又

剛柔茹吐見清才，情重罪輕不用哀。惻惻乞憐雷處斧，明明敢蔽月中臺。霜摧妖草還能發，雪點寒梅亦自開。一笑乾坤如許大，更無忿疾到嬰孩。

又

八月下車未一年，幾端好事儘堪傳。也知赤子蒙多福，可與先生舊有緣。問稻最應來下里，踏勘災傷。愛蓮須是到東禪。寺名，在東門外，有湖，六七月間蓮花盛開。先憂後樂平生志，肯向幽人問學仙。

又

風雨關門坐四更，讀書萬卷拙書生。鷦鷯棲穩忘三匝，鳳凰飛高動八絃。一宇便安無暑熱，四時最好是秋清。新愁舊恨都裁減，又有情人一寄聲。

又

周圍海北到天南，何處可人味最甘。只有好名能作怪，細思安分豈爲貪？黃堂獨坐有丹訣，青眼相看無俗談。一夜歸來偏自醉，空虛飽德不生憨。

又

清源紫帽自然奇，端坐明公不放欹。紅日當天無險怪，白雲作雨也淋漓。相邀洞裏神明說，清源、紫帽三洞俱有蟬蛻仙骨。乞與人間草木知。我亦平生偏木訥，自歌自和更須疑。

壽王閒齋七十一併乞芙蓉、金菊來吾書館中。

空山寂寞有閒齋，中有廣文最好懷。澹薄心清推夏暑，兒郎氣爽逼秋崖。七十一歲萬事過，二十九年百福來。金菊芙蓉重疊發，勸君大放好懷開。

送柯通守休致

端的崢嶸好丈夫，讀書那肯作迂儒。看他世上妍兼醜，到底夢中贏是輸。節晚自堅憐檜柏，身輕無累見鷺鳧。糧儲妙算公能事，算得人生百歲無？

送譚推府考績

排門入闥各爭先，誰說詩囊不貯錢。我自從容知有分，實無計較得安眠。

好風好雨齊時到,秋草秋花滿地妍。來歲花開春更好,郡人爭看大夫賢。

贈李才通二首

仙店涵江異姓同,此君更有古人風。書於言外得深趣,人向迂中許最通。半夜敲詩惟對月,窮年卻酒不愁風。人人如此皆君子,科第相期恐未公。

又

德性温温見老成,燈窗學問更堪稱。静觀意滿庭前草,閑笑名浮水上萍。歲月遷延如有待,乾坤端的本無情。平生自負知君子,江色秋涵老眼青。

贈楊醫官

春風挾暖到桐城,習習令人病體輕。笑我平生空有志,如君可使不知名。炎回大暑鱸專美,冷入新秋雁寄聲。附子大黄斟酌用,險中始信藥通靈。

贈江草亭寫真

月滿中秋又闋光,登高便喜説重陽。兒郎總愛秋光好,橄欖翻驚節物嘗。誰信高人能畫我,漫言妙筆欲生香。世間清净應無限,只有心閒到處凉。

贈林秋崖、尹靈山二首

人情澆薄似秋雲,心地幾人得似君。盡道先生迂與拙,誰知長者質而文?靈山風月閒雙美,易繫卦爻妙七分。愧我讀書無别用,十年清坐釣磯温。

又

迂叟迂齋又拙齋,昔賢號此不安排。人言迂拙非佳譽,我畏輕浮逼好懷。故紙漫温三百遍,平常欲打幾分乖。由閩到嶺無霜雪,喜見梅開一樣花。

壽鳶峰曾士毅

開遍梅花雪正深,一陽初復二陽臨。最宜美酒十分勸,不許浮塵半點侵。

膝下兒童欣拜舞，堂前鄉里好謳吟。人生此樂須知愛，善事多遺勝積金。

春風送行贈孫體洪二首

體洪在士類中，能別義利，知所輕重者也。昔年從先師虛齋蔡公受《易》，曾見稱許。命蹇，不得志於場屋。今應貢之京，欲就教職，別筵敘舊，笑歌無慍。余嘉其知命能安，是善學《易》也，贈詩見意。

柳色黃金早報春，風來水面盡成文。且留城外傾春酒，不管江東起暮雲。畫卦妙知加一倍，對人謙說曉三分。虎皮坐蓋寒氈燠，笑看青衿入道門。

又代謝磧田作。

清齋無語對羲經，十載燈窗亦有情。俊彥群中招俊輩，洛陽江上送先生。且看嫩柳發春早，莫說大才當晚成。有子好音君自慰，還將信息到吾庭。

壽張樂吾迂叟

乾坤生意信無窮，纔見北風又轉東。正月一日春迎到，十日適喜壽筵紅。和鄉睦里真為善，食力濟貧最有功。花發草生皆可樂，焚香掃地與誰同？

陳紫峰先生文集卷六

序 三十首

湖邊舊隱序

神仙者之有無，余疑之久矣。參同秘訣，亦嘗萬遍千週，而畢竟無告我者，豈丹臺玉室不登吾名耶？抑理有常然，天無別界，而自古之所謂神仙者，皆謬妄耶？吾皆不得而知也。邇來廢書屏事，尋山入林，破荒蹊，窮廻溪，據幽石，聽鳥鳴之嚶嚶，泉聲之泠泠。飲泉數掬，詠子昂《感遇》、晦翁《九曲》數篇，忽白雲四起，歸路欲迷，而輕風自南，傳度樵歌牧唱於微茫縹緲之間，真若羨門、安期排雲出洞，放弄《霓裳》，以和我者。頃之，聲聞漸杳，彼此俱寂。獨立自顧，非復向之人間人矣。由此言之，則謂世有仙人者，殆不妄也。蓋至虛通微之謂神，超塵絕俗之謂仙，非必鸞鶴青霄、羽翰白日，然後為異人。而長生久視，亦一日似兩日之意耳，豈必真能後天不老哉？

安成張懋軒先生，早以經學教授秦府，未及老，遽謝事歸隱湖東。今年秋，為山水來遊吾閩，因過吾大尹公克軒，尋風雨舊約。余獲會于紫雲寺，劇談山水半日，袖出其環居十二景之勝，與諸坐客共賦詩，而屬余為《湖邊舊隱序》。余謂隱士、仙人一也，仙非虛而隱非凡也，但世無真隱耳。壯而仕，老而歸者，亦多也。真樂無地，出為俗吏，而處亦為俗隱。大隱而俗焉，而猶得謂之隱，則凡葛巾藜杖，皆可寫入《高士傳》，而田夫野叟，皆得稱為神仙中人乎？故必有真隱焉，真隱士斯真仙人矣。蓋人而胸中度世，則湖山滿眼，魚鳥相親；不爾，則雖左山右湖，而朝市塵埃，要亦未脫也。

余與懋軒處未久，未能盡測其中之淺深，然觀其鬚鬢俱皤，而氣充神完，語笑動止，皆有韻致，量非淺淺於爲隱者，故以隱之入於仙者贈之。

書劍從兄詩序

來歲丁丑春，海內士之舉于鄉者，當集試禮闈。南海霍先生廷獻，以戊辰乙榜署浙東龍游司訓，丁艱。服闋，補署吾晉江，前後滿六載，例得與。大暑退蒸，涼風薦爽，先生抖擻書塵，拂拭劍光，將北行。其門生黃鰲輩見先生眉間有黃色，賀曰："先生自此扶搖而上矣。"

先生曰："吾喜不在茲，更有大焉者，聊爲諸君言之。孟子以父母俱存，兄弟無故，爲人之至樂。而吾則終違庭訓，永失機聲矣。幸二兄之友于，見典刑之尚在，夫何伯氏以橡滿賓幕京衛，仲氏以便靜退賁丘園，余以業儒繫升斗于此，相望一方，不得聚首已三年，諸君謂余樂乎？今因茲行，得就見伯氏，因拜二親遺像，而各出仲氏近寓安平信息，以相慰勞。便見塤唱篪和，而布被更溫；木靜風寧，而綵衣欲舞。初不知傳神者之不能爲聲，而寄聲者之未獲見面也。諸君想余當此時，能無樂乎？杏苑看花，泥金報帖，視此樂孰樂？有天性者，當知所輕重矣。"

於是生輩俱唯唯，相與賦詩爲贈，且求諸吾鄉士大夫之能詩者，俱詩以贈之。詩成，聯爲厚卷，而大題其首曰《書劍從兄》，而屬余爲之序。

余謂人心有真，得真則樂矣。語君子之樂，而及於父母兄弟之無恙；語事親從兄，而及於手舞足蹈之極樂，則天下之物無可樂者矣。區區科第之榮，曾足爲先生樂乎？雖然，以科第爲士者之榮，則科第誠亦末矣。而設科取士，實非欲榮士也，士之淺者自榮之也。科第之設，有君臣之義焉。君臣亦天性也，獨父子兄弟乎哉？莊周義命之說，先儒已論其謬矣。今觀諸君贈詩多取《三百篇》，先生於風雨對床之夜，試取而歌之，遇《蓼莪》必有三復之悲，遇《常棣》必有紫荊之感，遇《四牡》、《皇華》能無慷慨壯烈，而有江湖廟堂之憂乎？有是憂，則知朝廷設科本意，而今日之書劍萬里，不專爲從兄行矣。

先生聞而笑曰："得吾志也。"命史書爲序。

風木遐思詩序

榮府右長史武陵龍君廷重,與余同官刑部時,嘗示余以戊辰登科之録。余閲之,見廷重在具慶下,嘆曰:"君何幸,而余何不幸也!"蓋余亦忝科丁丑,而家君不及見焉。廷重戚然曰:"吾向也具慶,而今則永感矣。即欲如子之歸省慈闈,而樂與哀半,亦如何可復得耶?"因悲歌風木,相與太息流涕久之。

既而,余又相與慰曰:"親之身,雖已往;親之志,則未亡。思親者貴於能思其志,養親者貴於能養其志。親之志,即吾志也。吾能求吾之志,而持之勿失,是能思親之志,而養之不傷也。將徹,必請所與,此曾子養親之志之粗者也。樹木以時伐焉,禽獸以時殺焉,推而放諸四海而準,施諸後世而無朝夕,斯可謂深得夫浴沂風雩之志,而極其恭敬奉持者矣。由此言之,則曾子之養志,不特終親之身,而亦自終其身也。故曰:事親若曾子者可也。事親能如曾子之養志,而養志又能如曾子之終身,則常見親之存矣。然則子欲養而親亦未嘗不子待也,顧所以養之者何如耳。"

於是廷重起而揖曰:"善哉!吾子之能廣吾思也。"遂出其《風木遐思》詩卷,俾余引其端。

望思樓詩後序

同年友句容王君克明,示余以《望思樓》詩,凡若干首,多同年諸君之作,太史舒君國裳序之備矣,又欲得余一言。余惟孝子之於親也,存則順事,没則永思。志意笑語,不離跬步,而食坐見於羹墻,豈待登高樓望丘隴,而後有所思哉?然民生異品,固有無所望而永思者,亦有因所望而興思者,又有在目不望、在望不思者。若吾克明與其兄若弟,則皆永言孝思,而無待於望者也,而乃以"望思"名其讀書之樓,克明之所思者遠矣。王氏子孫登斯樓者,尚亦顧名以勿替厥思哉?

雖然,孝之道大矣,徒以悲哀怨慕爲思,果足以盡孝乎?王祥之孝至矣,論者猶病其完節之玷,祥其無得於思乎？古今思親之人何限,而狄梁公望雲之思,獨爲天下後世傳。揮戈以回白日,咤馭而登畏途,梁公其深於思矣。梁公登太行而望親之舍,克明登書樓而望親之塋,其思將無同也。能使天下後世,皆知其思,而喜談之以爲故實,則同不同未可知也,克明勉乎哉！

然吾觀克明實俊敏,一讀《西銘》,即能釋然于心,則其所思,當有余所未及者,而又奚待余之勉哉？惟略舉一二,以廣孝思大意,以永示王氏之後人,使或人品不同,而皆知所以思焉。是則克明之志,而亦諸君之詩稍引而未發者也,故不厭詞繁,而爲之書于卷末。

河橋清餞圖詩序

余嘗閱古今英偉奇傑之生,知天地間有至清之氣,周流運轉,無處無之,第其積而發之於人也,先後遲速異耳。周盛時,中原之徐淮,猶以夷梗見征,而吳、楚、越之在大江以南也,入春秋而夷猶未變。若吾閩與蜀及嶺南百粵,則又夷之極遠而不數者也。迨漢而唐而宋,以迄于今,則茲數邦人物之盛,何如哉？豈非天地至清之氣,磅礡鬱積,至久而始大發與？

余每見武庫副郎陶君汝明之清映秀發,未嘗不畏愛向慕,以爲貴州永寧之山川,亦必有深青濃綠足誘我窮巔極源,使不能一日厭者。惜去我遠,不得一日,徒按誌以想青龍、紅崖諸峰,定川、通江諸水,而不知其果爾生色作氣耶？抑猶寥寥淡淡,不改其舊耶？

張君世貴實陶君之鄉,且戚也。其先由南都入貴,與陶君同,而其人之雅,則陶君之所嘗嘖嘖焉加歡賞者也。茲以太學生謁選銓曹,得丞于廣信之永豐。將行,陶君召工繪圖,名曰《河橋清餞》,而自爲詩以倡諸士大夫之來別者,而俾余爲序。

余曰：餞必載肉崇酒也,而何以清云？然圖寫至清之景,詩詠至清之趣,而餞之與所餞者,又皆至清之人,則亦清之甚矣,固不必觴露豆雪,而始可以言清餞也。君行矣,借風揚帆,乘月鳴櫓,自北而之南焉,凌大江之渺茫,以望故鄉金陵之佳麗,而凡江南諸山,若吾武夷之巍然特出者,亦皆隱隱在目,君能不奮而前,攀而登,尋幽掇芳,以增益其清之所素有者乎?自清以出,則何官不可爲也,而況於丞乎?何地不可官也,而況於永豐乎?行見永豐之棠有清陰,而人皆相告以勿伐矣,豈有君不負丞,而丞顧負君也邪?

賈孺人輓詩後序

鄉進士武平舒君宜中南遊太學,其配賈孺人偕行,以疾卒于金陵之寓舘。君嗚咽對同遊諸友備道孺人之行,要皆孝敬勤儉,而凡爲人婦、爲人妻者之所當勉焉以能之者也。然而未易能也。夫其於人之未易能者,概勉焉以能之,而不遺一二,可不謂賢乎?

然稱譽所親,或多溢美,而未必得人之信。必其人品可人,而言語不妄者有所譽,則不問親疏厚薄,而聞之者,莫不以爲然。今孺人之行,出於舒君之口,而其友皆信之。不惟信之,又從而爲歌詩以輓之,金玉鏗鏘之韻,溢於咨嗟咏嘆之餘,夷考作者,又皆吉人信士,非能巧好爲諛之人也。由此觀之,則舒君其亦可以爲賢乎?君之賢,既足以取信於人,孺人之賢,其可信也必矣。惟信則可傳,惟傳則不朽。然則是詩也,君豈有意於家乘之藏,而使爲子若孫者,皆知所寶也歟?

君曰:"得吾意也。"因題其後而歸之。

東厓文集序

物之美者,不可以見知於人。松柏生於山林,千尋百圍,美之至也。其或工師者知之,必斫以大斧,挽以萬牛,而材之於叢臺、阿房、長樂、未央之中,俾之頂重負大,撐東支西,與瓦礫土石争勳較久,孰若老於無聞,得以嘯風飲露,而全其天者之爲安且樂者。傳曰:"君子疾没世而名不稱焉。"夫名不朽器也,造物者之所靳,固有求之而不能得者矣。

然而秦、漢以來,士之畏名外播,而故爲韜晦掩抑以逃之者,亦何限。如黃憲、管寧、孫登輩之在當時，收閉聲響，若愚若訥，絕不聞有片句隻字之流落人間，是豈不足於文者哉？彼蓋亦慮夫文一傳，則名不可掩，而穹爵重禄之欲以餌我，而使我酣溺勞苦者，必與名俱集而偕來也。不然，則賢者之必有文章，猶名山大川之必興雲雨，隋珠和璞之必露光輝也，安能枯槁寂寥，以自混於田夫野叟間哉？

括蒼東厓潘先生匡善，掌教吾泉，宦職中之最逸者也。泉之諸生求得其平日所爲詩與文，凡若干，彙集而梓行之。余得縱觀熟讀，因仰而歎曰："美哉集也。本不厚而用不利者，能有此乎？必載其令名，而四馳之天下，吾懼東厓之不得終逸也。奪其所素逸，而與之以勞，東厓樂乎哉？"

雖然，有道者心常逸。處逸固逸也，處勞亦未嘗不逸也，蓋無入而不自得焉。乃若惡勞而惟逸之耽，畏名之我累而故欲逃之，此皆賢者過之之爲，而謂中庸之士爲之乎？東厓賢者也，吾恐其賢之流於過，故書此爲之防焉。

時軒文集序

才不可齊，但取其適於用。如工師用木，棟梁榱桷，皆在所取，惟無用者棄之。世之高談闊論，小廉曲謹，煦煦爲仁，孑孑爲義，授之以政則不達者，吾無取也。若文章之士，吾亦以奇花異卉愛之，然或不適於大小之用，雖愛之而竟弗之重，以其無益於人，不若萁稗有秋之爲有益也。

時軒胡道明先生，有政事之才，人多不之知，但知其有文章。余前年過徐州，聞徐人稱時軒教徐甚有方，諸士子甚愛敬之，然猶聞之而未見也。及教授吾泉，則其學政之修明峻整，又身親見之矣。政事之才，非無徵而輕許也。或謂儒官事簡，不難爲，未可因此遽許其長於政事。是蓋未知清談子弟區區於履屐之間，人亦占知其能破淮淝百萬兵，而況到處學政昭然在人耳目者乎？又況言論舉止，精神風采，有足動人者乎？故余嘗謂時軒人物，用之以司風憲，或錢穀甲兵，必更有作爲可觀，若夫文章，則其餘事耳。

而其門人曾瑞芳輩，乃深喜其所著《時軒集》，類寫而梓行之。且謂："其少以讀《易》，習文，有名于蜀，遂領鄉薦。後又以名薦，司江右文衡，是其平日學有專工，固宜今日之有是集也。"余謂斯言若未爲盡知時軒者。然試取其集觀之，則見其詩和平穩順，發乎性情，文亦明白敷暢，主於達意，而不背乎義理，信佳作也。特其抱負平日之長之適於用者，不專在此耳。雖然，古今天下，亦未有能盡廢文章，以去取人才，修舉政事者，蓋文章亦足以觀人也。具眼者於是集觀之，亦可以得吾時軒之大概矣。

龍塘王氏族譜序

龍塘王氏世傳爲閩王審知之後，然先譜亡逸，無從考，以爲然矣。今譜斷自可知，以均疇公爲始祖。均疇有子五人，添錫、添永、添期、添慶、添祥，枝幹蕃衍，而皆端直敦朴，翼以禮義，而世守之，故雖代無顯人，而吾晉江之言名族，則龍塘王氏預焉。

五世孫元於正統甲子春，率其姪至道、存義共作譜。迄今六十餘年，譜亦已被燬于火，幸存義所爲遺稿本猶存，而蠹敝脫落殊甚。存義之子璣謂其弟琮曰："吾年老且病，爾盍繼先志，以整齊吾族人乎？"琮於是取舊稿，補其所已亡，詳其所未備，續其所不及，自費貲財，盛設酒饌，大會昭穆于祖丘，而慶其譜之復完，以其未有序以示勸也，俾琛爲題其端。且言曰："今慈堂之族吳氏，實吾宗叔添慶公之派也。至某世以事改今姓，吾將爲復之，其名字悉已列吾譜中矣。夫譜，家之史也，史貴於信。非吾宗，雖同姓而且大，吾不肯扳附以相混；果吾宗，雖易姓而且微，吾不忍疏外以相忘。蓋情之有無，原於氣之本末同異，而族之輕重，不繫於人之貧富貴賤也。"

嗚呼！非知德者，孰能爲斯言乎？聞斯言者，能不惻然而思所以仁其族乎？能不奮然而思所以重其族乎？然則斯言也，固足以序譜矣，何必遠引博采，而以文爲？於是按譜源流，略爲次第之，而併識其言于此。

筍江陳氏族譜序

世之論天者，皆曰天無心於榮辱禍福夫人，特人之所值有幸不幸耳。余謂天雖無心而有定理。凡君子必得榮福，而小人卒不免于禍且辱。昔晉羊叔子登峴山，慨然謂其從事鄒湛曰："自有宇宙而有此山，登此遠望，如我與卿者多矣，皆湮滅無聞，使人悲傷。"然以今觀之，峴山可夷，而叔子之名不可泯。凡今爲羊氏譜牒者，未必皆叔子之後，而亦每每援及叔子，是叔子至今存也。宋章惇没未久，其子孫羞認其墳塋，而吕惠卿之後在泉，或有指言"惠卿實爾之祖"者，無不顔面發赤忿勃，以爲非是乃已。是小人者，初未嘗有爲之後者也。福莫大於長存，禍莫惨於無後。誰謂君子不善取福於天，而天果皆不定，而人之榮辱禍福，果皆出於偶然也哉？

然多福貴於自求。不自求而惟求之先人，以爲或能榮我福我，則雖朱、均，亦不能得之於堯、舜，而況於所謂遥遥華胄者乎？大抵人顧自處如何。使吾果賢也，則世德自我而光揚；果不賢也，則先聲由是而玷墜。喬木孤芳，亦豈能盡爲子孫無似者之憑賴哉？況吾既不能後，而又無所考據以真知其爲某聖某賢之後，而徒茫昧遠取著之譜，以號於人曰："吾祖實某聖某賢。"吾恐有竊笑而群議之者矣，又何榮與福之有？此狄青之所以不敢自附於狄梁公，而郭崇韜之所以爲最無識也。

吾邑筍江陳君時中，勤學慕古，秀出于其族。每謂："族不立譜，則無以合睽萃渙，興孝存仁。"因與其從叔本静爲之。一日，出以示余曰："此譜斷自可知，不敢妄有所扳附，以誣先代而誑後人，蓋實録也。願先生畀一言于首。"余意以爲修立譜牒易，光重譜牒難。然既知所以修立之，則必思所以光重之。而受福不遠者，於譜不光也。故以禍福有定，及君子必得其福者告之，吾知本静、時中必能勉求務得，以爲其族之自求多福者勸也。

贈潘東厓先生南歸序

正德丁丑春，國子監監丞括蒼東厓潘先生匡善，引疾乞歸，疏下吏部。吏部諸公閲之，皆曰："是有道者，正宜久留，以風多士，可使去耶？"持不爲請。戊寅秋，再疏懇乞休致，再下吏部。諸公知其決於退，不可留也，乃爲請，迨冬始得命,且陞一級,以中書舍人致仕。將行,其門生大理評事林君質夫、刑部郎中陳君允默、主事鄭君與聚,謂余亦頗知先生者,屬爲言以贈。余於道未有知,烏足以知先生?然亦知先生非混于世者也。

世之人,視而不足於明,聽而不足於聰,食而不足於味,以尋常之聲色臭味,誘其官而去之也,然則其心又曷嘗有斯須之樂哉?夫寂若無聲者,天下之大聲也。朴若無色者,天下之美色也。淡若無味者,天下之佳味也。收無聲之聲,玩無色之色,味無味之味,充然有得於聲色臭味之外,而自有其樂者,天下之真樂也。有真樂者,不金玉而富,不王侯而貴,不神仙而壽,下視世之耽耽逐逐,自以爲極天下之聲色臭味,而惟恐失之者,其所得不既多乎?山林高尚之士,若有見於此矣,然亦窺測此道之髣髴,而無見於天地之大全,乃以枯槁寂寞爲佛老氏不傳之妙,而不知夫儒者握陰陽姤復之機,於喜怒哀樂未發之際,而默有以處之者,亦已微矣。然則吾儒真樂,豈易得哉?

吾觀東厓聽樂不至於恐卧,看花不至於離披,飲酒不至於酩酊,故余亦信其中有所樂,而能不混于世也,不知質夫諸君以爲何如?諸君笑曰:"得之矣。"遂書以爲贈行序。

贈王用儀南歸序

余童時業科舉,未三四年,自以爲業已工,直以地芥視青紫。而初試不利,度年尚少,而業之工或未至,發憤而精之者又數年,而屢試屢北。凡五試鄉闈,再試禮闈,而始得附名于群彦之後。時已寂寥淡薄,幾入于禪,而向日精鋭之筆,亦已禿矣。自余觀之,則得一第,不亦難哉?

番禺王君用儀,年十九領鄉薦,二十與余同登進士,一試輒得,如由基、李廣之射矢無虛擲,又何其易也,豈顯晦遲速真有所謂命者存耶?迨接用儀而聽其言論,則見其初若訥,再若欲言,又再則言且辯,而稍稍出其鋒穎矣。余固已奇之,而用儀亦不余老,時具茶果,與同年句容王君克明,邀余月坐,茶罷吻潤,雅興風發,文必説漢之西,詩必論唐之盛。或用儀唱而克明和之,或克明唱而用儀

109

和之,聲壯語險,盡出肺肝,不復顧左右間有鬼神矣。余於是始知年少敏妙,有足過人,而一試輒得,實所當然,不可以語命也。

雖然,是亦命也。天地爲爐,造化爲工,不特貧富貴賤、顯晦遲速,不由夫人。徂徠之松,新甫之柏,長可千尺,大可百圍,閱雪霜,歷歲月,愈久而愈堅好,豈皆人之培植使然耶?由此言之,則天之惠吾用儀也亦厚矣。用儀其可不知所以自愛自養,以求合於天乎?

長松巨柏,不用爲宗廟之棟梁,而用爲廬舍之榱桷,要不可謂不用也,特用之小耳。人有大,而吾用之小,是棄人也;吾有大,而吾用之小,是自棄也。自棄是棄天也。然吾觀用儀氣象識度,甚不類其年,而世之所謂能且榮者,若罔聞知,則其不肯自用於小,而必以人合天,以贊成其命之美也,豈待他日而始有徵哉?故於其歸娶得請也,序此以爲之賀。

贈黃孟偉南歸序

南京刑部廣東司郎中黃孟偉,弱冠時習爲舉業,或曰:"是質實者不能爲華藻之詞,取科第必遲。"而乃以二十三之年領鄉薦,二十七登進士第。既而主事刑部,或又有曰:"是剛且方者,剛則用猛,方則寡諧,於仕途必不利。"而乃以清慎明恕著聲,合遠近士夫無異詞焉。余用是知夫質之美者有華,剛之善者近仁,而方於行者亦未嘗不圓于智也。然則人物深淺實未易知,而余亦安敢自謂能盡知吾孟偉者哉?

茲以六年考績,援例得乞歸省。將行,大理林君茂貞邀吾閩諸大夫攜酒贈別,謂余於孟偉有一日之長,不可以無言。且曰:"仕宦晝錦之榮,春風綵衣之樂,皆不必贅。願進孟偉於古人中,而期之以遠且大者。"余曰:"君與孟偉皆同安人也。同安先輩蘇丞相子容,在熙寧中,以不附王介甫罷歸。君以其人爲何如?"茂貞曰:"不附介甫則正人也,又何議?"余曰:"釣磯丘先生葵,亦同安人也,處衰世而卷懷不出,何如茂貞?"曰:"斯固正人也,以其隱而無所建明耳。然此二公,皆千載人也,吾與孟偉願學之而未及。"余乃作而歎曰:"介甫抱負經濟,以《周禮》爲必可行。蘇公未嘗有一言稱其行之是,而釣磯則確然謂《周禮》之當遵,是二公意見自有不同,而茂貞、孟偉乃皆學之,而自以爲不可及。然則義理固自無窮,而所見亦不必皆合,惟其人之正而已耳,正則自古非必事事步古人之故轍也。蘇公不附介甫,固未必謂《周禮》盡不可行,而使釣磯得行其志,亦未必謂《周禮》一一皆宜于今也。居今之世,服今之服,司馬衣裳之古,伊川帽角之高,亦或有訝之者。"

噫!古道之難行也久矣。慕古而能深知其道者,亦豈易哉?余於孟偉既不敢自謂知之盡,則於古道固有不能盡知者矣,而又何言以贈哉?於其行也,姑隨諸大夫與飲酒。

贈邢秀才歸揭陽序

東廣揭陽秀才邢生照之,千里裹糧來余館中,問余詩,余不能詩;問余文,余不能文;問余疑義,余不能章句講解。

歲暮告歸,以遠來未有所聞爲歉。余告之曰:"吾饑焉當食即食,渴焉當飲即飲,困倦焉當睡即撫枕而睡。睡足焉當起,即整衣而起,徐徐焉而行,安安焉而坐。不能詩,亦取古人之詩,如陶靖節之平淡,邵堯夫之閑適,而時歌詠之,而不暇及於李、杜、黃、陳之高吟絶唱。不能文,亦取古人之文,如周濂溪之《太極》,張横渠之《西銘》,而時讀誦之,而不暇及於韓、柳、歐、蘇之雄文大筆。不能章句講解,亦取程、朱之四書、五經傳疏,而時覽觀之,以會聖賢之大經大意所在,而不暇及於陳北溪、饒雙峰諸先生之疊床架屋,至簡至易,自暇自逸。值風則與之俱清,值月則與之俱明,值菊花之黄、梅花之白,則餐英索笑,而與之同其臭味。學士大夫,田父野叟,亦或有時焉相值,則與之談論古今。談及太平,則欣然而笑;談及衰否,則戚然以吁。談及大賢君子之經綸設施,英雄豪傑之叱咤馳騁,則感慨發憤,踊躍若狂,直欲盡吸西江之水,而時吐之於壁立萬仞之崖,初不自知其愚訥迂拙,而不適於時世之取用也。吾之所以爲吾者如此,吾告吾子亦止於此。"

書此贈歸藏之篋中三年，然後出而觀之，又三年，覺其言之太繁，然後卷而棄之。

贈周秀才還江山序

閩山之巍然而高者，莫如武夷，幽絕殊勝，神仙居之，草木之生乎其間，亦光采特異。厥後有風骨峭奇，穢人世不居，餐霞服日，期欲長生久視，望真人影象而上友之者，往往問津求至焉。余少聞之有慕，以道遠未能到。

正德丙寅春，虛齋蔡先生往江右督學，因從行。至閩江，御輕舟上泝，值灘石紛錯廉利，崎嶇迴曲，窮力攀挽，不得以意徑前者累日。忽夜半震雷大雨，別澗細流滾滾，奔騰赴會，大溪驟漲，亂石俱平。余揭篷視之豁然。舟子顧余曰："此建溪也，武夷在邇。"於是繫舟竹陰，沽酒自勞。雲收日麗，微風過之。酒酣興發，扣舷歌曰："眇眇兮人生，堂堂兮春去。翹首兮望山，武夷兮何處？"溪畔有行客大聲歌應曰："一朝夢寐兮頓醒，十年蹤跡兮徒勞。眼看實地兮立腳，聞道泰山兮更高。"

余聞而異之，邀與同舟。問其居，曰："江右信州之西，有巨陵特起，歷然如象。吾結廬於其陵之巔，奇峰萬疊，皆來獻狀。後帶二溪，流入彭蠡，坐望彭蠡之滸，則見其混涵太清，範無界量，而蒙衝巨艦，順風揚帆，瞬息可以千里。視此武夷山下，川流派別，而遲遲鬱鬱，以進其舟者，其難易大小可知也。"

余笑曰："子既知泰山之高，而何不知彭蠡之未足爲大也？大莫大於海，萬流之所宗也。涵混之湖，派別之溪，始雖異，而終則歸合于一。故曰：'登泰山而小天下。''觀於海者難爲水。'然泰山之高，未易登也。或自武夷，亦自象山，皆可以望而見之。東海之大，未易觀也。或自建溪，或自彭蠡，皆可以漸進而徐達焉。得所入而求底于止者存乎人。入此則右此而抑彼，入彼則右彼而抑此，皆有所係而未見其大者也。"客無以答。

浙東三衢周生積從余遊，見余談及山水，欣然喜，若有志於其間。且嘗道其兄今筲（莆）陽尹以仁君，亦雅有山水之趣。歲暮告歸，其同遊諸友圖吾閩山水爲別，余因取畫筆直敘昔歲與客問答之言爲贈。暇無人處，焚香默坐，出一再閱，則水光山色，將融入方寸間，而發其遐思也。豈特如摩詰以獨苦之心，而僅足以供俗目一時之觀適云乎哉？

贈張秀才還安福序

劍埋泥土之中，光射斗牛之上，凡内有靈明者，外未嘗無華采也。故善觀人者，每於外焉得之。是雖一嚬一笑，亦可了夫人之淺深厚薄，而況於言語文字間乎？謂言語文字不足以知人者，不善觀人者也。片詞隻字，豈楮生毛穎輩爲之耶？無一不出自吾方寸也。古今賢哲，偶以一文一詩，爲終身福德事業之讖者，理或由此也與？

吾邑侯安福張克軒先生之子伯喬在吾邑，余時見其書翰往來酬應諸士大夫，雖甚忙迫，草草之間，而亦鏗鏘穩順，文理斐然，有足觀者。余甚嘉其年少聰明，可與進學，惜未盡見其平日經義、古文、詩律諸用意之作耳。然即其所發之緒餘，亦足以見其天分所稟之大概。每語諸人謂：「司成松石公得克軒爲之子，而克軒又得伯喬爲之子。」蓋皆可謂之有子矣。夫人孰不欲其子之有，而名公哲人之子，每每不足爲有者，山川之奇秀有限，氣運之隆替相仍。故雖以狄梁公之勳德，不能保祠象之久存；以韓昌黎之文學，不能必金根之無誤。此豈理之當然也耶？由此言之，則松石、克軒、伯喬之受恩於蒼蒼也亦厚矣，其可不深自賀，而思所以報此厚恩耶？

先儒有言曰：「受人恩而必報者，其爲子必孝，爲臣必忠。」夫受人之恩，猶當必報，況受恩於天，可不報乎？然天亦曷嘗有心責負於人，如淺丈夫者之爲哉？顧在我者有所不可耳。聖教久湮，古風不作，知負天之恩爲甚不可者，世幾何人？搖奪於無窮之欲，窘束於至隘之區，舉天之所以厚我而爲至靈至明者，晦息無餘，如得太阿、龍泉不肯少寶，而妄用之於堅石頑鐵，以取缺折無用而後已，豈不亦甚可惻哉？余每見伯喬，則必以此告之，蓋愛之之至，欲其知有至寶而自寶之也。

伯喬明日還安福，道經鵝湖，思晦菴、象山之異同；舟次彭蠡，仰匡廬、白鹿之高遠。或思而得焉，或仰而入焉，則必取衆人之所共舍，舍衆人之所必争，保靈明而不虧，蓄鋒鋭以待試，以求無負於天。如劉靜修所謂名家子弟，處天下之至易者，果見其爲易；處天下之至難者，初不見其爲難焉。若夫科第世芳，簪纓襲美，此人間甚小事也，在伯喬能亦可，不能亦可，非吾之所以期待吾伯喬也。

贈杏垣陶仲文還彭澤序

正德丙寅，先師虚齋蔡公之督學江西也，余亦挾策從行。至洪都而疾作，公視之曰："是水火未濟也，不可以付庸醫。"聞彭澤陶君仲文有能醫聲，亟邀至洪，與余共館。余以東垣、丹溪時醫所習諸書難之，竟不能一屈。又摘《素問》古書中之甚奇奧者一二語敬叩之，以觀其深，亦皆能微微達意。余乃大喜曰："吾疾其瘳矣乎？"君曰："未也。先生之疾，非藥所能即愈；區區之術，非醫所能就窮。蓋有不醫之醫，無藥之藥焉。第至言要訣，非官署中所可輕傳，而山澤臞儒，亦不可於塵埃中雜處。彭蠡之濱，匡廬之頂，天空月冷，四無人聲，是則吾愈先生之疾之處也。"

余頗以爲疑，然亦意其術之或可以愈疾，遂與同往。數日間，得聞所謂至言者，則老氏"谷神不死"之説也。余笑曰："生骨未能脱凡，至言不敢輕受，然而亦不敢輕泄也。"君知余素慕乃祖靖節之高風，復固請至彭澤，藥余以參禾芝苓，食余以菽粟菜果。余亦節飲食，定心氣，方月餘而疾稍愈，乃拜瞻賢祠，摩挲五柳，誦"采菊東籬"之句，而想見其當日悠然之真，則又覺疾之全愈，而長揖謝去。余於是始知至道之精，不在杳冥，日用平常，而鳶魚飛躍之機在焉。知道者會而通之，則理家醫國，無往非神，豈特可以自養而已哉？

今年春，君以宗伯甌濱王公之招來金陵，士夫貴人多虚席邀致，余亦以故舊往會。則見其貌益豐，氣益完，而治病養生之論，又益切近平實，知其山林日長，而所造爲益深矣。兹將别歸，索余贈言，且曰："吾有三子，皆習舉業，人皆稱其克有成立，以爲吾醫仁惠所致。吾將自兹愈積陰功，非欲取報於天，但不敢獲罪於天耳。"余聽之竦然驚曰："是儒者切近平實之至言也。君言及此,則固不屑遊於方之外矣。"於戲！不屑爲醫之仙,必欲爲醫之儒。人品如斯,可無贈乎？遂大書其言之合於吾儒者以贈之。

贈湖廣少參顧新山先生序

清源巍然立吾泉城之北,萬石負土,隱顯錯出,望之若枯仙臞儒,殊無綽約嫵媚之可以起人賞玩,而朝雲暮煙亦自有態。道流巖居者,度其地之宜於茗也,破荒多植,而茗果甚美。蓋山而叢石蒙雲,則泉之出也必甚寒洌,故以名之曰清源。而茗之爲物,則清極生寒,而微入於苦,故於清源爲獨宜。然山之儲精鬱秀,極物之美者不能當,豈清源之茗,足盡清源之清乎？

清源顧先生載祥,由進士宰虹,宰旌德,人曰清大尹。遷守和,人曰清太守。迨爲考功,爲武庫,則凝冰出壑,素月懸秋,合兩京士大夫無異詞焉。今又自武庫郎中,擢湖廣參議,奉勑督理糧儲,其冰光月色,又將遥映于衡巫江漢之間,以表吾清源之清也尚未已,而或者乃謂卻金還珠,時無若人,亦厚誣矣。雖然,清特一節之大者耳,豈吏道之全乎？清而自恣,則人惡其狂；清而寡量,則人惡其刻。至若膠固昏滯容猾受紿,塊然株守而不能一有所爲,此又清之最無取者也。先生由縣而州而部,涖人涉事,何啻千萬？苟徒孤守一節,而不夾衆美以爲之輔,則必不能盡宜於人人,而其寒苦獨就,亦安能以自白哉？况邇年來海内薦饑,湖廣之民,當亦甚困。而糧儲之督,紓則用乏病國,嚴則膏竭病民。按豐歉,覈虛實,斟酌較量,融通變化,俾民不困而國用足。時事之艱,莫此爲甚,而謂專於清者能之乎？然則朝廷之擢先生以是官也,豈獨有取於先生之清而已乎？

先生行矣,爲我尋峴山之碑,追叔子恩澤之長；登岳陽之樓,想范公憂樂之大。將必有知先生之不專於清,而一參議之職,實不克究先生於用也。若或經潯陽而賦《歸去》,到鹿門而生隱心,則人將有不及盡知,而其所以自爲者,亦太切矣,豈朝廷今日擢用先生之意哉？而亦豈吾清源諸君子之所以厚望於先生者哉？

贈江西少參陳柏崖先生序

大氣之運，有分限節度焉。分限節度者，氣之數也。氣數用事，不慊人意者甚多。蓋理有當然，而氣數不盡合夫當然也。然是理尊嚴正直，自在不移，而氣數者，雖暫悖之，久則亦必復其常，而不能出于範圍之外焉。使或氣數自用，而一不聽命於理，則生生之意斬絶無餘，而人類之滅久矣。未暇遠引，姑以江西近日之事言之。

自正德以來，南昌之民之受毒於宸濠也，如在膏火中。至己卯之變，則不特南昌，而江西一省之毒亦甚矣。黎民流血，彭蠡爲腥，凡方寸有生理者，聞之未嘗不酸鼻也。或謂此實氣數用事，天亦且奈何哉？辛巳、壬午，嘉靖鼎新，江西之民，皆飱粥嬉恬，無復嘆息愁恨之聲，斯固聖天子至仁所及，而藩、臬諸公仰順美意，率郡邑之吏，以成澤民之功，亦自不可誣也。

若少參陳柏崖先生德階，其亦江西藩中仁厚之最者乎？蓋先生之性，本自寬大長者，而又陶之以父祖、伯叔、昆弟詩書禮義之學，以故由進士尹東莞，擢戶部主事，至郎中，所在以仁厚著聲。庚辰歲，自戶部之江西，人皆曰：“江西此時正宜治以斯人也。”近有來自江西者，盛稱柏崖之美，謂其“春風動盪，時雨發生。常以‘寬一分，則民受一分之賜’之説，與藩、臬諸公相勖，而其行事，則固惟法是守，而能宛轉委曲，得夫法外之意。取古《循吏傳》，擇其甚有恩于民者，錄置座右。或事稍過當，則歎曰：‘吾愧古人矣，吾愧古人矣。’”余聞斯言，爲之喜而不寐，曰：“江西民牧果皆如吾柏崖，則信乎江西之民之有瘳也。”余因是又有以見夫天地以生物爲心，至理大德，終非氣數之所能奪。老氏謂“天地不仁”，豈其然乎？

於是陳君聘之、彭君宜定，及吾閩士大夫之在南京者，僉曰：“吾輩思慕陳柏崖久矣，子其肯述所聞，寓規頌以將遠意乎？”遂書之，以爲贈陳柏崖序。

贈廣東少參徐克宏先生序

南京戶部郎中江陰徐克宏先生，擢任廣東布政司參議，已之官一年矣，同部諸君每會聚間，未嘗不念及先生。以余向日亦嘗辱與僚友之末屬，爲一言將遙寓以見意。余謂同僚有兄弟之義，子孫亦世講其好，今觀諸君之所以念念于先生者，則兄弟之說其信然矣。然《易傳》又有"近而不相得"之言，則凡爲同僚者，豈皆協恭和衷，而盡無愛惡悔吝也哉？不孚於將會之先，不堪於既會之際，不平於別會之餘，如此者，往往有之。而吾克宏先生，乃獨爲諸君所懷而不能一日釋，此其故何也？孟子曰："可欲之謂善。"夫人之可欲者固多端，而其不可欲者亦多端。姑自其最難相處而最不可欲者言之，内修城府以爲深，外立崖岸以爲高，忌夫人之勝己而陵夫人之不若己，若此者，安能以兄弟處同僚，而得夫人之思於去後哉？

吾觀克宏先生，外溫和而內易直，不越境以侵人，不設機以中人。人之有技，若己有之，人有不及，則亦以情恕焉。然則諸君於先生之去，亦烏得恝然不介懷耶？蓋亦感應自然之理也。且先生之善，豈惟見懷於僚友之間而已哉？夫其內易直，則政不鉤鉅；外溫和，則刑不猛暴。篤於好善，則必能周於取善，將以啓發其所不知，而增益其所未至，則其善之及於民也，亦焉往而不宜？他日嶺海之濱，舟車所至，遺愛去思之戀戀于民者，又當何如其不替也。

雖然，一於易直，則徑情而無以防人之姦；一於溫和，而失威無以懲人之侮。擇善失真，一於泛愛，則於友獲匪人之傷，而於民無彰善之勸。故必有深潛之術，嚴厲之色，兼和易之善，而以時焉出之。而又有親有遠，能好能惡，俾鴟梟不混于鳳凰，而稂莠不亂于嘉穀，乃爲完密而無憾也。然此亦皆先生之所已能，余願學之而未能者，豈敢以爲先生規？聊備言之，以見先生之善，不特使人愛之而有所思，抑且使人敬之而有所憚也。

於是李君孔音、楊君汝忠，及諸寅長，僉曰："斯言實可以贈吾克宏先生也。"於是乎書。

贈僉憲王君之任廣東序

吾友王君志潔，以大理寺副，擢僉廣東按察司事。吾鄉諸君子之宦于京者，咸賀其得茲擢。

余曰："由大理出僉事，常擢也，未足賀，其可賀在得僉事于廣耳。志潔自辛未進士官大理，迨今已七年，白雲南望，想欲縮地者屢矣。若或西北遷之，則迂道踰期，於法有制，彼將何如爲情耶？今官之廣，而假道於閩，便有甚於此乎？壽觴淋漓，綵衣蹁躚，封君、孺人，命服交映，志潔亦何幸一旦得解素鬱也，是不深可賀耶？雖然，此志潔之私也。朝廷爲民擇官，顧豈以是私志潔哉？無亦於志潔知之素而望之厚也？僉事秩大夫，位方岳，分道時巡，而文武百僚，望風震肅。職雖貳亞，而遇事專之，亦巍然一道之長也。歲滿更治，則又不專長一道而已。所在官舉其職，吏革其奸，民安其業，兵足於用。凡百利害，咸於僉事焉責之，僉事豈易爲哉？而嶺南之地，又多圍山成巢，阻水作峒，苗獠猺獞，實蕃息于其間。控禦失道，則紛然四出，或至動大衆，設巧機，乃能破其群屯，而遏其撞搪。是廣之僉事，尤不易爲也。尤不易爲，而可泛焉無擇，使不克爲者爲之乎？京師權貴之集，而大理刑罰之平也。柔則奪守，剛則招尤，恕或流於姑息，而執之者，滯之也。不剛不柔，酌諸天理人情之中，而文之以經術，參之以古法，至使卿貳動容，僚佐承式，雖秋曹、西臺諸公，亦皆心肯，而無敢惡其爲異者。志潔之善爲大理如此，則今茲之不易爲者，固所優爲也。荒厓絕島，緩視徐按，濂溪窗草之遺嶺南者，至今猶蒼翠不除，培植灌溉，而俾之益茂，正望優爲者之爲是也。由此言之，朝廷果私吾志潔哉？"

於是鄉丈顧君載祥，會吾言而約之曰："由前言則志潔得以伸其孝，由後言則志潔得以廣其仁。仁、孝大道，而以言贈人者，未能或之先也。"遂命書所言爲贈行序。

贈僉憲林君之任湖廣序

福寧石壁林君元成，以南京大理寺寺正，擢僉湖廣按察司事。將行，問用法於余。余曰："君在大理，以清慎周密，爲刑曹、憲臺諸公所重，是老於法司者也，而何以用法爲問？"余嘗備數刑曹，未期年而別調，其於法律尚粗疎，而何以爲答？然嘗聞君不厭陳言，請得以儒生常談爲君贈。

夫仁，人心也。存心主於愛人，用法貴乎有術。術非巧詐之謂也。不悖於法，而亦不泥於法，如珠走盤，而不出於盤焉。蓋有斷然之法，有當然之理，又有自然之情，法固因天理人情而爲之節制者。然以一定有限之法，安足以盡事端無窮之變？於是每以新例補舊律，而亦有所不能盡。執法之官無法外之意，於人之獲罪，則曰："是犯某律，是犯某例，皆其自取，吾無容心焉耳。"如是而曰於天理人情一一盡合，猶未也。今法官不用刀筆吏，而必以儒者爲之，豈以儒者惟律例是精哉？以其有儒者之學，則必有儒者之識，而又有儒者之術也。

大抵時有升降，治有緩急，土有沃瘠，俗有朴僞，人有智愚，習有新舊，境有順逆，過有故誤，是以權有輕重，而法有操縱。或治齊貴清淨而不用嚴，或治蜀尚嚴峻而不用寬。法在所必誅，而其人未可誅，則有歐陽子求生之說焉；法在所不誅，而其人固當誅，則有鄭子產火烈之說焉。擬人於法，彼此俱稱無可議矣，猶當俯思仰歎，悲教化之陵夷，尤造物之賦與，是又曾子哀矜勿喜之說也。如是而用法，是之謂法術，而法非煩苛；如是而行仁，是之謂仁術，而仁非姑息。是道也，豈特可用之以爲執法之官哉？而凡爲政者，皆所當知也。不知此，而區區較銖兩於律例之間，則吏之俗者矣。俗吏之能，固亦可以招美稱、取高爵，然其如吾民何？傷天地之和，召水旱之災，皆俗吏爲之也。

以吾元成之學之識，其肯同塵於俗乎？吾知其必有精微心術，上徹天而下入淵，收湖廣之民於法律之中而整齊之，而又紓之於法律之外以蘇息之，其至妙至妙有非余所能盡知者矣。君行矣，余將泛沅渡湘，尋蘭掇芳，以贈君矣。

贈柳州府太守陸君節之序

南京戶部郎中錫山陸君節之，擢知柳州府。或謂君溫厚清慎，善人也，宜處以善地，若柳州，則恐非君之所樂。余謂今之柳州，非昔日之柳州也。韓昌黎之於潮，蘇子瞻之於惠，當時皆以爲瘴鄉，而今則以爲樂土。蓋乾坤清氣，運轉無常。方其氣之未到也，土燥石頑，人粗物惡，雖以吳越富庶之國，亦不與中國會盟。及其氣之已到也,山岳爲之明媚,川澤爲之光輝,雖以閩、廣荒僻之墟,亦號爲海濱鄒魯。使柳子厚生遇今日,吾知其決不鄙夷夫柳州矣。然則君於茲郡,亦未爲不宜也。

或又謂君以進士,初試得節推廣州,剖紛决疑,事事明允,甚爲藩、臬諸公所器,是蓋有才,非徒善者。太守比節推,則位高權專,而事皆得爲。柳州比廣州,則地僻事簡,而無甚可爲,有才而不得展,恐亦非君之所樂。余謂君才雖能事,而性不喜事。夫事簡則逸,逸則不勞其形;地僻則静,静則不摇其精。由此言之,則茲郡固君之所宜也。抑孔子又有云:"言忠信,行篤敬,雖蠻貊之邦,行矣。"吾輩書生,皆誦法孔子,素位而行,當無地不宜也,而况於今日之柳州乎？

然則君今茲行,亦未嘗不樂也,第恐佳譽遠馳,指日即召,不得久任以福于柳之民爲不樂耳。君行矣,安我簡静,廓我心性。談仙于仙奕之上,時效謀野之遊;種柳于柳江之濱,擬作去思之樹。是又柳州太守公暇之最樂者也。而謂君有不樂,可乎？

於是户部諸公僉謂余言若可以贈君者,遂命史書爲序。

贈太守易嘉言之重慶序

天地四方之氣,合而兩之,仁義而已矣。仁氣盛於東南,故東南之人多溫厚;義氣盛於西北,故西北之人多嚴厲。陰陽剛柔,彼此對立,非謂西北盡無柔仁,而東南盡無剛義也。東夷、西夷固有豪傑挺生,而不限於風氣者,但大概言之,則彼此分數不無輕重多寡之偏耳。夫唯仁義之稟有偏,則仁義之用或過。仁義固皆美德,過則各有其弊焉,此所以又有變化氣質之説也,然亦難矣。吾觀四方士夫,能不爲氣質所使,而以剛柔仁義斟酌其中而施之政者,幾人哉？

同年友地官副郎廖君雲卿、王君汝陳,爲余道其寅長易君嘉言爲政之美,曰:"君司户部,寬猛操縱,事事咸宜,吾子所知也,容亦有未知者乎？君初以進士爲縣令,已而擢州守,又擢府二守,隨地效勞,所在著聲。方其未至也,人仰之;既至也,人安之。迨其被擢而且去也,則有衣靴之留;而於其既去之後也,則又有碑頌之紀。此其政績之美之有徵者也。使所謂剛柔仁義者，執其一焉，春生秋殺，稍失和平，則民不曰寬而無制，必曰刻而寡恩，而何以在在能得夫民之留戀不釋也若此？由此言之，則君其能變化氣質，而不囿於山川風氣之偏者與？"

余曰："君固不囿於山川風氣也，而實於山川風氣有得焉。君光人也，光屬河南，於天下爲中土，蓋東西南北之極，而剛柔仁義之會也。謂君之美，無得於天與之秀，而盡歸諸學問人事之力，則先儒氣質用事之説，爲不然乎？雖然，亦不可專主氣質也。余聞唐末時，光之人多從王潮入閩，居吾泉，而吾家先譜亦云自光來，然則余亦光人也，而過於慈順，不類光人，則是余不能以人合天。而吾易君仁義之政之美之得於學力者實多，不特其稟受之美爲足稱也。然則專主於其所謂氣質者，殆不然矣？"

於是雲卿、汝陳及同部諸賢，因君有重慶太守之擢，屬余次第所言爲君贈，且以賀重慶之民，將蒙仁義之休澤也，乃爲書之。

贈太守莊青峰序

天地之造就乎萬物也亦多端，鼓之以雷霆，潤之以風雨，物於是乎生矣。凄焉而爲秋之霜，凜焉而爲冬之雪，則向之生且茂者，於是乎斂華就實，而各得其性命之成。然則人之生世，其可不備嘗辛苦乎？雪霜萬里之途，固有志者之所必踐也。

吾晉江青峰莊先生由矩，素以孝友之行，爲鄉黨所稱。余嘗以惠迪從逆，占人之吉凶禍福，謂先生於仕途，當得元吉，無不利。而乃竟以鄉薦，就冷官長沙平湖，蘆鹽朝暮，人不堪其寒，先生臬比溫坐，於希文之説有深味焉。迨其擢尹于廣東之開建也，適值峒猺四出，嘯聚剽攻，人皆危之。先生奮然曰："是不可以書生却也。"乃整衆登陴，示之以武，露刃持滿，賊不敢攻。或謂："是可以無恐矣。"先生曰："吾城雖一時幸完，吾心當常若寇至。且禦寇以安民爲本，使民心先固，則何賊之虞？"於是詢民之所甚利害者，而爲之因革，民告便而猺亦竟伏。以才改任順德。順德事劇，尤號難理，而理之者無不告勞。先生處之，事事整暇，吏畏而民懷焉。

夫其寒而能溫，危而獲安，勞而不悴，雖其天資、才識有足過人，然其於艱難辛苦之中，所以動心忍性，增益其所不能者，亦已多矣。以故自順德而司刑南部，則輕裘緩帶，投壺賦詩，從容談笑之間，而人自輸服。於片言之下，西臺無敢議，而大理失其評，若於刑部無足爲者。然吾以是知夫鬱之久者發必達，而挫抑齟齬於前者，乃所以成就於後也。

今又自刑部郎中，擢知廣之高州府，正所謂輕車熟路，而王良、造父爲之先後者，是又何足爲先生難乎？雖然，事有難易，勢有難易，而心則不可有難易也。難其難則難者易，易其易則易者難。以先生之練達老成，必無易易之心。然自古以來，英偉奇傑之士，難難於先，而易易於後者，亦有之。故余於先生茲行，亦望其以昔日兢兢爲縣之心而爲府，他日又以爲府之心而爲藩爲臬，使夫《易》之"敦艮"，《詩》之"終譽"，皆於先生乎見之。夫然後知向也造物之拂鬱夫先生者，直非偶然也已。

贈郡守洞陽顧公述職序

明年己丑春，天下諸侯當入覲述職，吾泉太守錫山洞陽顧公將行。維時寒霜澄潭，清風載道，泉大夫士民咸驚且喜。喜謂公茲行，當不次超擢，驚則慮其擢任地方，不復來澤吾土也。吾縣尹錢侯世材來索贈言，余拙不文，不能盡述公之善政善教，惟略舉大概言之曰：

昔宋王梅溪之守吾泉也，宴諸邑令，有詩曰："九重宵旰愛民深，令尹宜懷撫字心。"真西山守泉，到任謝表有曰："撫摩瘡痍，冀邦人生意之復還；培溉本根，爲聖朝元氣之一助。"余嘗爲公誦之，公竦然歎曰："我思二賢，實獲我心。朝夕勤勤，尋舊考跡，必爲二賢之所爲，不爲二賢之所不爲。"未久，而政通人和。公謂："泉民易治如此，宜鎮之以安靜。"輕刑省事，與民休息。民有訟而無甚利害關繫者，則諭止之，使退而講睦，而堂下清寧，不聞有疾痛之聲。而尤慎於獄。嘗謂："天神天明，照知四方，飛霜不雨，古有明鑑，奚可信一偏之言，陷人於非辜，而不爲之致審乎？"或者謂公過於仁，宜少濟之以義。公聞之曰："豈亦有稂莠害吾嘉穀者乎？有則來白，吾其懲之不少貸。"於是民愈愛且畏，此可以知公之政矣。其教諸多士也，則曰："務先行實，勿專文詞。而爲文必根於理□，胸中之實得真見，而平易以發之，期於達意而已。"凡四時考校，有文若此者，悉列高等，於是諸生皆知所尚。今秋省試，吾一郡登榜者二十八人，其善教又如此。

夫百川萬流，同歸于海；善政善教，同歸于仁。公登清源、紫帽二山之絶頂，以望東海之大，而爲仁焉，必求以似之，吾人安得不蒙其休澤也？公行矣，人皆登山望海，思公於去後，不知公亦回首顧盼，而有清源、紫帽之懷乎？

春江四詠序

前歲宦寓金陵，有客來自吾泉者，問之曰："貳守李春江何如？"答曰："郡人皆愛之。"余謂："今之從政者，能使人不嫉而仇之，斯已難矣，況能使人愛乎？"疑之而未信。

迨以病告歸，見鄉人之談及春江者，舉欣欣然曰："是真春江也。"於是始信客言之不我欺，因賦《春江》詩數十首，且簡談數語，序其所以爲春江者。繼後諸賢士大夫又作《春江四詠》，要皆愛之贊之，且願望之也。而李竹坡、王一矑爲之序，一矑大發夫春江，竹坡備詳夫四詠，意達辭暢，美矣盡矣。而秀才某輩又欲得余一言，余不能新奇高古，惟質實以應之曰：

班君所言平平，陽公之考下下。彼卑猥瑣細，惟利是營者，固不足以及此，而震雷掣電，凄風慘雨，使人驚憂而莫之敢近者，亦烏足以識此？民心至神，有感斯應，仁義未嘗不利，豈有愛人而人不之愛者乎？車擔還租，課殿復最，豈有愛民如子，而民反以逋租累父母者乎？人有疾痛，必呼父母，故郡縣之官，民以父母稱之。然則《西銘》一書，安可不朝夕玩味，而"視民如傷"四字，又安可不大書而置之座隅也耶？未去而人稱頌，將去而人願留，既去而人思慕，惟能愛人者得之。觀《春江四詠》，可以見人心之公，而春江平日之所以爲民父母者，可知矣。

雖然，父母愛子之心無所不至，而不肖頑童不可以仁愛懷者，又當以義濟仁。徵色發聲喻之而不悛，則嚴加箠楚以威之。而又不悛，則審真按法，必誅無赦，俾稂莠不害于嘉穀，而吾之愛得以滂沛而四達，此則仁之大全也。豪强漁獵於白晝，盜賊縱橫於暮夜，吏卒弄法於訟庭，概以驕子待之而不忍傷，如此而曰愛人，猶未也。

愚聞春江嘗歷歷發此意以示人，因其言以考其實，乃知吾春江之能愛人也。《四詠》之中於廉潔之贊爲多，廉豈足以盡春江哉？必曰能愛人而人愛之，則於春江其庶矣乎？

贈陳德芳通判台州府序

余素有山水之好，凡吾閩中山水佳處，未嘗無餘跡也。而猶以爲所觀不大，思欲盡天下之名山大川，以窮夫人之所不能到處，而亦未之能焉。然而天下之巍然而高，蒼然而秀，淵然而停，浩然而流，可以振衣濯纓，而脫人間之污濁，可以逃名遠遊，而使人莫知其所以去留者，則亦未嘗一日不會吾几席之下也。然則謂余無得夫山水之趣，而惟癖於所嗜，是豈知余者哉？

莆田陳君德芳以乙榜進士司訓鈞庠，秩滿，謁選銓曹，得台之通判。將行，問贈言於余曰："願詳示我所以作判者。"余曰："君以經術指授群弟子，毫分縷析，見無全牛，是能教人矣。兩典秋試文衡，搗石撥沙，務得金玉，是能取人矣。鈞守闕，當道檄君視印，破甕決滯，案無留牘，吏胥驚服，以爲若老於作守者，是又能治人矣。所謂儒而不迂，通經而適於用者，君其人也。使得專城，當有顯績，爲判而特理糧儲，則固不足以盡君之能也，而余又將奚贈乎？惟是天台赤城，丹霞玉霄，幽邃清絶，東南言山水者莫加焉。余嘗羽飛神遊於依稀夢寐之間，而未得身親歷之。今君兹行，得以盡收其勝於會計之暇，以豁胸中之亂慮滯志，而遐想夫了翁、古靈二先生在台時之遺風逸韻，而思與之齊，俾台之人歆衽而稱曰：'閩中之陳，何多君子也。'是不亦甚可快哉！若徒區區於簿書錢穀之末，以如限滿數爲爲判之能，則非余之所以望吾德芳也。"

贈黃汝爲序

自昔聖賢言命，或以理言，或以氣言。而以氣言者，又有所禀所值之不同。術家以人生之年月日時，五行之生尅制化，逆定夫人之吉凶禍福，余不以爲然，謂其不自夫有生之初論也。然間有甚驗不爽者，豈其亦以氣之所值者言歟？

南京右軍都督府經歷莆田黃君汝爲，嘗與余言："有談命者謂吾歲入辛巳，當左遷外補。"余曰："君以鄉薦榜首、進士高第，選州守，而遷今官，士論稱屈，行當不次顯擢，又安得有是哉？"而今果有南安通判之調，將行，余從吾鄉諸大夫往餞之。汝爲執余手大笑曰："術者言命之中也何如？"余乃信是術之精於陰陽五行，而凡言命者，又必兼夫氣之所值也。或謂："君子行有不得，當反求諸己，不可以言命。"余謂："汝爲文章政事，操守動履，凡百君子無敢瑕疵。使或人品向上，望汝爲而升其堂者，其於仕途偃蹇如此，猶且歸諸命，而況於汝爲乎？雖然，亦未可盡歸諸命也。知有理而不知有勢，厭時俗而不厭迂闊，但據吾心之所可否，而不恤夫人之有愛憎，此所謂能方而不能圓也。居今之世，往來于仕途間，一以方行之，何異驅弊車羸馬而行蜀道乎？故余亦願汝爲用圓濟方，於人情之無害乎天理者，亦稍順而通焉，則吾未信夫所值之命之能窮吾汝爲也。"

於是汝爲又大笑，引觴滿酌，朗誦韓昌黎《送窮文》三遍而別。

贈興化府節推鍾侯考績詩序

文章高下與政通，觀人之文，而不知其政，粗於文者也。即其政之施爲建立，而不能窺其文之高下，則亦不善觀人之政，而其於政也亦拙矣。文章、政事雖若兩途，然號曰能詩能文，而不能達之於政，則亦詩人之詩，文人之文而已，非文之至也。於政略有可觀，而其發諸言、筆諸書者無取焉，則亦俗吏之辛勤於簿書律例之間，小廉曲謹，以塞責一時者耳，置之廟堂之上，舉天下國家而屬之宰，而期之以掀天揭地之宏功偉業,其將能乎?

伊、周、孔、孟姑未暇論。諸葛孔明之治蜀,其精密嚴恕,亦爲政之式也。而《出師》二表,與《伊訓》、《説命》相表裏,而後世之言文者莫加焉。賈傅、陸宣公美於文矣,使當時皆惟其言之用,則其政亦漢、唐之所未有也。觀相如詞賦之華,知其決無立政之實;考元凱功業之陋,知其於《春秋》傳解必無奧論妙理。故文章當觀其深,而政事要論其大。淺近言之,則二者判爲兩途矣。蓋作文立政,皆當以識爲先,而識則本於學。學術疎陋,則識見淺近,而於文與政兩無一得。

嶺南順德鍾侯某,以辛未進士來節推興化,斤斧小試,而當道者皆才之,而旁郡疑獄之不易決者,皆委決焉。予聞之,竊意侯必進士中之有文者。去年秋,侯以公事到吾泉,吾晉江司訓霍君廷獻,侯鄉貢同年友也,得侯所爲詩若干篇,出以示余,且談侯平日之文甚詳。余因歎曰:"名下無虛士,信乎有政績者必文,而天下之事,果非淺學寡識者之所能辦也。"

兹將以三載考績于京,霍君作卷賦詩,諸廣文及吾泉士夫之能詩者,皆詩以贈其行,而屬余序之。余惟先儒有言"人惟不學便老而衰",然則學能强壯于人者也。今侯以三十之年,而其學與識之著於政與文者已如此,則亦壯之甚矣。然以余心而占有志之士,侯之向壯殆未已也。自兹學與位益進,識與名益高,而發揮之於政事、文章者益大。大丈夫真壯士,視世之所謂黑頭爲公者,顔貌一何臞乎?余言當有徵,試書之以俟來日。

陳紫峰先生文集卷七

序[二]十三首

贈葉仕堯尹新興序

吾郡同安葉君仕堯,爲餘干令僅九月,以憂去。服闋,謁選,仍其官于肇慶之新興。吾鄉大夫士之在京者,僉謂余曰:"官惟令爲最勞,令必勞而後稱。葉君舊有先人之田廬,可耕,可休,可以琴書優游,而其性又廉潔無求,恐其薄然不屑于勞,或有時浩然而不可留也,子宜激其言以壯之。"

余謂君之才實適于用也。令餘干不數月,而令行禁止,無敢崛強以壅其惠澤者。嘗有監司按部,大張威福,以挫諸令,及見君,則爲改容溫詞,非才而能得此乎?夫人而有才,譬若騏驥然,苟不試之,以逞其追風逐電之足,而終歲閑之于槽櫪,雖使一食盡粟數石,彼亦何嘗以既飽且逸爲足以慊其心也。然則天下之豪傑俊才,豈有遇勞而輒引避者乎?若余則實庸駑,爲禄仕之故,不得已而俛就羈束,而頑鈍蹇澀,鞭策不前,雖往來應酬,進趨俯仰,亦以爲甚勞,不克堪。每遇北風塵起,則思欲臨流濯纓,而猶未能飄然即去。始信夫人之強弱通拙,甚有不同,而才之限自天者,果不可強之而使有也。然而諸葛武侯又有言曰:"非學無以廣才。"則才雖得於天,而成之亦未嘗不由夫人。

吾聞葉君之伯祖恒庵公、尊考介庵公,皆嘗爲令,而又皆有政聲,家庭問答,莫非敎學,則固宜君之有是才也。以君之才,正欲得盤根錯節以爲之勞。若新興,則民淳事簡,無可勞者。雖然,能如宓子之彈琴而理,則雖不勞,亦足以自見矣,毋曰僻靜簡逸,不足以出吾才也。

贈陳朝譽尹臨安序

吾同年陳君朝譽,見之者皆喜其爲人,無忌毀之者。蓋朝譽接人禮甚謙,無敢慢,雖役使卑幼,亦與以和悦。或大拂其意,亦稍怒而終不加以峻責,以故人皆喜其恭且順。余亦甚愛之,然而不知其介也。一日過余,論古今人物,凡在位有守者,概在許可之列,否則置之以爲不足數。余曰:"某也明,某也斷,某也勤事事,但惜其酣於利,不克自拔耳。不爾,亦有用之才也。"朝譽艴然作色曰:"廉吏,國之元氣也。斯人之耗元氣也已甚,吾恨不得借孔道輔擊蛇之笏,當衆摧之于庭,以爲世戒。而君子猶言及其才,何也?"余於是始知朝譽之介,過人遠甚,不特其恭順足稱也。

去歲冬,臨安令報闕,吏部以朝譽註擬。及得請,余賀之曰:"臨安之民,何幸得兹尹也。"意以其爲人甚宜于民,政績當顯在朝夕,不待去後而始見思也。而朝譽顧甚難之曰:"直不能發吏之姦,拙不能獲上之悦,訥不能文己之過,凡此皆非守官者之利也,而吾有之,吾敢必吾績之最,在三年之後乎?而子以爲賀,是未知爲令者之難也。"

余解之曰:"人各有能,有不能。君之所能者,恭順廉介也;其所不能者,智巧辯佞也。以君所能,固無難於一令;以君所不能,雖與適道可也,而況於爲令乎?孔子謂人之木訥者近仁。而臨安在浙之會,其俗必多華少實,尤宜近仁者之導而化之也。而君乃自以所不能者爲不足。余則願君違俗以堅守所不能,庶乎所能者與之永存,而不移於晚,則亦何官不可爲也?"

朝譽笑曰:"吾何知吾不能者之亦在子所取哉?子其命我矣。"於是吾鄉諸君子因其行,而屬余次第其言以送之。

贈梁東之尹常熟序

凡爲政皆難,而爲邑令又難,而爲巨邑之令又大難。朝廷於難令巨邑,多以進士爲之。以進士爲時所重,而爲進士者,亦知所以自重也。知所以自重,則知所以自治；知所以自治，則知所以治人。

然則進士之於天下，若無難爲之邑矣，而梁君東之獨甚難之，曰："見利則卻，見義則前，吾輩有志者皆能之也。惟是財賦之廣，徭役之衆，獄訟之繁，吏胥之陽變陰施，豪姦之神出鬼沒，在吾上者或有難於事，在吾下者或有難於使。寮案吾同官，縉紳吾同類，其性質不能皆同，而或有難於處。若可罪也，而實在所恕；若可慢也，而實在所恭。依憑城社，理所不能喻，法所不能制，力所不能禦。若宜急於痛懲也，而實在所忍。如此之類，亦紛然多端。吾據直而不知所以爲婉，按古而不知所以準今，信己而不知所以取人。或剛或柔，或寬或猛，或明或晦，執其偏焉而不知所以時出。以故心公而事或過當，節苦而民不蒙恩。本欲興利，而反速得害；本欲去小人，而反不見容于君子。惟善用兵者，則有正有奇，能勇能怯，而善爲政者，則用心小而用知圓也。輪扁斲輪，不失之疾，而亦不失之徐；庖丁解牛，既知其族，而又知其虛。則力不勞，氣不損，而功亦不虧。知此說者之於令也，其庶矣乎？而謂進士無難爲之邑，可乎？"

余聞東之斯言，乃知東之實吾同年中之最達者也。或謂其直而任情，或謂其英而作氣，或謂其介而寡合，皆非知吾東之者也。以余觀之，其才足以濟事，其量足以廣才，而其識又足以引量。外而州縣，内而臺諫，隨所用之，無不可者。然則常熟雖號東南巨邑，果足以難吾東之乎？行見東之之言之有徵矣，故於其別也，序其言以爲之贈。

賀朱墨溪得獎勸序

天員地方，三百六十五度四分度之一，日月星辰，温涼寒暑，往來屈伸，皆有常度，而莫或有改焉者。員未嘗不方也。生長收藏異時，水火金木異用，酸苦甘辛鹹異味，變化錯出，而各適夫人之宜。高可黍而下可稻，無不宜焉。方未嘗不員也。人與天地相似，人品有高下，而方員有大小。然必二者得兼，未有不兼而見其可者也。而談道好古之士，每謂人之素履寧方毋員，無亦以員則通而或同於俗，方雖迂而不失其正乎？故士多欲方，以方爲無失也。踰垣以避諸侯，爲宰而辭九百，嗟之嘔去，而謝之不食，非失於方乎？官條例之司不以爲已浼，寬仲約之誅不以爲失刑，必員而後能也。如珠走盤，員亦何害？突梯婉孌，員云乎哉？

樂清墨溪朱先生元可，以辛未乙榜來掌吾晉江教事，教不專以舉業，而一時學者皆知所趨向。謂："掇大科，躋膴仕，不足以盡人，而人之爲人，尚更有大焉者。"然間亦有病其繩墨太嚴，節行過苦，謂宜少濟以員者。余初聞時，亦儒而迂之。久之，乃得其所爲歌詩若干篇讀之，則又見其和易明白，若曉日破煙而林巒失翳，若春風動物而花草生香，使人有望而親之之意。然獨鶴摩空，不能伍群雞而爭一飽，亦微見於咨嗟詠歎之餘，無惑乎驟見者之駭其目也。色笑得親，又歷三載，相忘爾我，間亦自不知吾墨溪果方乎？員乎？前督學憲副、今大方伯四明姚公，今督學憲副萬安劉公，皆知有墨溪，而時嘖嘖於藩、臬諸公之前者，其知之以學乎？守乎？方乎？員乎？抑方而且員乎？吾皆不得而知也。

今年秋，巡按侍御山陰張公移文八閩，獎勸有司之賢者能者，采衆論，舉常典也，而墨溪與焉。夫榜稱龍虎，不必其人之皆神而文；門盡桃李，不必其人之皆華而實。什得一二，則選之者獲伯樂之稱，而偕選者有附驥之榮。然則茲舉也，可賀固自有在，而在吾墨溪，則賀可也，不賀亦可也。他日有知者試之，使盡出其胸中之規矩，以成就其方員之大焉，自當有作先天大圖，寓方員尚大之意爲墨溪賀者，毋曰世無長杠巨筆也。

贈朱墨溪先生尹增城序

樂清墨溪朱先生元可，人中之賢者也。余愚且訥，不能爲過情之譽。至論及墨溪，則稱之曰："廉潔可以激貪，仁厚可以敦薄，真素可以入誠，恬退可以止競。而又耽書若炙，好賢若渴，達有深識，而洒無俗韻。此數者能得其一二已足爲賢，況兼而有之乎？"人謂墨溪不賢，是妬賢也。夫人心有天，見賢未必皆妬；而人物異品，遇賢未必能知。墨溪雖賢，而知之者誰也？

或謂:"墨溪家于温而温人好之,宦于泉而泉人好之,而好之者又皆非世俗人也,謂人皆不之知,可乎?"余曰:"人固有知之者,而或知之未盡;自謂知之盡者,而又不在當路;而凡在當路者,則皆未之知也。"

或謂:"墨溪掌教吾晉江,當路者獎勸之,又舉而旌異之,則固有知之者矣。"余曰:"知而舉之,而僅得爲增城令,可謂知吾墨溪者乎?墨溪之可取者固多,而位之所宜居者亦多。若作令則恐非其宜,以其宜于民而不宜于上也。必獲上而後可以治民。見怒則懼,聞喜則諛,望塵則拜,有欲則與,倉皇其趨,便捷其語。此居今獲上之道也,而墨溪能之乎?鬢未老而先皤,腰未折而已痛。對清源、紫帽而終日長吟,憶天台、雁蕩而乘風欲去。此豈宜於爲令者哉?而用之爲令,吾固謂當路者之未知墨溪也。"

雖然,以趙清獻之賢,而猶幾失夫周茂叔,而竟不之失焉,可見知己難遇,而亦未嘗無知己也。今世或有清獻,夫人皆可爲茂叔,墨溪其勉之哉!

贈張凈峰先生尹英德序

吾泉惠安張凈峰先生,以弘治甲子領鄉薦,遊太學。正德庚辰,謁選得令于韶之英德,適其子維喬以行人言事謫官南都,先生便道視之。將別,余從吾鄉諸大夫攜酒往餞。維時秋深氣嚴,見籬邊叢菊傲寒作姿,惕然有故園就荒之想,因語先生曰:"北風凄凉如此,而吾尚依依于此不能去,豈金陵佳麗之地,亦足以繫平生寂寞者之心耶?"先生笑曰:"子嘗讀書,亦知有學爲己而仕爲人之説乎?于斯之時,花黄草青,而生意猶未盡絶者,何也?以書生從政,猶知所以爲人也。若吾輩盡賦歸去,則將百萬牛羊而牧之以豺虎乎?"余乃作而歎曰:"壯哉斯言!英德之民,何多福也。"於是諸大夫屬余爲序以贈。

余謂先生尊翁亦以明經領薦,孝友著稱,而先生述之以不墜,可謂能子矣。維喬進修勵師古人,先生猶恐其溺於文,而時勖之曰:"勿事枝葉,務求本根。"教子而期之以遠大如此,可謂能父矣。能爲人子,而又能爲人父,而獨不能爲人牧乎?然則所謂學爲己而仕爲人者,先生非苟知之,而亦非苟言之也,而余又將奚言以贈耶？昔人贈言不以頌而以規，余贈先生當不以規而以頌，而口訥才拙，不克頌焉。雖然，攀轅於欲去之時，留棠於既去之後，必有英德士民，代余爲先生頌者矣。

贈柴侯仲和序

永春大尹臨海柴侯仲和，以賢能之聲，動吾八閩，觀風使者旌獎重疊，今巡按侍御簡公又加旌獎。其邑民之良者某輩十數人，坐山谷間，共談侯前教滎陽及宰閩，今宰永春，美政善行百餘事，俾善書者大書特書，集爲一卷，倂黃蓮峰、王一臞贈侯序稿二大篇，奉來余舘，再拜請言以賀。余取而閱之，歎曰："美矣盡矣，又將何言哉？"

然嘗聞侯不喜談兵，人或以整兵平寇之功爲之賀，則愀然不樂曰："吾平日所學所得，豈專在此耶？"夫俎豆之事則嘗聞，軍旅之事未之學，是固然矣。而以戰陳無勇爲非孝，此又何說也？諸葛武侯可興禮樂，而《八陣》一圖，鮮有能得其妙者。范希文示橫渠以《中庸》，而胸中甲兵能使西賊破膽。行師戰陣之法，防戍斥堠之要，程明道亦靡不究知。然則儒者何嘗以兵爲諱哉？蓋學有本末，識有大小，得其本而見其大，本之身而施之政，則錢穀甲兵何者非吾分內乎？不得其本，而惟孫、吳之説是務，固儒者之所不取也。當今以程文取士，士之由科舉入官者，奉公守法，要以如式而止。一聞有警，則魄喪膽落，蹴踏退避，自非有學有識、理明氣充之士，肯奮然率先，爲吾民爭一旦之命哉？

雖然，亦有説也。設官分職，文武異途，如是而養之，則當如是而用之。今則所用非所養，所養非所用。以區區綠林之健兒，出入于數郡之間，所過流毒慘不可言。當路者多方設畫，五六年間不能使靖，乃今始一稱快。而冒犯鋒鏑，斬殺捕獲，不在夫衛民之兵，而在夫養兵之民；發號施令，勇往直前，不在夫世祿世官、專職操練之武夫，而在夫廉靜寡欲、績文著書之縣尹，夫安得令人不發憤于彼，而牽羊執幣以賀于此也耶？而柴侯乃不欲人言及之，吾不知其何見也，因邑民之請，遂書此以問之。

贈楊君一純序

泉屬邑有七,惟晉江附郡治,爲大且劇。正德己卯秋,晉江令沈君當入覲,通守郭裕庵先生以楊君一純令永春有聲,白于當道,檄君假令晉江。君以永春之民戀戀不已釋,而性又素喜僻静,欲捨晉江以去。先生諭之曰:"吾聞而才,而宜捨簡就煩,勿求静逸。"君乃留。未數月,而民安事治,門庭肅清,若於令無足爲者然。於是晉江大夫士僉謂裕庵有知人之明,而君能不負所知,屬余一言以贈。

余惟君永之零陵人也,柳柳州在永時,極言永中山水之美,余每思欲一遊而未之及。既而復疑之曰:"文人之詞多誇,楚、越間山水其美未必若是。然而人物之生,實係山水,君非得夫山水之秀者乎?河東薛存義嘗假令零陵,訟平賦均,不虚取民之直,至今姓字炳在柳州之文,君非覽斯文而興起者乎?"

余於是始知夫文人之描山畫水,固有真的,而吏爲民役,亦古人文中垂訓之格言也。君其勖哉!毋有厭善,毋怠厥終,當有雄文大筆,如柳柳州者贈君,以垂不朽。而疎拙如余者,言將焉用也耶?君其勖哉!

贈錢立齋述職序

晉江大尹山陰立齋先生將入覲,吾鄰鄉善良耆老數十人,偕吾族中好秀才陳某輩,捧清源佳茗一大器,來紫峰書館中再拜,且言曰:"錢公真吾邑民之父母也。屈指從前,歷數如此大人君子者,有幾人哉?他日顯擢以去,不知復有人能繼之者乎?用恩而不爲姑息,用法而不爲刻深。嚴抑豪強而人無侵奪,痛懲盗賊而人得安眠。不聰察爲訐而不害其爲明,不矯激拒人而不害其爲潔。宰縣若此,高坐牧愛之堂,亦可以無忝矣。願求數言以贈。"

余應之曰:"吾知吾立齋舊矣。嘗觀其經義論策,亦見其胸中所藴之大概。今爲政而設施可人,其亦不負所學矣乎?"方其蒞任之初,人皆曰:"浙江解元,連登進士,而年且甚少,吾懼其驕也,驕則輕忽而流於慢。又懼其銳也,銳則退速而流於怠。"而今則見其接人甚恭，應事甚勤，略不見其慢與怠，是固天資之美，而其得於學者亦多矣。人其可以無學乎哉？有學則有識，有識則有養，有養則人爲好人，而居官則爲好官。隨所居而無不宜，豈特一邑令而已哉？爲邑令而赫然有聲，及至入而爲臺爲諫，出而爲藩爲臬，又高而爲公爲卿，則舉前日之美而盡棄之者，無學無識故也。如此者，不盡然也，間亦有之也。爲世俗言也，非敢爲立齋勉也。人物如立齋者，尚待區區之勉哉？今年進於舊年，明年進於今年，後年又進明年，進進不已，是則吾立齋先生也。

於是秀才耆老僉喜曰："是可以爲我公贈。"遂書以爲贈行序。

贈陳君伯玉受獎勸序

南寧古邕陳君伯玉，由鄉進士教諭興國五載，陞永春令。未幾，巡按侍御榮加獎勸，邑之民僉喜曰："獎勸一何公也！"蓋有官不宜民，而偏宜于上官者，公論之不明也久矣。見獎如君之無愧色也，難矣。山川有靈，民心有知。在任得民而民喜，陞任離民而民思，官其可以聲音笑貌爲哉？

典尉豐城李邦平來索贈言，且歷叙君之宜于民者數條，皆洒然可聽也。余近亦聞君之爲人，而邦平諸兄昔日與余有同寅之好，不可辭，遂書之。又歌曰："永春之山高立壁，山下清溪光的的。主人正坐溪山間，看水看山滌胸臆。胸無塵，乃見真。四時序，新又新。千紅萬紫春無際，誰識東風是故人？"

贈判簿鄧君序

晉江，吾泉屬邑之易治者也，而治之者難焉，不善治晉江者也。相地者謂吾泉城中地甚坦夷，由城南出數十里，大抵亦主平而水紆，而或火石焰發焉，則亦必得平土爲之下維。而又審潤遠迎，清溝前映，其燥烈猛厲之氣悉受節制，而不獲肆行。以故居民得之則爲順爲巽，而膽粗氣豪者，百無一二。而又無危巖邃峒之可以憑藉據依，雖或強梁無賴，而治之者稍公且斷，則亦縮首屏伏，無敢崛強不賓焉。弘治之癸亥、甲子，是邑主簿大肆其虐于民，民率受之而莫敢與抗。

夫其易虐如此，而謂其不易治，不亦誣乎？

正德戊辰，南昌鄧君繼至，悉改廢前簿之繩墨，一以易治治之。而或者又病其過於慈，有子產水火之喻焉。君曰："如此，則柔道皆不足以爲理乎？人各有能，有不能。殘民以立威，非吾所能也。"今歲饑，當道諸公遣君閱視，君虆實報云"饑甚，當免全征"。既以失實坐罪，又欲進謁諸公，細叩以拯饑之策，而分拘勢隔，竟不白焉。君退，悒悒然不樂，以語其子德馨曰："二月賣絲，自忍心頭之痛；宮中飛雪，誰知外邊之寒？吾爲民役受其直，而不得事其事，事之不如人意有如此，而今始信高士之不肯爲是官也。吾姑黽勉數月，以俟來歲秩滿決去就，孺子之亭，雲卿之屨，彭澤之樽，其亦已待吾久矣，吾亦焉往而不適吾真耶？"

邑庠黃子時鎮聞之，具以告余，且曰："君存心愛物，而竟不得一有所濟，何也？"余曰："必有濟也。寬一分則民受一分之賜。況西署數年間，蒲鞭靜而馬骨高，比前之箠楚晝誼而苞苴夜行，則君之濟人多矣。譬如養生然，饑飯困眠，冬裘夏葛，終歲泊然，無奇方峻補以爲膚革之盈，若不見有養也。然自飲藥遇毒者視之，則其得養不已豐乎？"黃曰："濟人者有後。由先生斯言卜之，則君之後必有高大其門者矣。今日屋矮而來日門高，濟人者尚亦有利哉？"余以黃之言爲善頌，因命史記之，預爲君九載秩滿之贈。

贈徐恕軒教諭從化序

造化清靈粹美之氣，始發西北，而漸盛于東南。如水之行，自高而下，大江以南之地，荊楚、吳越高於甌閩，而嶺南百粵，又處吾閩越之下。故自唐以來，閩中人物之盛，比江浙爲差緩，而廣之人物，則迨今日而始駸駸入閩。昔人謂南士不可作相，信然，則范文正、李忠定、張曲江諸賢，皆宜屛居閒散，而大儒如周濂溪、朱晦庵、真西山輩，亦皆不堪經綸調燮之任乎？何地無賢，惟賢則皆可用。歧南北而二之者，不知元氣潛移默轉，槪執秦、漢以前之風氣，論吾江南人也。

然博學寡要，多文少實，本根微而枝葉盛，邇來南方之士大抵居多。蓋氣之所至，鍾爲英雄豪傑。或不得已焉，而時出其道德才能之餘，以成文章。豪傑相望挺生，而文章之美，亦不容以一二數，膾炙當時，輝耀後世。中才之士，得於見聞，竊其餘而遺其本，慕其華采絢爛之可以彷彿，而不知其無本之不可以傳。加以科舉掄選，外此無復他途，故鄉里子弟，稍工筆硯，即軒然老大，視其父兄師長，若不足爲恭，而有司之無識者，又從而驚嘆，以爲奇而進寵之，以盛滿其浮氣，而玷累其成材。其或資之近道，才之可用而木訥焉，不能以文自見，則皆尋常視之，無一爲之出者矣。此風俗之所以不淳，而時士之有益於世，若布帛菽粟之可以禦寒濟饑者，亦甚寡。蓋教之失道，作之無術，舉南北而皆病也，豈特南方爲然？

余每靜思竊嘆，謂或得國之柄，決不可專用程文設科，宜責有司以實德異才之薦，計其所薦之眞僞多寡，以當績效之有無，而爲之黜陟。漢、唐以來，詩人文士，間或有善飭躬，有功及物，則爲選録其詩文之美者，而廣行之。浮侈如司馬長卿，失節如揚子雲，阿比如柳子厚，偏執己見、流毒生民如王介甫，凡若此輩，悉取其書，火之勿傳，使天下後世知空言無實之不足恃，而人不皆尚言，末俗其有瘳乎？

吾泉庠司訓錢塘徐君恕軒，能詩而不專工，能文而不刻琢之以求其文之麗。淳謹而和易，淵靜而簡默。怯於近利，而廉於取名。望其器宇威儀，儼然一近古君子也。余方厭世俗文勝之弊，喜得見夫尚實而不務外者與之處，每於吾儕中盛稱恕軒之不可少，而庠序中之不可無斯人。諸生方倚之以爲儀式，而今乃有廣東從化學諭之擢，豈其實聲遠馳，而當道中亦知有吾恕軒者乎？將行，其門生某輩來索余贈言。余以恕軒浙人也，分教吾閩，今又將掌教于廣，故以元氣之運，自高而下，豪傑之生，富德而不專富文者爲之贈，蓋將勵恕軒，以益進其實，使力率夫廣之人士，求取所謂眞豪傑者與歸，無逐世俗好尚之流，以負一時氣運之盛云。

贈司訓鄭石潭序

常山石潭鄭先生用弘，司訓吾泉，甚爲諸生敬仰。余聞而往會之，觀其談經論史,則正冠整容,模範儼然。至飲酒賦詩,則舉杯淋漓,拍檻舒嘯,而豪氣出焉。間得一二佳句,高聲朗誦,以問余曰:"擲地能作金聲乎?抑亦瓦缶之鳴也?"余曰:"先生之詩,若有默默然相助者。"乃笑曰:"石潭助我也。"遂盡出其《瓦缶集》,且盛稱其石潭之勝曰:"潭底鋪美石,潭上出奇石。山蒼蒼以映潭,水活活而匯潭。魚之遊於潭者甚樂,鳥之泛於潭者忘機。幽花野草,錯雜於潭之涯;天光雲影,徘徊於潭之中。石潭主人對潭敲句,則潭心微動,而潭色益清。風颯颯兮為潭渙文,月紛紛兮為潭生白。於是筆鋒帶雨,硯水起雲,而吾之肺肝出矣。此石潭之所以助我者也,子其為我記之。"

余拙不文,命族弟讓代筆。讓,石潭門生也,不敢辭,略敘其大概,亦斐然可觀。方覽記文未畢,石潭忽來告別曰:"吾將歸矣,吾不能為升斗之祿,僕僕然于塵埃之中。當道諸公及學諸生挽而留我,決不可。子知我者,可無一言見贈?"乃再拜而為之言曰:

美哉先生,清哉石潭。夫人而受氣之清,視富貴利達,若將浼焉。誠非有意於矯俗也,蓋其天性然也。譬如飲食然,芻豢,人之所同嗜也,有嗜之而至於滅鼻者。而幽居道人,窮年草蔬而不厭,一對葷血,則為之皺眉不下箸。學官清且閑,吏而隱者也。石潭為之不數年,猶慮點塵,而浩然歸去,是真石潭也。能賦《閒居》而甘拜路塵者聞之,得無憩色哉?雖然,是亦贊吾石潭之淺者耳。石堅而水明,石靜而水動。堅而不移,明而能照,靜以安身,動以澤物,有守有識,有體有用,然後為石潭之全也。石潭之見愛於先生者,其亦有取於此歟?由此言之,則茲潭也,當永為鄭氏子孫進德修業之助矣,豈特可以助詩人而發其氣概之清哉?

贈司訓徐盟松序

永春司訓常山徐君盟松,余舊聞其名,而未之識面。其門弟子蔡文葦數人謁余言曰:"吾師徐盟松先生,君子路上人也。凡學中士子,無不愛而敬之,敢請一言以贈。先生自謂讀書遲,入仕遲,得子遲,凡事皆遲,故取遲遲澗畔之意,號盟松。"

余曰："此謙詞也，非其取號本意也。"大尹柴侯雪松偶來會，亦道盟松之美。余以雪松孤高特立，不輕許可，而於盟松之贊無斳，是必有以取之，非虛譽也。昔吳興趙子昂亦號松雪，而人不之許者，以其思王猛，憶謝安，恨琵琶之泣漢嬋娟，而湖山多景，乃無十畝種瓜之田，則亦何取於松與雪也？使松雪贊盟松，吾固未之信，而柴雪松贊之，必其不嗜利，不好名，雲山得趣，梅竹交清，而真可與松爲盟也。盟松之號，其意不在茲乎？

抑猶有未盡者。先儒有言曰："人不學便老而衰。"又曰："老而好學，尤可敬。"吾聞盟松以垂白之年，而猶孜孜焉務進於學，而時出其學之所得者，以淑諸多士，其志之壯也如此，信乎其有得於松，而無負歲寒之約矣。然吾又聞盟松勤於讀書作文，不閒時日，不廢燈火，果有諸，則亦甚無益。夫學在養心，不在多讀書。而讀書亦當從容玩味，求其要之所在，以爲養心之法，不可喜作文。又況老來精力非少壯時比，宜思所以收嗇之，尚可役志於外，勞苦筆硯，以傷有限之神哉？閉門靜坐，守真保和，至於一室盡虛，萬籟俱寂，無思無爲，而怡怡熙熙，此其樂何可量也。知此而撫松盤桓，當見松之凌霜傲雪，鬱鬱參天，而荒崖僻澗，皆生翠色矣。

於是諸士子喜曰："紫峰道人之於松，亦可謂知之盡而愛之深也。"遂命史書所言，以爲贈徐盟松序，且以爲盟松壽。

送項原孝分教武城序

項原孝在吾晉江，大以科舉文字爲諸大夫重，後生初學聞其有作，必多方借求，期於必得，得則金玉斳惜，秘焉而不出以傳。然其爲人，朴而少華，靜而寡言，退而若怯。邇而即之，無奇也。余初亦易之，及與余同領庚午鄉薦，始以同年來往，得見其論策一二，知其胸中有蘊，不敢易矣。

甲戌，又與余同會試，下第歸同舟，得倒其篋笥而盡出之，有《易義》千餘篇，篇篇皆出己筆，無蹈襲。其大旨奧義，則祖吾蔡虛齋所論著者，而次第發之。

微而顯,曲而中,約而能完,豐而不剩,乾端坤倪,神機鬼秘,搜索抉摘,殆欲盡泄無隱情焉。余於是知原孝所蘊甚富,愈加愛厚而不敢易,以爲進士及第,自其囊中物也。而今春之試,復不能得,而竟得分教于武城,乃知顯晦遲速有數麽定,人固不能轉移于其間也。不爾,則以原孝平日專精之文,炯炯逼余,何物主司,乃敢爾置耶？

余意原孝自是必且戚戚作怨尤聲,而原孝來見余,語且笑若平常。余飲以酒,方六七行,起拍闌干,歌《浩浩歌》,聲調響亮清壯,若甚意滿志得者。今而後,余之畏愛于原孝者,又不獨以其文也。教非文不達,文非氣不振。颯然而秋,又溫然而春。雷霆霹靂,風雨冥迷,又忽焉而天朗氣清。可憤可愕,可喜可樂,萬變到前,吾其任之,而不失吾之浩然。嗚呼！此不可與他人道之,惟吾原孝可也。

贈府掾周邦憲還三山序

忠信重禄,所以待士,士不可以利誘也。待士而必以禄之重,豈故誘之以利歟？蓋其不稼不穡,而不重其禄,以爲之需,則俯仰之間,將何以爲孝慈？苦心槁形,而勞之以經國濟民之任,如之何其克堪也？故《洪範》曰"既富方穀",言必富之,俾有爲善之資,而後可責之以善也。

三代待士之禮尚矣,至漢而猶未薄。漢之郡守稱二千石,今之作郡者,一歲實俸之入幾何？郎官而下,益又薄矣。原國家制禄之意,豈不欲待士之厚哉？念官多禄厚,則民必就窮,薄官所以厚民也。然位卑禄薄,至於貧乏不能存,而非義一介不肯以取諸人,必人品在中人之上者乃能。世惟中才之士最多,而品之下者,亦不爲少。此楊伯起之卻金,所以最爲當今之美談,而冰蘗狥名之夫,亦庶士中之未易得者。夫士讀聖賢之書,而以希聖希賢爲事。士而入官,猶難責之以廉,况由掾吏而官,而能以廉責之乎？掾吏而官已難責之以廉,其猶在掾而未官焉,而以廉責之,信乎其甚難也。蓋靳之以不足代耕之禄,而望之以士夫所難之節,及其不得,而概謂其中皆無人焉,亦厚誣矣。

閩三山城西周邦憲掾吾泉之三載,役滿將歸,其同掾諸友謁余求言以贈。且言:"邦憲喜讀書,有士行,願先生之贈,勿道及掾史。"余謂:"事貴有實。世有士名而掾實者,亦有掾名而士(士)實者,掾亦何忝於人,而余亦安能爲不掾之譽哉?然余亦嘗聞邦憲見利思義,擇可乃受,是有士之實矣。士豈真以廉爲難哉?以無所資而廉,則亦難矣。能人所難,非善士乎?他日計勞得官,執所難而不變。孤琴隻鶴,清聲白羽,人之望之,而不以善士稱邦憲者,吾不信也,邦憲其勉之。"

壽武翁制師序

南京地官郎中新城李君孔音,入余寓舘中,備道其鄉人趙大器之言於余,若曰:"莒州沂水武翁制師,家世業儒,曾祖暨祖相繼入仕,而翰林學士、監察御史之二叔父,則又仕宦中之最顯者也。父義民,以能讀書、善訓誨著聲,則不仕而亦顯者也。子章,質美好學,與族中之彥十餘人,俱遊邑庠,志決科第,是將來之顯,蓋未艾也。若論翁之爲人,則固無意於名之顯者矣。以人生爲大夢,以富貴爲緇塵。浴沂風雩,童冠與俱;晴雲秋月,塵埃不到。觀其時時閉關習靜,若恐其名之或顯,而思所以逃之者焉。然其敬士下賢,輕財務施,是蓋人士之所共喜,而名譽之所必歸,亦烏得而不顯耶?以故七旬既屆,賀客填門,長篇大章,昭耀堂宇,此固孔子所謂'仁者壽',而亦孟子所謂'仁則榮'也歟?某也無似,粗通章句,曾辱翁家塾之聘,以教其子之所謂章者。今喜見翁榮壽如此,故不遠千里而來,特借地卿之重,敬干陳紫峰一言,將奉歸以爲翁壽。"

余疑大器斯言贊翁之美或過實,以不文辭之。而李君爲請不已,且言:"大器嘗讀儒書,遊邑庠,非俗士也,幸勿拒。"

余謂:"君固僕所敬愛者,大器既見與於君,則其言必可信。其言可信,則武翁其仁人矣乎?嗚呼!仁豈易言哉?雖然,以全體言仁,則仁固不易,但舉其存心制行之善,而大概言之,則天下未嘗無仁人也。樂恬退而不慕顯名,喜施與而不殖貨利,此豈非仁中事乎?仁而榮且壽,固其理也。然人生以百歲爲期,而鮮有能滿是期者。翁今之年，已踰古稀，則已壽矣。及八望九，而幾于百，則更壽矣。日月如流，供開口之笑於二三十年之間，特瞬息耳，烏足以爲翁壽？惟是追念平生之善而愈積之，我有餘則必散，人有急則必賙，寧人負我，毋我負人。若然，則餘慶及其後昆，好爵引而不替。槐蔭魏國，桂發燕山，又豈百年之所能限哉？"

於是李君喜曰："斯固大器所以壽翁之意也。"遂書之以爲序。

壽談翁文明序

金陵龍江之西，有翁談文明，以嘉靖元年壽登八十，適遇朝廷推恩，榮加冠帶。其子廷獻拜求士大夫之文爲翁壽，禮部楊君宗喬已有作矣，又欲得余一言，余未有以應也。而道人王東谷於余有舊，來爲之請甚勤，且曰："翁家素裕，身素康，而今則又榮，蓋壽而享多福者也。"

余問其爲人，答曰："坦易無心。"余謂："是固翁之所以壽且福也。"夫人以心爲主，烏得冥然無心？謂無機心也。心有動靜，烏得寂然無機？謂無惡機也。機有善惡乎？機心萌而鷗鳥飛，此惡而不可有者也。其嗜欲深者，其天機淺，此善而不可無者也。是二機者，迭爲消長，而不能兩立，此深則彼淺，此有則彼無也。翁深所無其無所不可有者乎？無所不可有之機，而何以能壽？蓋是機必智巧辯佞而後成，爲之亦甚勞也，勞則不壽矣。爲機將以中人，而遂己之欲，不如所欲，則拂鬱無聊，亦甚憂也，憂則不壽矣。且我以機待人，人亦以機應我，一遇勍敵，則反中而得奇禍，又何壽之云？假使幸而得壽，而一生憂虞勞苦以終其身，亦不可以言福也。無機之人，昭昭白日，坦坦大道，饑則食而渴則飲，寢無夢而覺無憂，明無人非，幽無鬼責，怡然天壤之間，自謂羲皇上人。人而如斯，雖不甚壽，而亦福也，況必得其壽而且康榮乎？此吾所以喜翁之爲人，而謂其致有今日者非偶然，而占之來日者，尚未艾也。

東谷曰："吾聞無機心之謂善，未聞無機心之謂福。既聞無機心者之所以福，而又聞無機心者之所以壽，然則人可自賊其心乎哉？"余曰："吾茲所云，亦爾道人之所當知也。抖擻俗塵，灰滅世慮，恬淡寂寞，豈容有機？故曰神仙之忌有三，而陰險居其一焉。"東谷笑曰："此固道人之所當知，而亦談翁平日之所以見取於道人者也。以此壽翁足矣。"於是乎書。

壽方矯亭先生序

嘉靖元年春二月廿二日，實南京吏部文選正郎矯亭方先生時舉五十三之誕辰，同寅諸君各攜酒至矯亭亭下為先生壽，以余辱與寅末，而役之以言。余作而言曰：

先生以矯名亭，則必得其壽之意寓焉。夫天下之理，莫非自然，矯則逆而不順其自然矣。不順自然，而何以云壽？以其順非所順，故矯而逆之使順也。忠臣愛君，屢進逆耳之言，而良醫治病，亦曷嘗專用夫適口之藥？然則有意於長生久視者，其可不知所以自矯也哉？是故挽回高古，則振起夫八代之衰者，韓昌黎氏之矯也，而文光萬丈，將與日月齊明；變化氣質，而全備夫四氣之和者，呂東萊氏之矯也，而道脉無窮，直與天地同久。古人善矯而永其壽也類若此。至若王氏介甫，亦竊知夫壽之出於矯也，而不善矯焉。以祖宗法度為弊政而矯之使新，以諸賢節行為流俗而矯之使苦。然而至今之人，猶知有王介甫，或譏笑而怒罵之者，將久久而未衰，是其不善矯而亦壽也。

今觀吾矯亭先生，以涵養溫厚之氣，出其俊偉雅健之文，而施其平易愷悌之政，至於時世風流，習俗好尚，固不苟與之同，亦未嘗概指以為流俗，而必與之異，是蓋深得夫矯之之善，而於其不善矯而亦壽者，固所不屑為矣。雖然，能矯固得遐齡，善矯亦須勇力。世固有能自克於未壽之先，而改移於既壽之日者，以壯老異力也。始而克終，老而益壯，如蘧伯玉行年五十，而知四十九年之非，行年六十而六十化；衛武公年九十五，而猶日誦《抑》詩以自警，是又壽而能矯者也。夫其善矯而獲壽者，可以為先生今日之頌。其既壽而能矯者，亦可以為先生他日之勉。不知先生以為何如？

於是同寅諸君僉曰："斯固先生亭以矯名之意也。"遂書之，以為壽矯亭方先生序。

壽胡卷石先生序

今年壬午,滇南胡卷石先生年五十八,適遇嘉靖改元大推恩典,先生偕配黎安人,俱以子原學地官主事之貴受封。母趙孺人,年七十八,且康彊無恙。先生錦衣登堂,稱觴拜舞爲母壽。而原學於余爲同年友,屬余遥致一言爲先生壽。

余聞先生尊甫達齋公,舉成化戊子,令蜀之華陽,有聲。先生舉弘治甲子,掌教蜀之嘉榮,又有聲。原學以正德丁丑進士居今官,又大有聲。父子祖孫珪璋聞望,亦人間之不多得者哉！吾雖未識先生,而實知有原學,温厚文雅,年少老成,而有爲有守,不苟同異,此豈無自而然耶？然則先生之爲人,固可占知,而達齋公之所以啓佑後人者,亦可概見矣。夫天下人才,不係類而挺生,無所待而興起者,固多有之,然君子觀人尚論其世,亦自可信而不誣也。抑吾又聞達齋公作令將六載,未老而棄官歸。先生掌教滿九載,時年方五十,亦以母老不復仕,杜門終日,詩史自娱。此其恬退清脱,豈下古人？特官不尊而用不顯耳。世之人已足不足,可止不止,鐘鳴漏盡,而猶夜行不休,其視先生父子,爲何如人哉？而謂原學之美,一無所自,其可乎？

然則原學今日固在重慶之下,而先生今日猶具慶也,何者？卷石克類達齋,固未亡也。古人以父母俱存爲最樂,又以父作子述爲無憂。若吾卷石先生,可以無憂矣。論養生者以忘憂蠲忿、怡神悦心爲要訣,由此言之,先生之壽有必然者矣。雖然,生年滿百,壽之至也,而至人達士以旦暮視之,則所得亦幾何哉？於是又有至妙無窮之説焉,先生得是説而默會之,則一真在我,而此生不虚。一日可以當百歲,而視彼尋常百歲之生,真若蜉蝣之寄夫天地也。若然,則先生卷石其介石乎？其亦南山不騫之石乎？

壽陳微庵先生序

涵江之水來亦遠哉！萬山發源,百川合流,望望向東,以爲兹水也。大海自東湧潮入港，滾滾北來而與之會，而紫帽、羅裳、青陽、白石諸峰，巍峩森列，立于前而輝映之，龍溪、陳埭、後林、下村諸少小之鄉，又環抱而拱護之。野田紓平，潮田深積。東風送和而春苗綠，西風獻爽而秋稻黃。幽人逍遙拄杖，自遠以望涵江，無不欣愛稱賞，以爲奇秀不可及。

然自宋以來之居是鄉者，悉湮晦無聞。元延祐間，吾始祖碧溪公始於此，而稍出其聲色，故老傳聞皆謂宜有積善之慶。然碑、銘、表、贊及其自著，亦遺落無考，豈其自謂"身隱而焉用文"耶？抑亦人以其隱而弗之錄耶？吾不得而知也。自碧溪公而下閱五六世，其間讀書績文者實多，其人又皆潛隱弗耀，豈居是鄉者皆以隱爲高耶？吾亦不得而知也。

弘治壬子，高州太守洪載公始以《春秋》之學魁鄉薦，遂登癸丑進士第，歷禮部、兵部，以至高州，其文章、政事，人得而稱之矣。豈涵江之鍾奇鬱秀，至是而始一發邪？微庵先生洪璧，於太守公爲從弟，其文學之雅，則太守公之所深器者。大司成虛齋蔡公亦加愛重。蓋其平日刻苦工夫，專在於《易》，而於《太極圖》《參同契》，人所難讀之書，務鑽研而入其奧。文必以理爲主，詩亦據理而不事虛浮。故其庵以微名，而後學亦皆稱之曰微庵先生，而微庵自謂則曰："吾勤學到老，而不得行其志，布衣蔬食，安於草茅之下，此吾微以名庵之意也，豈敢竊窺古昔聖賢之所謂元微者哉？"其知微庵者則曰："此其所以爲微也，無得於義理之元，而能恬然安於貧賤，而不願乎其外哉？不待究其胸中之蘊，而可知其微矣。"其不知微庵者則亦以爲疑，其知者又爲之解曰："涵江陳氏遊庠序有聲者若干人，及諸後生初學數子，無問其學識淺深，概以遠大自負，談文説詩，傲睨宇宙。至於繭絲牛毛，未易解悟之處，亦必進而質諸微庵，相與毫分縷析於一庵之中，退而充然若各有得者，而謂微庵不微，是豈知微者哉？"由此言之，則謂微庵無得於涵江山水之秀，是又烏足與言地理之微哉？然則茲鄉之名，又由微庵一出，而繼茲以出者，將多多而不窮也。

微庵之生以甲申正月三十日，今又甲申，則花甲之週而復始也。宗族兄弟子姪共稱觴爲壽，而屬琛以言。琛謂人得山川之秀氣者，心靈明，宜顯出；得其氣之厚者,身康強,宜永年。吾觀微庵以今兹之年,筋力全無恙,語聲鏗鏘,而雙瞳炯然,是秀而且厚也。厥子之秀,與宗族諸姪孫之秀者,微庵尚當長眉白鬚,久立于涵江之上,多賀其克成也。於是春酒各酬,頌聲齊作,即命史書吾言,以爲壽微庵先生序。

壽蘇朴齋先生序

太守蘇伯忠,余鄉同年友也。其兄伯載,又余眷而友者也。丙戌,一陽來復,余邀族中諸秀才泛舟至潓溪門外,而伯載、伯忠,與其故人李才通皆來會。余酌酒勸伯載、伯忠飲,二友辭曰:"家翁今年七十又一矣,願得足下一言爲壽,則吾兄弟不飲亦醉。"余拙不能文,取酒酌半酣,歌曰:"萬里東風拂面來,菊花未了梅花開。生生一望春無際,積善之家亦快哉。"於是伯載酌酒拜曰:"乞再歌。"歌曰:"西來東向水潺潺,莫向家聲問水源。端的源頭吾不語,崑崙杳藹出微端。"於是伯忠酌酒拜曰:"肯爲舍弟伯超、伯秀一頌乎?"又從而爲之歌曰:"新種溪蓮應有香,兩涯蘭芷與溪長。老翁更喜春無恙,拄杖時時入醉鄉。"於是才通及吾族中人皆大喜,分付舟子熱爐燒酒,詠東坡《前赤壁賦》以歸。

賀田均州治壽木序

術者謂均州田太守景玉,骨堅神爽,而聲吐清亮,當得上壽,人皆不之然。謂:"氣之溫厚者壽,均州常自負其豪傑,是有英氣人也。"或因問於余曰:"均州果豪傑乎?"余曰:"年方半百,而豫營百歲後之具,不諱言死,是以死爲無足畏也。蘇子瞻論人物,以談笑就死爲雄。然則均州甚壽不甚壽未可知,而亦不可以爲非人傑也。"

或曰:"豫欲死者多得生。如韓昌黎屬其姪以瘴江之收,而畢竟無恙焉。由此言之,則均州之爲是具,蓋欲求不死也。"余曰:"人皆有死,而獨欲不死,亦難矣。雖然,能知四十九年之非,而修身以俟死,則夕死可矣。而况無非無責,不殆不辱,又誰能使之速死耶？夫世之人皆不欲速死,然其於幽静閒逸之趣,未有實得,以故漏盡而行,猶忙地偏而心不遠,是皆未知所以生死者。若吾均州,則素有得于是矣,吾亦以是卜均州之壽,尚未涯也。余暇日坐日休亭中偶得句云:'時刻閒中永,天機静處深。'請誦此以爲均州壽。"

陳紫峰先生文集卷八

記

朱文公祠堂記

永春大尹臨海柴侯鑣,新建朱文公祠堂,且以書來告曰:爲政而不知重教化、作人才,吏之俗者也。鑣無似,頗有志於古學而未之能,而亦豈肯甘心下同于俗哉?來吏兹土已四年餘,心長才短,未能使民各得樂生,兼阨於游寇之侵,日嚴武備,故於文事未暇及。今幸寇静人和,乃率諸生顧瞻廟學,病其地之不美,且棟宇舊將就頹,議徙建于白馬山之原。而吾朱文公過化永春,有詩在誌,可考也,宜有專祠。去縣治三里許,地名流灣,山環水繞,鬱有佳氣。前尹毁淫祠,貨其地于民,以充公費。今贖之建祠,以祀文公。中爲正堂,正堂之南爲大門,北爲講堂,其東樓扁曰識風,西樓扁曰同月,取文公詩語以寓意也。外此則爲號房,爲社學,凡二十四間。先事以白于提學邵公鋭、分巡曾公鵬,皆曰可,遂命鑣董其役,而徐司訓衡亦相與着力。經始于嘉靖四年臘閏之望,落成于五年季春之吉,敢請執事爲之記。

竊惟孔子集群聖之大成,而朱子則集諸儒之大成,以發明夫孔子者也。學者口誦其書,心惟其義,真實爲己,刻苦加功。繭絲牛毛,析之極其精而不亂;天高海闊,合之盡其大而無餘。斯可以知夫朱子者矣。知朱子則知孔子矣,知孔子則知天,知天則知所以事天,而學者之能事畢矣。而近日士大夫以豪傑自許者,由訓詁以識字,由文章以著名,由科舉以進身,顧乃張大其言曰:"不談科舉,不習訓詁,不作文章,而後可以言道。"然則文公亦廢此三者乎?顧人之志向何如耳。

訓詁所以明義，文章所以達意，而科舉則學成而見諸用也，初何妨於道學哉？滯於字義而不得其會通，溺於浮文而不根於道理，逐逐焉以爵禄繫心而不思，曰："吾將以行吾之所學也。"如此，則於道爲有妨，而於學爲無用，而豈聖賢著書立言，以教人之本意哉？

讀聖賢之書，而得其所以教我者之意，孜孜求道，而至於聞道焉，則視傳註爲糟粕可也；章分句解，以啓迪後人，亦可也。白賁反本，朴若野人可也；無意於文，不得已而文出焉，亦可也。隨時科舉，以行乎富貴可也；不樂科舉，泊然而安於貧賤，亦可也。夫讀書而至於聞道，又焉往而不可哉？

患書多而讀之不得其要，乃謂文公著述太繁，多言障道，而引許魯齋欲焚書，及陳白沙以輪扁爲眞儒之説，顯肆譏排，間摘其一二未定之見，痛詆于師友之間，而自謂朱子之忠臣，而不知其爲不孝子也。義理無窮，人各有見，分更分漏，亦安能一一與人皆合？善讀者融而會之，則千流萬派，同歸于海矣。手舞足蹈於焚膏繼晷之餘，嗒爾忘言於千言萬語之内，於是始知文公有罔極之恩，而書可以無焚，而魯齋之所欲焚者，非文公之書，乃文公之書之蠹也。

永春在萬山中，山水秀麗，風氣完密。濟濟多士，喜讀書而無外慕，必有聞道而知恩者，其亦念柴侯今日作興之勤，倡率策勵，以求其所謂集大成者，而反之於身也已。

碧溪陳公祠堂記

碧溪公名若濟，字汝舟，碧溪其別號也。鄉人以其有德，不敢名字之，但稱曰碧溪公。公之先世居青陽山，元延祐間，始來居涵江。至弘治間，因公之故居重建此祠。公舊設田租四十石，永爲祭祀之費。又租一千石，分與四子。今之子孫衣食，皆公之餘也。

六世孫高州太守膴，時念其積德之盛，爲族人勸勉，以堪輿風水之説，忌於祠前洋田中填塞蓋屋，遮蔽紫帽、羅裳諸峰，又忌於堂兩旁開門出入，褻慢神明，命七世孫琛作門外聯句曰："子孝孫慈，百世芝蘭滿室；山光水色，四時青紫迎門。"猶以爲未盡也,更題堂前兩柱曰:"寸地留耕,勝似義田萬頃;滿堂燕笑,皆由忍字百餘。"太守與族之好秀才僉喜曰:"是頌先德,且規後人也,語少意盡,宜記之。"至嘉靖丙戌歲,乃刻石以永傳。

石　泉　記

同年玉山詹君汝約,與余同官刑部,嘗因暇揖余,備道其尊翁之所以取號石泉者曰:"吾家之居有山,山多巨石,石下有泉數湧,合流爲溪,繞居之南,折而西去。吾翁每耕讀之暇,則沿流尋源,據石嘯歌,欣然若有所會。又構小樓數楹,而時登臨覽觀焉。子其爲我記之,將寓歸以爲翁壽。"

余謂古今天下,惟山林幽隱之士,得福爲最多。蓋其身無累而心無憂,非若汲汲於富貴者,得失俱患,而終年不能開口一笑也。然則何樂如之?夫人生而樂,又何福如之?然而山林泉石,未嘗絶人,而人之即山以居者,未必皆能樂也。樂在我,非有待于外。使在我者不見有可樂,則見夫林麓周遮,泉石廻抱,若將因我,使不得出,而況能有所樂耶?昔嚴君平遯世不求聞達,而猶托於卜筮以惠人,與人子言依於孝,與人臣言依於忠,身雖遯世,而其心實未嘗忘世也。此其遠見高識,而豈世之淺淺者所能窺哉?夫必有所識,而後有所樂。想其閉肆下簾,蕭然環堵之間,而所見無非泉石者,豈必據巘巖、聽潺湲,而始以爲快耶?

余於石泉翁未及接其言論,而測其中之淺深。然即其知汝約之清介不凡,而教之以讀書從政,且時以"靜己澤物"爲之箴,此亦君平未能果於忘世之意,而其胸中之識,諒必有過人者矣。故吾亦信其真有所樂,而斷然直許其爲天下之多福人也。汝約喜謂余斯言若甚知翁,而深得其趣之寓於石泉者,遂屬余書之以爲記。

東　園　記

東園者,滿城谷齋南君退休之所也。君初爲博興縣丞,遷判潞州,再遷令崞縣,所至即大書"清、愼、勤"三字,榜于公署,指謂其僚曰:"願相與勗之。"以故至今猶有聲傳于山之東西焉。方其在崞也,值逆宦竊柄,凡不以賄入者,皆不得安其官。君嘆曰:"入賄而官,先失勁氣矣,何以肅吏惠民耶?"即引疾歸。就居室之東,闢舊園之蕪,結書屋數椽於園之南,環屋樹以竹木花卉,生意泛溢,無閒四時。君日徜徉于中,撫景嘯歌,益然發和,若不知夫春之有時而老也。

君之子仁夫,實與余進士同年,又同官刑部,因爲余道君出處之詳如此,且屬爲記之。余方怪夫世之仕者,眷戀簪纓,一出不返,突梯以諧世好,龍斷以足己欲,忍垢蒙污,而竟不能奠一席以自可,而君何以獨能脫然而安於其所謂東園者,豈君之胸次果有以異於人乎?然吾觀仁夫俊卓超拔,動輒向上,蓋必有自來。而其語言喜實,決不肯爲溢美以誣其翁也。乃爲記之,而又爲之歌曰:"噫氣西來動九垓,褒衣博帶盡塵埃。誰云古人不可見,還有陶翁歸去來。歸去來兮園已荒,青春爲我更廻光。園中獨樂無知己,慷慨樽前欲發狂。欲狂不狂愁轉深,排愁依舊是孤斟。莫驚海上清淺水,且聽林間快活吟。"

松澗記

同年友選部謝君宗文,別號松澗。余問其所以取號之意,君曰:"吾家先世植松數株于門外,已歷二百餘年,而其間一株亭亭獨異,真若詩人所謂'影搖千尺龍蛇動,聲撼半天風雨寒'者,吾甚愛之,而時嘯咏其下。癸亥夏,忽爲暴雷震拔以枯。前此有鄉人嘗夢以是松贈與我者,意此其祥乎?同遊諸友因以一松見號,且頌之以詩。明年甲子,果領鄉薦,而禮闈之試,乃屢不偶。至丁丑,而始得第,時年已過强仕矣。怪其遲也,因取遲遲澗畔之言,而易一松之號爲松澗。子知我者,幸爲我記之。"

余作而歎曰:"元氣之生物有限,天心之愛人亦至。夫人物之生,均一氣也,磅礡鬱積,爲力亦難,彼此剩除,不能兩大。故吾泉人之諺有曰:'荔枝盛紅,稼穡爲空。'蓋言地力有限,不能以多及也。而韓昌黎氏亦言'千尋名材,不能獨當衡山之靈',而疑其有魁奇材德之人生其間,而卒未之見焉。然則君既卓然挺生，則余固已卜此異松之下，無復千歲之苓矣，豈待震雷送與，而後知此異松之美之在君也耶？於戲微哉！工師一顧，翦伐以行，僅得備巨室一梁一棟之用，而松之所庇者幾人？奪是松之美，而萃之於君，他日挽而登之於廟堂之上，設施措置，出其方寸之木，使天下寒士，皆得坐庇萬間，歡笑解顏，而有風雨不動之安，豈不亦甚可快哉？而謂造物者以松與君，初無心於天下之人焉，殆未可也。而其所以若是遲遲者，何哉？夫松柏之備棟梁也，亦必數百年而後可，而況於人中之松，望之遠而責之重，而可使之速就斤斧乎？此又可見天心愛人之至，而冥冥中之所以培植君者，甚不淺也。"

君曰："吾子所言是或一道，而實未得吾所以取號之意也。剛直不撓之氣，晚暮不衰之節，用舍由人，而於己無與。此則松之至美，而吾取之以自勵者乎？盍以此言之？"余曰："固知松澗之意之在此也，然而匠石寡逢，丘山愁重，欺大才之難用，憐躁進之徒爲，松澗亦未必無是意也。"松澗笑曰："豈其然乎？"於是合吾二人者之説作《松澗記》。

北　山　記

地官員外郎張君履謙，知余素愛山，因揖余言曰："吾沂州有山曰神峰，甚高且大，而以神見名者，豈以其神異特出，不與培塿爲類乎？抑亦以其神氣所鍾，時出異人乎？吾甚愛之，而不敢取其美名以爲號。然吾居在兹峰之陽，而峰則儼然特出于此，故吾自號北山，以致仰止之意。子其爲我記之，幸勿以好高見哂也。"

余曰："君其有志乎哉？夫峰固有神，而山亦貴北，君能北山，則亦可以神峰矣。蓋山之峻極者爲神峰，而人之至妙者爲神人，神人即聖人也。人皆可以爲聖人，而顔、孟猶聖人之亞也。士者語及，則曰：'我豈敢爲顔、孟哉？'夫顔、孟固未易爲也，然前輩有以韓退之期王介甫者，而介甫答之以詩曰：'他日若能爲孟子，終身何敢望韓公？'以介甫偏僻固蔽之資，而其向上猶若此，而吾輩乃退然不敢出一有志之言，何哉？此履謙之北山所以爲可取也。試以北山言之。

天下之至静者莫如山,而方之北,則爲時之冬,蓋陰之極,而静之至也。夫學須静也,能静而能動矣。静之所造有淺深,則動之所中有多寡。而全無得於静者,一步不可行也。此理莫備於《易》之《艮》。北山即艮背也。蓋艮之象爲山,而人之背則静止于身之北者也。艮背則静定,而動亦定矣。余故曰能北山,則能神峰者此也。然則履謙遠大之志,何如哉?而其自謂熟味《孟子》'夜氣'一章,深有所得,而不能以告人者,其信然矣!抑吾又聞履謙才雄氣充,由進士尹桐城,守汝州,以至地官,凡所在而名山之雲雨興焉,物之蒙其澤者,長養而爲東山之春,暢茂而爲南山之夏,此豈無本而然耶?然則北山之學,亦既有徵也矣,而吾又願其望山及巔,登山無倦,使凡有識者與之曰:'張北山學山,而亦至于山焉。'此則區區願學北山之誠,而亦北山屬余作記之意也。"因併書之。

<h2 style="text-align:center">劍溪草堂記</h2>

延平之溪曰劍溪,世傳以爲豐城寶劍於此化龍,因以名焉。鄭君舜祥居劍溪之上,因號劍溪居士,且以扁其讀書之堂曰劍溪草堂。或曰:"君固善用劍者。爲給事中,而言論斬斬,無所顧避,是非利害奮然當之,其有取於劍也固宜。"或曰:"溪水清明瑩徹,塵埃不到,鑒照萬類,妍媸莫逃。君有劍而用之之當,則其有取於溪也亦宜。"或又有曰:"君之劍溪,豈特驗於今日之爲言官耶?方其以進士尹潛山及南昌,威禁惡人而使之知所懲,澤潤善人而使之知所勸,廉潔果敢,人無後言,則其爲劍溪也亦已久矣。"

余應之曰:"是皆見吾劍溪之外耳,而實未得其所以爲劍溪者也。蓋萬事皆由一心,而處人先須求己。天下之可喜可欲,可悲可愕,足以昏惑人之心志者何限,固有氣雄九軍,力蓋一世,而不能自制其心者。制心之難,甚於降龍伏虎。以程伯子渾然天成之資,而見獵於十數年之後,猶不覺有喜心焉。然則造道成德之學,亦豈易言哉?雖然,不可以不勉也。夫如刃於心之謂忍,遇敵戰勝之謂克。忍性克己,勇不畏難,必如是而後可以言能劍也。能忍於此而不能忍於彼,今日克之而明日從之,則亦盡棄前功矣。持之以悠久,行之以無倦,如川之流,不舍晝夜,不至于海不已焉,必如是而後可以言劍溪也。劍溪取號之意,其果不在於是耶?抑吾又聞劍溪草堂密邇李延平先生書院,君能致高山之仰,終日靜坐,觀於喜怒哀樂未發之時,作何氣象,而得其所謂冰壺秋月者,斯則真劍溪矣。他日劍溪之名,將由君之草堂以顯且傳,而太阿、龍泉之變化,寧足以動人之牙頰乎?"

於是劍溪謂余斯言有相規者,因書之以爲《劍溪草堂記》。

隘軒記

人之一身最微也,而是心之主於身者爲最大。日月星辰之照耀,皇王帝霸之鋪舒,陰陽鬼神之盛衰,草木花實之盈悴,自人物之所始,窮天地之所終,與夫區處人物之方,經緯天地之具,靡不有以究其理,而極其所以然。然則人心之大,又豈有外乎哉?有外之心,皆人之自限,而非其本然也。先儒有言:"開之恢然見四海,閉之闇然不睹垣墻之裏。"心本大而或限於小者,奈何?亦曰開之而已耳。開之而猶未見其大焉,是開之未至也。譬之遊者,徘徊丘山之麓,瞻玩溪澗之流,雲煙杳靄,魚鳥往來,非無見也,而壯夫達士不取以爲適,必進而據萬仞之峰,臨萬里之流,俯岡巒之拱揖,望涯涘之混涵,蕩乎若解脫纏縛,飄乎若將乘風馭氣以遊於六合之外,於是始快然自適。蓋其遊必至是,始足以窮其興,而發其胸中之浩然。然則學者之所以開廓其心,其亦若壯夫達士之登臨眺望焉可也。少有得而遽足焉,是及山麓而玩溪澗也,其所見幾何?蓋心大則百物皆通,而所見之拘於隘者,則不足以語於大矣。

郭生太常勤學好問,將以開其心而使之大者也,而乃以隘名其所居之軒,無亦知隘之不足以盡其心,將朝夕顧之以自奮歟?抑別有取於隘也。或謂生質方而氣狷,人之可者與之,其不可者則深嫉之,至見於辭色,亦時爲人所不容,而退以爲悔,故因以隘其軒,而思所以改之也。余謂是乃伯夷之隘,君子之所不免。郭生之隘,果出於此,固亦未害,若又肯轉移而施之,則尤美矣。蓋恕可以待人,而不可以待己;寬可以容義理,而不可以容邪穢。彼此轉移,而施之得其當,則

153

靈臺湛虚，而萬理出矣。是其隘也，適所以爲大也，又何隘之患乎？余惟患生爲隘之不力也。

一寄軒記

吾泉別駕姑蘇郭裕庵先生，於涖政之暇，就其公署東偏，搆小軒數楹，爲遊息之所，而名之曰一寄。公餘退坐，静而觀之。大塊并包，混闢無窮，有以見夫天地爲萬形攸寄之祖焉；婉孌突弁，百年一瞬，又有以見夫吾身之寄夫天地者焉；浮塵簸風，儵來忽往，又有以見夫功名富貴之寄夫吾身者焉。瀟灑淡泊，無慕無營，視世之人多方務求而必欲得之者，若不足以滿其一唾，況肯褰裳濡足而與之爭哉？然則寄之爲言，亦有志於爲君子者之所宜知，而先生之以寄名軒，其思致亦遠矣。

或曰："晉祖老莊，動稱逆旅過客，放曠風流，遺落世事，寄豈儒者務實之談歟？"余應之曰："莊周荒唐，固未得寄之深，彼營窟執籌之徒，口清心濁，亦烏知夫周之寄也？排難解紛，而飄然不爲商賈，如魯仲連者，則深有得於其所謂寄矣。今觀吾裕庵先生，寄一寄之軒，而不爲一寄之政，利必要其所終，害必原其所始，革舊創新，憂深慮遠，未嘗有苟且欲速之意，而何寄之云？雖然，世味塞胸而軀殼重焉，則亦安能忘己以及人哉？是先生之寄，乃其所以能爲不寄者也。他日寄聲高舉，攀轅莫留，則兹軒也固爲先生之暫寄；而甘棠在軒，不翦不伐，又將爲先生之久寄。而後人之來寄于軒，又豈無感發興起，而思所以續寄者乎？然則一寄之軒，實吾泉人寄託之大者也。"余不佞，爲作《一寄軒記》。

新修晉江南路記

起自八里亭，歷土岸、東山、棘巷、新亭、洋坂、涵江、陳埭、海岸、龜湖、塘頭，曲折四十餘里，僻在海涯，非官府往來之衝，以故蓁塞泥滑，岸傾石墜，大潦而舟無可渡，陰雨而馬不敢行，人甚苦之，而難於修整，而海岸之整爲尤難。

乙酉秋，余以詩白于太守高侯越曰："武侯治西蜀，道路皆整新。爲政務精密，千載仰斯人。江路怨泥滑，山路苦荆榛。咨諏勞太守，歡喜動泉民。"高侯答曰："吾將之京矣，二守李侯攝政于興化，而節推張侯掌府事，當代吾勞。"張侯慨然以爲己責，選召好義能事之民，喻之以善事好爲，戒之以公事勿怠。趨事者必賞，梗事者有懲。隨地起工，勸人助財。其費財少而費工多，而海岸之費則甚多。閱八月餘，而事畢，行人欣便。

李侯羨曰："役民而民忘其勞，且不自有其勞，而歸勞於我，盛德君子也，何可以無頌？"余於是喜而爲之歌曰："百里崎嶇困馬蹄，擔夫未暮問雞棲。春江一笑路如砥，多少鷓鴣不敢啼。"又歌曰："石岸迢迢入海低，東山棘巷草萋迷。砂平石穩江如練，應有行人說鳳溪。"

李侯名緝，號春江，江西餘干人。張侯名心，號鳳溪，浙江餘姚人。

陳紫峰先生文集卷九

書

答潮陽蕭秀才書

去歲冬，以小事牽，不得常相與，以窺足下胸中之自得處。及至自福州，而足下又以迫於歲暮行矣。有孤遠來，殊覺惆悵。所抄去《易經》、《四書淺説》，皆從遊朋友私記大概，亦未足以盡區區管中之見，況傳抄不無訛字遺句。足下忙間，今書手草草，想魯魚亥豕當益甚，文理滯礙，徒貽盛邑諸賢笑耳。

僕短於記誦，平日讀書，獨觀大意，得其意，則雖文辭章句之出於古人者，亦時忘之。至於科場時作，則固不暇觀矣。故朋友中有以舉業文字相索，皆非知僕者也，然亦不敢自謂不曉舉業也。間有以經義論策見訪，稍爲之去取，亦皆笑曰："幾得其會通矣。"然欲就區區之困稟而傾倒之，則又無片紙隻藁可以膾炙于時，蓋雖知之而不樂爲故也。以足下之聰明，稍加工力，欲竽欲瑟，無不可者，又何用不遠千里，而小叩之於僕耶？徒勞，徒勞。

辱惠絹，盛价堅不肯攜去，不得已受之，概之於義，不能無小愧也。《論語下淺説》，館中諸友方記録，未畢藁。下經《淺説》，亦欲爲諸友筆削，未完。倘得完，亮亦無益於足下之醬瓿也。道遠，何由一話爲慰！天氣向熱，惟冀順時自愛。寄去小書二册，粗帕二方將意。病後氣倦，不能一一。

寄秋官正郎黄孟偉書

别後情懷可知，無庸更言濃淡矣。六月中，見令弟仲偉道足下有書寄到，得知平安爲慰。又聞來人所稱沍政有新聲，殊覺理致起予，比向歲文論見示，又爲加實矣。古人不以仕廢學，剖決紛瑣之暇，亮必卻律例而前經史，以養道心德意，而時出其意於法律拘束之外，雖官以秋名，而春固自在也。大都金陵舊稱佳麗，登龍盤虎踞足以發豪，見朱雀烏衣亦能生感。江風進清，淮月與明，翛然寵辱忘而縈吝去。然則可以養心，而陰益其能於政者，豈必專在書哉？謀野而獲，理固然也。

前日部書到府，催完監事甚急，謂不一二月間，當得與足下相見。而竟以路費不充，不果行，未知後會又在何日。仲偉在提學處考送入邑庠，近來開元寺舊舘，問余課業。觀其所作，皆斐然可讀，且志亦甚篤，駸駸然若有欲難其兄之意，私以有弟爲足下喜也。尊堂俱康樂，足紓遠想。有便，煩示以監中信息何如。不知明年八九月方到，能無害否？行人催忙，不及一一。

與張克軒大尹書

仁，生理也。庭草交翠，陽之動也，此濂溪先生作圖之本也。故萬物得所謂之春，一夫失所謂不足以盡仁。伊尹、周公之相天下，龔、黃、卓、魯之治郡縣，貽芳傳美于汗青，而不能使之朽者，非有他道也，完養其方寸間之生生者耳。

執事治吾晉江三載，始則人畏，中則人敬。今則兼畏敬而且甚愛者，蓋向也以義濟仁，得子產水弱火烈之喻；今則陽春和煦，抽萬木萌芽於嚴霜凍雪之餘也。斯道也，非深有活潑于內者，其孰能窺吾執事之際哉？然堂府深嚴，雲樹掩映，外邊之寒，亦有不盡知者，敢恃愛一達。

敝都有六里陂，上承九十九溪之水，下潤數萬餘畝之田。躍金沈璧，則萬姓嘯歌；赤地滔天，則一方憔悴。其所繫蓋不小也。舊時官設陂夫，計有四十二名，夜則行巡溪潦江潮，晝則補砌長湄巨岸，衝冒風雨，出沒波濤，其勞亦云甚矣。故小民中稍有智力，能趨避者，多方逃走，不就此役。其受役者，皆丁力貧寡，昏懦無告之人也。蓋其爲役甚勞，而又有三年之久。夫以至愚極困之民，當最勞甚久之役，已爲可哀，而該圖里老之奸猾者，又欲要其酒食之盛，然後爲之呈稟准役；不爾，則雖有明文下帖，亦無由上達于父母之庭，盡棄前功，復編新役。欲告訴則口澀舌頑，見吏胥則魂驚膽落，徒爾呼號天地，默說艱難。無可奈何，典其風日不蔽之茅；甚不得已，鬻其乳哺將成之子。此皆目見，實亦動情；匪有希圖。爲之解釋。

伏惟興哀於無用之地，垂德於不報之所。不日編排已定，務使枯槁復回。則豈惟召伯之棠，百年春茂；行將見燕山之桂，五折秋香。

與張大尹子伯喬書

辱示《松石遺稿》，讀之，胸中洒然，不覺沈疴之去體也。絲布厚貺，若將以周其急，即付鄰家典米若干，此一月可以無饑矣。感感。

尊翁大人執事，想膺多福。邇者政聲洋溢，士民間轉毀爲譽，信乎至公可以服人，而德之流行，速於置郵而傳命也。更望虛心忘勢，博訪周詢，因民之所利而興之，因民之所病而去之，不勞力，不費財，收民心於艱難困苦之中，集事功於文法簿書之外，此區區素欲獻于執事者之微芹，有所待而未敢輕瀆。受足下過愛，率爾及之云云。

與友人書

物數之理有乘除，命途之運有順逆。吉、凶、悔、吝，吉，一也，而凶、悔、吝居其三焉。吾兄自幼至壯，皆處順境，此固達者之日夜兢兢，而思欲減損退抑，以讓人之時也，而愈欲經營，以圖厚益，可乎？

自古及今，未有皆利而無害，全福而無禍者也。蓋有之矣，不多見也。然禍福相爲倚伏。古之英雄豪傑，進德於逆意之境，而收功於困敗之餘者何限，顧人之立志何如耳。爲吾兄今日之計，惟有平忿忍辱，講和息爭，勿計利之得失，勿恤人之非笑，閉門省事，發憤讀書，使學業成就於一二年之間，則今日之辱，實爲後日之福也。若曰此怨未報，無復面目接人，而憤憤鬱鬱，必欲報之於旬月之間，此世俗之見，非智者之謀也。衛文公、越句踐、張子房、韓淮陰，何嘗不能忍哉？必有忍，其乃有濟；必能怯，然後能勇。此惟謀深慮遠、心志大、眼目高者知之，吾兄以爲何如？

答朱墨溪書

詩入戀軒，最易陳也。足下之作，略無秀才頭巾，何也？豈崎嶇峻道，自不能窘驊騮耶？惜無九方皋耳，勿論青黃牝牡也。"鴻濛"句亦可用"關關雎鳩"，前輩亦嘗言其不必有自來矣。所惠平日佳詠，若是其少意者，尤物不可使多出人間歟？適寫《湖邊舊隱序》，未及即謝。

與黃純玉太守書

去歲秋，有自吾鄉來，僕詢之，得知南征高斾，已映晝錦，量日計程，則端溪此時正當濃添雨露，而唇焦口燥，久思涓滴者，想不待遥望梅嶺，而已大慰渴心矣。豈邦伯易爲，而僕爲是言哉？蓋爲邦伯固難，而爲邑令則甚難。執事爲甚難於初試之時，已不見其難，則今日爲稍易於更事之後，當愈見其易矣。僕以此占端溪之民之易蒙休澤也。執事毋謂僕何從而知之也。山寺燈窗，同風共雨者餘五六年，僕之知執事，亦豈待今日哉？飛黃蟾蜍之隔，自乙丑至丁丑，而始得一會。僕私自幸，以爲或得駸駸浚恒，而數惠我以鞭策也，而竟不能願焉。年光滾滾，真若奔湍。我心匪石，亦安能恝然于朋舊會別之間耶？

僉憲王志潔，想已到貴治，師生聚席，論治叙情，是又一大快也。吾泉士夫之宦于京者，十有餘人，不一年間悉外出，獨得令親蘇伯忠時相與慰解愁寂。僕選次今在第三，此月取選當得備數。有便，幸勿吝誨言。高要司訓，鄉前輩中君子人也，亦時時在懷，倘相見，煩咤（叱）賤名致意。

寓金臺寄太守叔書

奉誨遠離，已周二載，何日月之易邁也。偶羈仕籍，便不自由。追惟舊日，常侍左右，與兄弟清談之樂，可多得哉？

去歲十二月，滁樓丈到，拜領惠書，得知家族大小俱安，甚慰。且出所示迎牌佳句，以誇一二同年爲歡。今春吾泉亦有人到，詢之，知福履加豐，又甚喜。前歲所營壽域，量已畢工。其庭中牆下受雨露處，可多植松檜花竹，以玩晚景幽芳，俾吾宗後人亦得坐席餘蔭，而指其樹曰："此某公之棠也。"豈不亦榮且快哉？京中士大夫有知吾叔者，咸謂"良材有用，不宜就老于閒"。殊不知人間之樂，山林占多。平生之宦情野意，達人胸中亦素定矣。

祠堂内祭田無多，須分付諸弟姪之公勤者掌理之，以費剩之租，贖舊典之田，贖完亦可多積創增。此事不勞心力，但勿視以爲衆人之事，而稍加之意，則誰敢無狀不服？吾陳氏有涵江二百餘年，代運雖有興衰，子孫雖有賢愚貧富，然猶相扶持聯屬，不失儒雅舊家，正以祠堂及祠田數畝猶存，而孰昭孰穆，猶時時會序，不敢廢也。不然，則幾何不入于後林溪邊諸小鄉，甘群役而招衆侮哉？此惟識明慮遠者知之耳。而族中一二，猶欲微侵兹穀，以濟一時之急，其所濟有幾，而衆效群尤，漸就荒廢，是猶竊勺水以潤枯葉，而暗中自拔其根也，祇速其枯而已矣。

吾叔滿腔惻隱，而去思遺愛，猶在夫人。遇有自高州來者，皆曰："洪武以來，守高者數十人，賢如晉江陳公，屈指未得三四也。而不能留之久任，清議何在？司用人者，亦有責矣。"夫以吾叔之仁克，推而沛之以澤一郡，而留其聲稱於既去之後如此，則其仁吾一族，俾族之人皆知報本追遠，萃渙合疏，以爲綿綿不墜之計者，又豈待琛之贅語上瀆哉？蓋習靜養高，百念俱寂，遇事琐琐，若將浼予，亦恐賢者或不能免，故恃素愛，臨紙敢瀆。

莊元美榮歸，謹此奉附，惟冀順時將息，永爲吾宗重鎮，無懇懇之至。

與巡撫臧公書

各處鈔關，各自設法，前後相襲，謂之舊規。若淮安，則更紛冗瑣屑，不能枚舉。僕自領劄付時，亦嘗細問諸同寅之舊爲是官者，而寫記于簿，乃出南京。非待至此始輕信左右之惑，而生事以擾民，非徒擾民，亦自擾也。且雖有是舊規，僕亦未嘗一一遵依，臨時斟酌，務寬分數。如先告改剝者，或收其半，或收其三分之一。苦苦艱難,則亦全免。但不來告,而先自剝者,則不特收其半(全)料,而且有微罰矣。

若論王道之純,則鈔關可以無設,而洿池數罟,亦豈仁者之所忍爲?此所以古之學道君子,不肯爲條例司官,必盛德如程明道,乃能不以爲浼,而庸拙如區區者,將如之何哉?

與陳台峰郎中書

僕初到淮,殊厭俗冗。近日漸漸熟而安之,亦自忘其勞矣。日間不暇,暫於燈下尋剔舊蠹。《易經》、《四書淺説》乞擲下,以有十數秀才,時於夜間來問疑字故也。

簡張净峰同年書

是月至日,得拜九月九日貴翰,甚喜,甚喜。其所以喜者,以前日有浮言,或疑而未之信也。曾與莊由矩、鄭舜祥、黃孟偉諸君議論,卜吾兄決有大福,其浮言不足信,蓋以"作善降祥"及"積善餘慶"之理斷也。及得貴翰,乃知區區亦善相人者,可喜,可喜。

尊甫先生近遣盛价送到俸餘,已收領矣,縱無此物,亦不勞吾兄介慮,而歆其識見議論,及夫人以有心繩我之戒,當終身誦之不忘。

寓金陵與王石崗侍御書

晉江縣二十九都有灌田溝水,名曰六里陂,其實不止六里,迂廻曲折,有四十餘里也。陂在本縣爲水利之最大者,其餘陂塘不能當其百分之一。水旱荒歉,民之飢飽,官之徵科攸繫。舊設陂首一名,擇本都有恒産恒心兼有才幹人所推服者爲之,一任三年,不免差役。陂夫四十二名,多是下户寡丁,一役三年,甚爲勞苦,例於該年均徭内編排,其他小陂塘,不得比例。

緣此閘陂有大小十餘所,其間之大者有三:曰六斗門,有閘六間,水漲則開放，流于海。曰上福湄，有閘一間。曰後坂湄，有閘二間。水漲則開放，流入于下溝。下溝屬本縣二十七都，里班會于後坂湄閘之上，約曰：上溝水深直有一丈，則放下一尺；水深五尺，則放下五寸。大率十分與一，永爲定規。蓋下溝短淺，容受不多，而灌溉亦無幾也。

近年下溝有一二豪民，遇天旱，則率衆執兇，夜到閘上，用斧破開板鑰，將閘板盡底取起，舡載去家，上溝將涸，猶不肯還。及下溝容受不得，則放下于海，甚可惜也。夫自爲民父母者言之，則彼此皆赤子，安有上溝多水，而不分以與下溝？但欲適均耳。天作旱意，不豫密關而混漏洩，惟恃上溝有水，以爲無恐。至上下俱涸，乃謀力爭，此何理也？

又瀕海鹹潤埭田，其岸亦不豫先修整，爲海水擊崩。及岸既補，則大開埭閘，多取溝水洗鹹，而放下于海。且埭田多是豪家之產，以故二家管水陂首，皆不敢禁止。

又上溝六斗門閘，於弘治年間曾被洪潦衝倒，府縣委官起集丁夫千餘人，費銀千餘兩，修補五六年，不得完密，農夫困甚。今觀後坂湄閘兩邊土石亦已傾墜，若不先加修補，一旦壞倒，其害可勝言哉？此皆爲陂首者之責也。近年陂首以陂夫不齊，又被姦惡告誣，以故都民多不肯爲。而願爲者，又不可人意，將如之何？

蓋陂首三年一換，亦甚辛苦，不有所利，其誰肯爲？倘爲此者能而且勤，或旱或水，開閉不失其時，則其於農也，尚亦有利哉！既能利人，亦當使之自利。其於船隻木頭小稅，及收成時丐取禾把，亦是土俗舊例，官府可定爲之限，陂首不得多取，挾怨不得妄告。至於斗門崩壞，海埭漏洩，兩溝爭水，或至殺人，則責有攸歸，而陂首亦不得辭其責矣。若陂夫人數，亦當照舊編排，免其差役，始肯向前受勞。其保立陂首，須得通都里老當官保結，不得狥私。

大凡有職事者，須得才幹之人辦之，若徒謹厚或富豪，不可也。有才肯幹事，不問貧富，皆可。未知何如？因執事者周詢民瘼，下及芻蕘，故敢據事直叙，不能以文。又使節催忙，不能盡所欲道，尚容告歸，面陳爲惠。

與太守鄭思舜書

執事在留都，僕以寓舘稍遠，不得時常請益。仙舟榮行，又以賤疾，不得奉離艫遠送，落月滿梁，徒切去後之思耳。到温不知何日。盛德宜民，僕亦不必問之於人，而先已知其大概矣。温之人何幸，而得兹父母耶？

僕七月初二日考滿，領文書出部。初十日，進本乞養病，以八旬老母在堂也。其考滿文書，告投爲繳去京。此月尾，或九月初，即離金陵矣。受氣不豐，而才又疎拙，與人寡合，只林下獨居爲宜。若拘以官守，則嵇叔夜所謂"麋鹿見羈，則狂顧頓纓，逾思長林而志在豐草"也。仰瞻執事，懷才抱德，隨用咸宜。俯而自顧，相去一何遠耶？偶因鴻便，叙此見意。倘有人來泉，凡有可以鞭策我者，幸勿吝見示。外《宋潛溪文集》一部奉覽，希叱入。

與南京吏部諸同寅書

別來將一年矣，歲月催人，徒增感慨。追想向日同寅相與之樂，可復得耶？近日得信，知松澗陞考功正郎，文選則姜、高二先生，而吾王汝陳兄亦調考功，德星會聚，甚是一快。惟疎庸無似，自求閒散，不得辱從諸賢之後爲愧歉耳。

三月盡時到寒舍，見老母康寧如舊，私自欣慰。賤體往時軟腳、吐痰諸疾，亦頗消除，飯亦頗能加餐。但在途中冒雨得寒，到家又不免應接勞倦，遂成微瘧。延及秋風作涼，始稍稍平復。然猶須靜默將息，屏書閉目，不親筆硯。以故雙山、鳳溪及陳聘之、潘時雨諸公，命作拙文，有十餘篇，未能具藁奉呈，度亦不出今冬，當勉强就篇數也。

石梁胸中不知尚有舊積否？過雖賢者不免，況區區如僕有失是處，固在所當忘也。邵子詩曰："自從會得環中意，閒氣胸中一點無。"或稱程明道平日未嘗見其有忿厲之容，僕近日嘗書于壁，而時觀之，以爲進修之助，但未保凡庸狷隘，果能如所願否？惶愧，惶愧。

行人催忙，不能一一。惟諸公順時自玉，以膺大用是禱。

簡潘僉憲書

過州日叨荷厚禮,兼聆誨言。恭惟執事先生,風味高古,而激揚振作之氣,又有出於案牘之外者,殊愜企仰之懷也。聲實在人,大拜不遠,敬以預賀。生遠道積勞,賤恙至今未祛。有稽裁謝,仰惟汪容之中,尤希情原萬一耳。

亡師蔡虛齋書院事,蔡克靜以前月念五日到家,知執事雅念賢哲盛心,特費經營之力矣,古所謂身後知己,殆不是過。凡預門牆,無不仰感萬萬,矧虛齋地下之靈,與其子若姓哉!異時記書院者,生當謹呈實錄矣。

虛齋子存微應試行便,先此申悃,不盡感荷之私,尚容會次叙謝。

簡季明德同年

向日道過貴治,辱以同年之愛,眷顧過厚,至今感媿。茲又惠到《春秋破題》二册,不以路遠忽忘,情事周密至於此。弟姪輩一見,若獲珙璧,以其於經傳微意,多有發明,不特可爲舉業助也。荷荷。

凡得好書,有便,亦肯一惠,尤見至愛。蓋養疴林下,以書爲藥;不爾,則入於禪矣。希照悉。

又

道可學乎?學道而必求其至,如吾明德老兄者,幾人也。主之以真實,勵之以刻苦,當見百川學海之至于海也。

與雪松柴仲和書

道未易言也。今庸夫俗子,作小小文章,亦言及道,令人輕厭。道豈可厭哉?以其不知道而易言之,近於洩耳。區區能由道,而不能談道。知慕古人行止,而不服古人衣冠,而記文公祠堂,則不脱乎道,此文之所以難作也。愚見欲於文中掃盡道學、心學、古學等字,而於人事時俗中,微見古道當行之意。而太極、陰陽、鳶飛魚躍,至奧至妙之機,俱不說破,使田野之夫,皆囿於海闊天高之内,而日用飲食,皆冥然無覺。以質爲文,以簡爲麗,淡然無可膾炙人口,乃爲得意,而未之能也。煩爲問林次厓以爲何如?

病中應酬亦頗辛苦,人情世故欲辭而不得,始信禪家之有真樂也。記文脱稿當在六月間,希與次厓筆削,不吝見教爲愛。前時貴使來,以有事失欵待,幸勿怪。

簡邵端峰提學書

德容德音聞之于兩京士大夫,而時於夢寐間見之。舊歲到杭,不得遇,錢塘登舟,再三回首。今文斾下臨,又苦於賤疾,不能迎候,以慰渴心,可勝悵惘。錄呈舊詩數首見意。

又

辱承手教,足知虛懷盛德,感佩,感佩。自文斾到閩,士風一變,此非主斯文者之功而誰也?敬羨,敬羨。草澤間又聞執事許人得訟生員者,此在高明必有定見。但克己最難,孰無小過?士增多口,豈免私仇?惟冀稍加寬貸,則學校受福多矣。恃知敢此上瀆,情恕萬幸。

答黄孟偉太守書

足下以直理忤當道,即辭官歸,此常情所難,亦有識者之喜也。吏部不允所辭,自是公論。今該里老勘結,起送别用,亮足下胸中自有定見,然亦當與前輩諸公,共議去就輕重遲速,毋曰行藏由己,不由人也。區區杜門養病,經年不入城府。足下若來,當相陪一行。

答錢立齋大尹書

久仰高名,又聞新政,渴欲一見,而未之能。顧府尊到任三年,亦未曾一面。

蓋閉門習静，不入城府，乃養病者之所宜也。辱惠厚禮，催促起行，蓬門生輝，不勝愧感。更望執事來日喬遷，行事亦如今日之温雅，則和風甘雨，到處歡騰，區區亦與有光焉。鄭判簿回，匆匆不盡謝意，希照亮。

與西江林親家書代上枋伯作。

僕平日以清静寒素自安，凡爲兒女輩擇婚嫁，未嘗令媒妁一窺富貴人門戸，非慮其不吾諾也，亦以家之盛衰損益，實不關于此耳。世俗皆笑以爲迂，而老拙固執之，以爲猶近古人風味也。

恭惟足下家世，以詩書之富當田莊，以禮義之榮爲軒冕，昆季齊聲，後先繼美，實吾涵江諸鄉之望，而區區寒門，企瞻而願式焉者也。小兒某妄不自揣，爲小孫某求配長位令愛，而足下竟俞允之，夫豈聲氣有相投，而所見皆欲異俗也耶？欣幸，欣幸。

令愛之賢，想得自家教，無容慮者。第愧小孫資凡識近，他日出入門下，恐不足以動諸賢之一顧耳。然入芝蘭之室久，則與之俱化。中人之質，以觀瞻濡染，改易其心地，寬大其眼界者，亦多矣。此亦小兒求親而必於足下之門之意也。兹因聘定，預以此意言之，庶幾他日有徵云。

啓安平柯親家書

恭承雅意，煩媒勤懇約以令郎與小女締親，一言之諾，亦足以定矣，何來筐之，將若是其腆。而來翰之示若是其文，顧拙且寒，將何爲答？

然兩家之子，皆在童稚之年，而蒙養之端，實在執事與區區者今日之責。桑弧以射四方，酒食而羞中饋。城南燈火，澗濱蘋蘩，惟教誨之各勤，庶剛柔之俱立，此則執事之所欲言，而區區之所當申復者也。亮垂采納，倍增慶榮。

陳紫峰先生文集卷十

疏

乞改南疏

刑部山西清吏司主事臣陳琛謹奏,爲乞恩改選,以便養親事。

臣原籍福建泉州府晉江縣人,由進士除授前職,分當竭力忘身,以圖補報,但以臣母寡居,年踰七十,時光薄暮,疾病侵尋。定省疎曠,無一時而不起憂思;南北暌違,有終年而不聞信息。臣之處此,實難爲情。竊思南京地方,與臣原籍相近,音問易通,迎養亦便。伏望聖慈俯垂矜憫,乞勅吏部,將臣改調南京相應衙門職事,庶幾母子得以相安,忠孝得以兩盡。臣不勝惶懼懇切之至。爲此具本親齎,謹具奏聞。

乞養病疏

南京吏部考功清吏司主事臣陳琛謹奏,爲乞恩養病事。

臣福建泉州府晉江縣人,正德十二年第進士,十三年四月內授刑部山西清吏司主事。十四年二月內,爲告乞便養親事,改選南京戶部雲南清吏司主事。十六年七月內奉到吏部文憑,改調今職。嘉靖元年七月初二日,通叩實歷俸三年,例該考滿,於本月初十日,領到本部給由公文。行至金川門外龍江驛前寓,宿民人李春家。是夜感冒風寒,發成瘧疾,身體沈重,頭腦昏眩。請醫調治,云非旬日可愈。欲且行且醫,則旅舘客舟俱是不便。倘病勢牽纏,不能速行,則文書稽遲,未免致罪,隨令家人將所領公文告送本部收繳。

伏望聖慈特勅吏部,將臣照例放回原籍調理。前病痊日,即當赴部聽用,以

167

圖補報。臣無任懇切求憐之至。爲此具本，令家人某抱齎，謹具奏聞。

乞致仕狀

告狀人陳琛，年五十四歲，係晉江縣二十九都民。緣琛於正德十二年第進士，十三年四月間除刑部主事。至十四年二月間告乞改南，本月除南京戶部主事。至十六年八月間改調南京吏部主事。至嘉靖元年七月間得病，告乞放回原籍醫治。至八年三月間蒙陞貴州提學僉事，病未及行。至七月間，又蒙改調江西提學僉事。十一月二十一日，拜領勅書。十一月間病稍愈，即便起行。到城纔四五日，舊病復作，回家醫治，多方不效。經今兩箇月餘，病勢轉增，手痛不堪筆硯，足痛不能步履。痞結伏積，自汗淋漓，日夜攻擊，不能成寐。髮落無多，鬚白已遍，自分爲林下無用之棄人。老母年八十七，並無兄弟侍養。據情與理，實難遠別。且病告歸來，今已九年，此情亦自可察。思欲進本，以孤村荒僻，無解寫本之人，而長途萬里，亦無肯相助爲進本者。姑狀告乞轉申察院及布、按二司處，仍行江西察院知會，庶使江西提學速補無曠，實爲便益。具告。

呈

蔡虛齋鄉賢呈

謹按南京國子監祭酒虛齋蔡先生清，規圓矩方而操履端正，春風和氣而德性溫良。名聞四方，學推一世。隨文精研，細入繭絲牛毛；掩卷潛搜，妙造天根月窟。無疑不解，有得則書。雙幹分條，始由一而至萬；百川到海，終合異以爲同。豈特仰高鑽堅，實亦升堂入室。口說具在，見平生之學術有徵；筆迹終傳，卜身後之事功不朽。雖其謙云初藁未定之見，僅可引蒙；然間亦有先賢未發之言，何妨立教。辭取達意，粗亦寓精。皆嫌布帛無文，豈知菽粟有味？熟玩皮膚訓詁，始信名儒之不守專門；遍觀聲律詞章，深美壯夫之不爲篆刻。精力皆費於有益,體用直窺乎一原。雖立言之人亦多,而聞道之言自別。使逢陸子静,則支離徑約不免鵝湖之異同;若遇朱晦翁,則品窮(第)稱揚未論北溪之優劣。如此名流,宜膺獎錫。

歌　贊

夜坐述懷寄少參謝松澗歌

風凜凜兮月輝輝,燈前開卷兮焚香獨對。敝裘可以禦寒,凉藥可以止饑,貧不苦兮愁不淚。蓬鬢甚短,所思甚長,有志無成兮亦自慙愧。玩溪山以敖遊,采蘭菊爲服佩。濯塵垢以致清,歛精神而用晦。苔緑甚幽,花紅如醉。丹霞曉明,清露夜墜。餐霞吸露,壽可百歲。牢閉荆扉以絶塵,管甚雞鳴與犬吠。故人端坐在松澗兮,應有玄談妙理來相慰。

贈族弟子遷歌

盛衰相仍,禍福相因。若盡則甘,退極則進。故有家無負郭,而出取相印。亦有國際艱難,而致三千騋牝。又有沈船破甑,而摧堅敵大陣。男兒立志期有成,安能攢眉吐氣向人取憐憫?朋遊雜冗,赤舌時騰。聲色紛華,黃金易盡。多求多得,不如一儉。百戰百勝,不如一忍。事煩宜勤,行細亦謹。要使高堂白頭,時對春風一哂。

柏軒居士贊

余友王邦贊每稱其叔父柏軒之賢,請余贊之。余亦嘗聞柏軒之賢之實於其鄉人,言其家豐於財且多釀,然飲不至醉,而用財之豐儉,亦各適宜。夫此二事,皆自太極圈中流出,非知學君子不能也。柏軒能之,是亦足以贊矣,況重以吾邦贊之請耶?贊曰:

酒足以困竹林名士之通而能節之,不加涓滴;財足以裕陋巷大賢之宜而能宜之，不費無益。人而如斯，足占所識。若説胸中猶着紛紛俗塵，曷爲軒外肯樹蒼蒼寒柏。

説

伯喬仲瞻字説

　　山大而高曰崧，巖與"嵒"、"嵓"同，亦山之積石而高峻貌。《詩》有"崧高維嶽"及"巖巖具瞻"之語。吾邑大尹安成張克軒先生名其子：長曰崧，字以伯喬；次曰巖，字以仲瞻。取諸《詩》也。以其字之美，而欲微見其所以爲規者，乃屬余各爲之説。余謂崧、巖皆山之高，而人皆仰之者。伯而喬焉，固自足瞻，而仲氏之能使人瞻之，亦以其屹然喬出也。於是合二子之説而一之曰：

　　造化之氣漸漓，人物之品日卑，雖古人固亦有不及今，而今之人亦或有如古者。然以大分觀之，則愈降愈下，若川之流而不可復返。戰國時縱橫遊士，有道者不齒，然其在當時，能使列國諸侯虛座前迎，長跪問策，雖在利欲波中，而其氣概磊落。何至如今之士，畏懦踧踖，見巍然軒冕者，若見天人耶？周之士也貴，秦之士也賤。夫士而至於使人賤之，則其卑也亦甚矣。然而不可見之四皓，不肯行之兩生，亦秦士也，未可謂秦無人。今世科舉，或稱榜中得人最多，吾想其人之静逸清脱，未必皆及秦時武陵山中種桃人也。

　　文章可以觀世變。今欲求科舉程文，長篇短章，有雄健奇偉氣，如西漢、先秦、戰國時諸作，可多得乎？然則人物之卑高，果繫於氣運耶？論士於今之世，而定其卑高，必其厲進退大節，破名利兩關。言峻而行不洿，貌古而心無俗，亦庶幾乎？喬出而足瞻也，則與之遊於塵埃之外，而細論夫顔子之所謂彌高者。若夫記誦詞章，基無尋丈，而臨深以爲高者，吾不與也。

　　雖然，孔子登東山而小魯，登泰山而小天下。泰山直是峻絶，正顔子仰之而以爲彌高者也。可仰也，如之何而可到也？《孟子》曰："'士何事？'曰：'尚志。'"揚子雲曰："百川學海，而至于海；丘陵學山，而不至于山，是故惡夫畫也。"夫士而有志,則雖孔子之泰山,亦可循序而窮其巔。惟其畫焉,則雖有唐一代,泰山若昌黎韓子之爲高者,亦不能借足於其麓也。誠可通鬼神,志可貫金石,伯喬、仲瞻其勉之哉!

陳紫峰先生文集卷十一

誌　　銘

東莞縣知縣陳君墓誌銘

陳生大猷從金遊,一日出其父在東莞時諸名士貴公所贈詩數十篇。余觀每篇皆有豸冠顯擢之祝,無一篇能脱者,因笑曰:"何待尊君之淺也? 進士作縣不數年,得御史者恒十五,何異之甚? 抑尊君平日自期,豈專在一御史耶?"大猷曰:"家君當日亦厭之,謂皆俗見諛辭,無足寶者。"余曰:"吾固知其厭之矣。吾嘗見君在稠人中亢聲朗調,出峻卓驚人,無顧畏語。鄉先輩量寡容者不能堪,至以裴行儉相人之術訛之。君聞之不爲動,蓋其剛方坦直,得之天性。所謂人各有能,有不能,而突梯婉軟,以取容悦于時者,亦君之所不能也。不能自爲諛,顧欲人諛耶? 吾固知向者之詩,皆君之所不喜也。"大猷以爲然。且曰:"知家君爲人,誠莫有如先生者矣。"遂以墓誌見屬。余不得辭,命取狀爲叙之。

君名寧,字士泰,號介庵,世居晉江桐城西。其先世若雲心、梅西、中齋,皆克自光其譜者也。中齋第三子彭壽,是爲君之曾祖。彭壽生正元,正元生成聰,娶潘氏,生二子,君其季也。白面炯瞳,望之知爲敏穎人。作科舉文字,不苦索而就,而明贍輕順,無少紆鬱艱深,甚似其爲人。戊午,以義經領鄉薦。壬戌登進士第,癸亥出知東莞。凡舉進士,皆喜職内,出爲州縣,則惘惘然視居内得清要者,若登仙然。君獨曰:"何不樂? 患才乏耳。縣令猶不足爲政耶?"束書數篋赴治。至則以吴隱之《飲貪泉節》詩爲佩符,曰:"不如是,則氣餒畏人窘,驥足不得逞。"蓋才出於氣,未有氣不足,而力能排天幹(斡)地者也。

東莞號繁劇難理。舊有堅訟,積數年,歷數官,不能破。君訊之,立洞其族會,即取紙大批數語擲庭下,兩造各甘,無後言者。一境皆驚,有作詩頌之,至以"神君"稱者。君曰:"吾非神,吾得其意於《春秋》,撙節人情天理,而輕重吾權衡於常律時例之外。顧執律拘例者,亦不能爲吾制焉耳。雋不疑之謬引,陳子昂之議誅,元慶、張柬之不能爲唐室討罪人,皆無得於《春秋》者也。"識者聞之愈驚,皆曰:"臨事不可無學術。專恃才氣猶不濟,況徒以謹厚朴直之德稱者乎?"由是東莞之豪者、黠者,無賴而欲入於盜賊者,胥吏之老於案牘而神出鬼没者,有官無守、恣其父兄子弟席氣欲以沮撓官府而漁獵士庶者,皆惕驚塞澀,不敢稍出繩墨,果君之神明感應,若是其周且速哉?

事有機,術有要。先聲而人以爲皆實,舉一而人預服其百也,然亦足以見君之拔出尋常矣。善觀人者,即其大端而得其全體,固不待事事詳之,而後其人可知也。鎮、巡、藩、臬諸公屢加旌獎,期以大用,而君亦汲汲然不自意滿。政暇,則左經右史,俯讀仰思,有一得,即入邑庠,進諸生課試之,以其所自得者發其疑,使各自思,而因以授之。於鄉社改淫祠爲鄉校,命諸鄉子弟延聘山林遺逸師之,而窮鄉遐里皆知向學。此皆俗吏視以爲迂而甚慢之者,而君獨知急焉。然則君之没,而邑人至今猶曰:"於我有德者,豈專以其威照並行,而決獄平允也哉?"君臨没時歎曰:"吾年未及強仕,吾仕而治方有可觀,而天不少假以既吾蘊,豈天不喜善人,而世之多福者,皆頑忍癡肥、逐逐無厭者耶?"此言激發失平,有餘恨也。

君生成化壬辰,卒以弘治乙丑四月十九日,年三十有四。配黃氏。男三人:長即大猷,次大謨、大謀。女一人。大猷舉止有父風,亦挾負奇偉,不肯隨人後者也。遊郡庠,聘吾蔡虛齋先生女。君卒時,大猷年十一,扶柩歸,權厝祖墳之側。去年冬,始卜地于三十二都金匱山,背壬向丙,穿二壙。擇今年壬申十二月二十一日葬,虛左爲黃氏壽藏。銘曰:

憫君英氣,未發一二。不有萬縑,爲君作誌。

鄉進士璞齋劉先生墓誌銘

安溪多秀士,知書而文,然其地有山泉禽魚之樂,爲士者往往韜文而隱。諸師儒來司教邑庠，每以所育之才，不登高科，不能大顯厥績爲不懌。是固宦海波濤，使人懶於方舟，抑亦士之懷居耽樂，不能以義自克而。然未必皆見其大，而脫然以軒冕金玉爲銖塵物也。

大明弘治，千載一時。十一年戊午，福建秋試，璞齋劉先生以經義論策震聲場屋中，遂預選，爲安溪人物出色。士之貴於有志，土地習俗不足以俶奇英之首，而使之循循飽嬉於鄉閭間也固如此。己未春，大會禮闈，先生不爲有司者所識，而先生志益堅，不以小挫頓沮。入太學，尚友天下士，多讀天下書。人皆冬爐夏扇，吾獨朝蘁暮鹽，將以飽實其胸腹，厚益其氣力，而遠追鵬程於萬里外也。

曾未幾載，而先生病矣。又未幾時，而先生没矣。嗚呼！天之生夫人，與之以如是之資，誘之以如是之學，登之以如是之路，迨其幾夫成而且顯也，而乃嗇之以壽考，使其如苗之秀而不實焉，此其說非余所能知也。

先生諱某，字某，生於某年月日，卒於某年月日，享年四十有二。曾祖某，祖某，父某。配某氏。男某，遊邑庠，能讀先生之書者也。今年某月某日，葬先生于某山之原。先期奉狀來請銘，爲之銘曰：

維士之材兮，生之難而成之又難。將成而不遂其成兮，司造物者安可委之曰吾皆無心於其間？果大塊之縱橫若小兒兮，亦可無爲之悲歡。先生有知兮，試乘風直上，旁日月、洞今古而大觀。

林逸齋暨妻黃氏墓誌銘

安溪赤嶺林義民，名興，字廷讓，號逸齋。嘗言："逸最有趣，世鮮有得之者。潘居正悦松泉之須，陸魯望任江湖之散，亦若得之矣，而未見其深也。在人境無車馬之喧，見南山有悠然之適，斯深於逸矣。"有聞而訝之者曰："義民但能出粟助官賑貧民，取紗帽、角帶以榮於鄉耳，安能言及此？此豈常常義民耶？"由是人皆稱林義民曰逸齋公。間有見公，語及求田問舍，公艴然不悦，曰："我真田舍翁耶？若嘗聞知我爲逸齋公，如何又來薰我以俗也？"即此亦可得公生平爲人之概矣。

年七十二，弘治十五年九月十二日卒。配黃氏。男五人：曰喬、曰良、曰久，黃氏出也；曰增、曰盛，則側室段氏出。女六人，自黃氏出者四，而自段氏出者二。黃於諸子皆均惠之，每曰："爲吾夫之子，皆吾子也，奚必出自我者，然後子之耶？"以故其家之人及鄉人，皆以"慈愛孺人"稱之。見其性淑度廣，無凡婦人嫉妬心，不獨能勤與儉，足爲逸齋配也。年八十三，正德年月日卒。

逸齋之葬在正德年月日，未有狀與銘。茲將以正德年月，用祔葬黃氏于壙之左，其第四女壻唐汝器之子鎧，始合而狀之，而求余爲之銘。余閱狀，疑其言之未皆信。因憶先年，曾見侍御詹君源，言："林逸齋，吾外祖也。吾生不見父，及長有遊學之資，不至廢學爲衆人；母年少寡居，今老以貞節見旌，不至寒餓死，實吾外祖父母默爲助也。李令伯之舅，衛共姜之母，使猶有知，能無慚耶？"以詹君之言，徵唐生之狀，其信然矣，其可銘之。美不止壽、富、康寧、考終命四者矣，於是爲之銘曰：

洪塘之原，土秀且厚。水清而不寒，生膺五福者，穴茲以永安。

蔡處士墓誌銘

處士姓蔡，名某，字某，號某，世居晉江之某山。曾祖某，祖某，父某，母某氏。兄弟幾人，處士行居二。生於某年某月某日，卒於某年某月某日。其子某，茲以某年某某月某日葬處士于某山，先期詢諸族人曰："某欲得涵江陳紫峰先生銘吾父之墓，俾吾父平生孝弟、敦朴、安分之美之實，不與日月俱往。然先生性迂不入俗，不能爲過情之譽，而吾家世潛德不耀，無顯績可書，渠肯爲吾文否？"其從兄爲之謀曰："吾聞先生近爲其親擇葬地于秀林山，吾母舅李氏實其地主，苟得吾舅許歲時爲省顧其丘木，因求其文，想當不見卻也。"某如其言。余欣然立爲筆之曰：

萬文皆朽，何物長存？處士有子，知求余文。

張處士墓誌銘

龍溪之錦江有秀民曰張君綱，字本紀。幼讀書以解稱，於詩句字畫，亦整然有可觀者。迨壯，或勸以習舉子業。君笑曰："而欲束我入羅籠耶？長林可以舞風，清溪可以棹月，人豈必官而後適也耶？"讀《論語》至"君子欲訥於言而敏於行"，沉思久之，語人曰："人不敏，曷爲成？"遂以敏名軒。

嘗遇事當前，覺稍怯，即抑首默默，顔面發赤，慨然歎曰："吾愧吾軒矣。"由是培本生道，駸駸焉似欲於古人卓行傳中，尋大轍而力策其蹇焉。從伯喪不能葬，與地以塋之。從兄没不能殯，分財以賻之。兄之子孤而困，撫之若己子。從兄之子孤而困，撫之若兄子。凡此皆末世薄俗所憚，以爲未易能者，而君實奮然能之，然則於其所謂敏者，其殆庶幾乎？發厚積以賑饑，諭惡小以改行，兹亦豈不敏者能之乎？延師友，課諸子，而時督之曰："業欲一，思欲深。科第遲速，冥冥有定，不欲慕厚集螢雪，照見方寸，而得夫人之所以爲人足矣。"斯言也，謂其無得於平日之敏，不可也。

生於某年某月某日，卒於某年某月某日，享年僅五十有四。知君者咸咨嗟歎息，謂天胡不少留，以先君之敏于成也。仲兄綽，亦甚敏，以進士累官至刑部郎中。父某，號敬齋，素能誨君兄弟以敏者，以郎中之貴，贈刑部員外郎。母方氏，封太宜人。君兄弟凡六人，君於行在第五。配蔡氏，生男四，曰規、矩、準、繩。規補邑庠生，酣經玩文，充然欲襲其家傳之敏而時振之者。孫男一，曰某，孫女四，俱幼。

丁丑冬，規以事至京，謁余于寓邸，爲余言，將以某年月日，葬君于某山之原，因出其友進士鄭君衷所叙狀，泣拜請銘。鄭性直不能諛，其狀必可據，於是爲之銘曰：

食以飢，衣以寒，惟没之安。閱世有能言，而衣食或不適其饑寒，乃知斯道亦人之所甚難。

太安人趙氏墓誌銘

太安人諱某，姓趙氏，南京户部署員外郎事主事連江游璉之母，封户部主事石庵公諱某字某之配也。趙實宋宗室冀王元份之裔，宋末避亂入閩，遂家于連江。勝國時，有長樂教諭諱元定號滄洲野人者，太安人之高祖也。曾祖諱逢，號竹處翁，有《竹處文集》。祖諱伸，父諱湑，鄉稱善人，俱潛德不仕。母某氏。

太安人生有淑質，最鍾愛於其父母，而孜孜女工，不恃愛以怠。既長，歸石庵公，事舅姑以孝稱。卒而殮葬祭，相石庵俱以禮，且盡誠焉。石庵極力營辦於其父母，又不吝費於其族戚鄉鄰，用是家積稍涼。時或留念經營，則爲之解曰："貧富有命，且家庭雍睦，雖啜菽飲水，亦可盡歡，貧固不足以累君之方寸也，況未甚貧乎？"見諸子讀書過夜分，則戒之曰："吾非無苦參熊膽可以獎爾之勤也，但吾聞而父稱古人言：'進銳者退速。'爾等惟無倦，勿過苦。若璉也，吾懼其神之困於思，而氣之匱於讀也。"璉少舉鄉闈不利，歸頗不懌，則又慰之曰："爾父期爾以有成，何嘗責爾以速成？立志務遠，勿以小阻自摧，則天下之奇男子矣。"璉於是永言佩服。自爲秀才，至第進士，尹南昌，主事地曹，隨所遇得喪順逆，而皆安然任之，無幾微見於詞色，人固謂過庭有訓，然而孟機組織之功，亦自不可誣也。

太安人生正統丙寅某月日時，卒弘治辛酉某月日時，壽五十有六。以癸亥某月日時，葬于小灣之原，從游氏先兆也。既葬之一十八年，爲今正德己卯，始以璉貴贈太安人。子男三：長珈，娶亦趙氏；仲即璉，娶楊氏，封安人；季琮，娶江西僉憲孫公欽曾孫女。女一，適林氏子秩。孫男六，孫女一。曾孫男一，女一。

璉於余鄉舉同年，官同部，有道義交游之雅。於是以石庵之命，奉狀來請銘。余不敢以不文辭，乃叙而銘之曰：

雨春霜秋，墓門幽幽。龍光萬丈，紅照壠丘。何以致此？有德有子。夫人而有子，雖亡不死。而況有子如玉是亦足，又何憾夫浮生日月促？

敕封安人侯氏墓誌銘

安人諱某，直隸真定府饒陽縣望族侯氏訓述官某之女，貞靜有女德。故掌饒陽學政，遷國子助教，贈刑部主事，晉江黃公某之婦，婦事惟謹。故僉浙江按察司事公某之妻，相內有則。時於燈下壯公志學，取科第，得官，蒙褒顯。子幾人，長

177

某,次某,皆以素教能讀書,補庠生。女子七人,惟某安人出,餘非安人出者,安人皆爲擇婚嫁,恩之若己出,而且時戒之以"兄弟無間言,爲其家之福"焉。

生於宣德某年某月某日,卒於正德某年某月某日,享年七十有二。卜以今年某月某日,祔葬于僉憲公壙右。某第泣狀其實,求余銘,爲之銘曰:

所事所相所教稱行篤,既貴既富既壽受祿足。人而如斯亦可錄。豈必如霜後之松,乃得爲人中之玉?

封太安人莊母李氏墓誌銘

太守莊由矩嘗招余對榻論文,曰:"多讀虛文,以取科第,酬富貴,無益也。欲爲天下奇男子,惟立身行道以顯父母,用《孝經》內一二句足矣。"余壯其言,而未信其能踐也。今考其尹順德,司刑部,守高州,所在嘖嘖有聲,無敢瑕疵之者。至其孝友和順之行,見愛於鄉黨宗族,尤爲有識者所許可,始信由矩爲人中君子,而能踐其言矣。然亦有自來也。贈刑部主事無懷公爲之父,善教之。封太安人李氏爲之母,順導之。故其兄若弟,皆以善士稱,由矩特其顯者耳。兹將以十月二十九日奉太安人柩,祔無懷公於靈居山之頂,先期以狀來乞銘。余視由矩爲斯文兄長,不敢辭,謹按狀而爲之敘曰:

太安人姓李氏,世居晉江之鳳池。諱某,別號貞憲。天性溫厚靜肅,動有女儀,且從姆教,知諸書大義。年十九,歸無懷公。凡婦道、妻道、母道,皆求必中於道而後已。維時家厄於貧,公嘗歎曰:"傷哉貧也!籩豆不豐,何以祀先?甘旨不允,何以養母?"安人慰之曰:"但存爾誠,父祖亦享;但竭爾力,萱堂自安。勤以生財,儉以節財,貧亦未足傷也。"諸子讀書或頗怠緩,則勅之曰:"寸陰可惜,歲不爾延。"或過於勤,則喻之曰:"學須漸進,宜節精力。"其處妯娌以和,而撫諸姪以恩。姪有移居於外者,則泣留之曰:"爾叔視爾亦猶子也,何至分離耶?"其德行之懿類如此。以故莊氏雖號青陽大族,間有聰明喜議論者,至論及安人,皆曰:"是可敬也。"無敢改評焉。

子六人:長楷,娶張前何氏;次科,由矩其字也,娶涵江陳氏,封安人,余之族姊也；次穩，邑庠生；次某；次某；次某。生於某年某月某日，卒於某年某月某日，享年七十有九。銘曰：

自在八旬，生可謂壽。佳兒六人，子可謂有。有美高堂，命服煌煌。兒孫羅列，拜舞稱觴。蘭桂香馥，愈增康樂。天勸作善，人稱全福。雲居山原，相敬復完。春風習習，秋月團團。

贈刑部主事莊公墓誌銘

余既為莊由矩銘其母太安人李氏之墓矣，復以書來曰："先父無懷公之葬在弘治癸亥，科偕諸兄弟泣血自誌矣，其時未有主事之贈，亦未有銘。今已得贈，敢更奉誌，乞為礱梏，且補以銘。"余以公諸子若孫之名俱載在安人誌中，茲不復贅，特按舊誌，敘公之先世及其行實曰：

公諱某，字某，無懷其別號也。世居晉江之青陽，其先發源自永春之桃源。曾祖諱某，祖諱某，父諱某，母洪氏。生二子，公其季也。生甫九歲，失父。其至孝出自天性，事母能得其歡心，而時以不及事父為恨。人謂其生能盡事，沒能盡思，匪有得於《蓼莪》之詩，能如是乎？與兄弟相友無間。其伯兄嘗患疫，躬自扶持，朝夕禱告。人言疫癘能相染，則以"死生有命，兄弟難得"之言自信。人謂其能效庾袞無得於《常棣》之詩，而視至親如路人者，可以觀矣。其待鄉黨宗族、朋友故舊也，有酒則醨，無酒則酤，談笑相樂，未嘗以乾餱獲愆。見諸子肯讀書，則喜而勵之曰："讀好書，為好人，勿汲汲焉專慕為好官也。吾身隱，無大德庇人，不敢植槐于庭，惟植梅于陽峰之上，暗香疎影，聊以自怡耳。"科之居官，有清白之譽，人謂其深有得於梅也。梅竹交陰，策杖行遊；雪月爭輝，倚闌獨笑。有欺我者，吾不疑；有陵我者，吾不知。粟瓶將罄，心無戚戚；北窗高臥，日正遲遲。信乎其為太古之民也，無懷之號，其自號歟？抑鄉人號之歟？

生於某年某月某日，卒於某年某月某日，享年五十有一。以世人觀之，不謂之壽；以余觀之，則為甚壽。蓋無懷氏之樂，五十歲可以當百歲也。銘曰：

有山甚美，有穴甚固。兒孫往來，鬼神呵護。時起風雲，不走狐兔。試問穴中何人,盡道是無懷莊公之墓。

洪處士墓誌銘

洪處士諱某,字某,號某,世居南安之英山。曾祖某,祖某,父某,母某氏。兄弟四人,處士其長也。年九十一,正德二年正月八日卒。妻吳氏,先卒於弘治丙辰年十二月十八日,年七十有六。子男一,曰某,娶某氏女。女二:長適某,次適某。孫男曰某,以俊秀補庠生,聘吾叔太守公朓之女。處士嘗營二壙于陽山之原,後以其地卑濕,遺命改上穴。某如命,以今年十二月壬寅日葬,遷吳氏祔焉,先期奉狀乞銘。

按狀:處士朴而儉,然甚肯賙人困乏。有告者輒貸之,逋不責其償,償不取其息。或時有凶歲,而里無饑民,是好善而力之積也。鄉飲大賓,冠帶榮壽。寇至獨全,而得以考,終于正寢,斯固足以見爲善之獲福於天。然猶未足以盡積善之報,果如狀之所稱,其福當源源而未艾也。預銘之,以爲後日之徵。銘曰:

欲而無厭,匪家之肥。積而能散,匪家之瘦。造化秉公,慘舒異候。有感即通,雖疎不漏。故竇燕山逞五桂之芳,而王晉國鬱三槐之茂。信處士之能濟人,卜洪氏之必有後。

潛深處士孺人陳氏墓誌銘

晉江南廂里處士謝君諱瓚,字文祥,號潛深。生成化戊子,卒弘治己未,享年僅三十有二。配孺人,同邑涵江陳氏。生成化癸巳,卒正德辛巳,享年四十有九。子二:長鑑,娶南安馬坂王氏;次鎬,娶南安蘆川黃氏。孫男二:淵心、湛心。孫女四:柔中、柔正、柔德、柔質。鑑卜以今嘉靖三年十二月二十四日,葬君于鄉之鷦鶋林尾,而以孺人祔,先期奉狀來乞銘。

按狀:君之家世,實出晉太保安之後。唐初有自江南遷入閩者,居邑之玉泉鄉鷲峰下。歷世既遠,譜經兵火,古有十三房者,已莫考矣。今鷲峰之南廂有譜,以宋南渡後曰德輝者爲始祖。八世至湛軒,諱智者,君之父也。君在孕而湛軒没,母杜氏辛勤乳育,以克成人。兄諱環,號誠齋。見君明敏豁達,不拘小節,甚愛之。嘗謂之曰:"難得易求,古人確論。壎篪不諧,非家之福也。"君曰:"疎族同姓,自祖宗視之,猶當相愛,况至親乎?"此可以見其中之所存矣。

然性喜飲酒,時與親舊登山臨流,酣暢終日。人或誦陶翁止酒之詩戒之,笑曰:"而欲我獨醒耶?"其於詩雖不甚解,而好詠前賢佳句以自適。酒酣則歌曰:"醉後不知清露重,興來擬共白鷗盟。"或勸之殖貨,則歌曰:"漢武玉堂人豈在,石家金谷水空流。"聞有濟人之饑者,則曰:"能與貧人共年穀,必有明月生蚌胎。"聞有瘠人以肥己者,則曰:"萬事分已定,胡爲但戚戚?不爲麟鳳爲虺蛇,不種芝蘭種荆棘。"聞有毀之者,則曰:"看成鼎内真龍虎,管甚人間閑是非。"嗚呼!識趣如此,不知南廳有幾人哉?而時人乃以放達譏之,是亦知君之淺也。

孺人父諱復陽,贈奉政大夫。母莊氏,封太宜人。中順大夫、高州太守諱腆者,其兄也。高州嘗曰:"吾妹甚得母氏家法,其《易》卦《家人》之六四乎?"潛深君臨終時,亦囑之曰:"我夷曠蕭散,不役役于利者,男子性也。爾婦人,當思所以營治,勿類我。"孺人奉以周旋,雖竹頭木屑,亦身自綜理,果能大拓其田宅。然而"燧火可親,狐裘多年"之語,時爲二子誦之,似亦有見於古人之所謂義方者,不獨能富其家也。然則潛深在日,以孝弟姻睦見稱,人謂孺人有相之之功,殆不誣也。鑑事文學,遊邑庠,有聲。鎬識豐約,保家業不墜。而謂二子之美,皆無所自可乎哉?

孺人於余爲族姑,鑑從余受業,亦烏得無情?乃爲叙而銘之曰:

生不偕老,人亦爲傷。百年瞬息,孰短孰長?天心同穴,無愧曒日。含笑相間,身後得失。厦屋渠渠,甫田膏腴。呱呱二孩,俱已丈夫。泰來傾否,昔悲今喜。□嶽高登,未見其止。

祭　　文

祭味庸蔡公文代諸進士作。

清源高哉,來數千里。唐宋以來,科第而已。山川鍾靈,豈止如是?近日士夫,彬彬秀起。道路多岐,稍尋正軌。論事入神,談經到髓。吾師虛齋,實持綱紀。仰止高山,惟公之子。人亦有言,斯焉取此？渴飲江河,敢忘所自。

又代二學生員作。

惟公吾師虛齋先生之父也,某等遊先生之門,讀先生之書,獨不知先生之所以爲先生者乎？既知先生之所以爲先生,獨不知公有莫大之事業,不必身自爲之,而可以傳之於將來者乎？嗚呼！言未大,或者駭。百年公論定,人仰朱韋齋。

祭楊母宋太安人文

人生百歲爲期,七十亦云古稀。太安人則七十又九,期矣。造化有乘除伸縮,或壽而未必得禄。太安人則備膺五福矣,然則又何憾乎？蓋人之生雖有終,而人子之心則無窮。故祝親之壽者,必願其如長松巨柏,鬱鬱成陰,貫四時,閱千歲,而霜雪不能侵。今以幾及八十之壽,何以克厭人子之心？雖然,顧何人爲吾子,而又何人爲吾子之子？紛紛瑞蘭,茸茸芳芷。香風滿庭,明月清耳。嗚呼！有後若此,是謂不死。然則太安人亦可以自喜,而爲子若孫者,亦可以節其哀之無已矣。

祭傅石崖先生文

世之論者,謂學有道學、俗學,人有古人、今人。夫道學、古人之不作也久矣,可託名寄迹於其間者,又皆不自知其非真。若吾石崖先生,闇闇淡淡,温温訥訥,未嘗修飾表暴,以示諸□□吾□由古道以出也。然而君實一生之誠,濂溪天下之拙,無文者堯夫易圖,有文者横渠禮節,此其學何學,而其人何人,論者亦必有定説矣。蓋虛齋其師,敬齋其父,古意道心,傳受有素。加以天資朴實,與道爲鄰,故能茹苦受辛,必由向上路,必作君子人,不肯以其胸中之耿耿者,而自混於流俗之塵也。嗚呼！先生之所以取諸父師而成之者如此,可不謂之能後乎？今行人君廷濟，又將盡述其得諸先生者而大發之，可不謂之有後乎？能後有後，足極天下之壽。然則雖以五十告終，而亦何憾之有？至若水部鹽司，位不稱德，用不盡才，此其責不在我。而凡稍有識者，亦皆能自排，而謂人物如先生者，而猶有介然于懷耶？惟是賢哲彫謝，斯道寥落，而在吾黨，則不能以不衰也。先生有知，其亦亮之哉？

陳紫峰先生文集卷十二

論

斐然成章

知狂者之有可觀,則知其可與進於道矣。夫道固未易進也,而狂之所以爲狂,亦豈易及哉?斐然成章,正言其有可觀而未易及也。何則?凡物之成文章者皆可觀。故夫人之所造所就,能不混于庸衆而有可觀之美,則以斐然與之,謂其亦人中之望,而不與昏默無取者俱晦埋也。由此言之,則斐然成章,夫子亦豈輕以許人哉?請得而論之。

道之爲道,至簡至易,而至平實者也。既曰簡易平實,則似乎人皆可進,而無待於狂者矣。既曰狂,則所謂簡易平實者,必有所不足,顧謂道未易進,狂者有可觀而未易及,不幾於絕德以駭天下,而且率天下之人,以入於高虛誇誕之歸乎?殊不知道固非難,然亦似易而實難也。狂者之於道,固有所不足,然於道之所在,蓋亦卓然有見,而其志意之所期者,甚不凡也。簡易之中有包含,平實之中有微妙,曾謂無見者,而可與進於道哉?嘗試觀之,上下四方之宇,古往今來之宙,日月星辰照耀於其間,山岳河海流峙於其間。潛而魚,飛而鳥,知覺運動於其間;夭而草,喬而木,榮悴開落於其間。而所謂人者,又父子、君臣、夫婦、長幼、朋友於其間。孰主張是?孰綱維是?人心最靈,宜皆有所見矣。昏庸俗陋,如資稟學術何甚矣哉?見道之難也。固有氣雄九軍,力蓋一世,權重位尊,可以生殺、貧富、貴賤乎人,或求一言之幾乎道而亦不可得者,無他也,見不到也。見不到則志不立,志不立則所思不出乎旦暮,所處不踰乎尋丈。浮游於塵垢之中,沉溺於汙穢之下,亦將無所不至矣。人物如此,吾何以觀之哉?

然則進道固難，見道亦不易。知見道之不易，則知狂者之有可觀而未易及矣。蓋其所禀高明，所學正大，方寸雖微，足以囊括乎宇宙，而萬事萬物之各得其所於宇宙之間者，無一出其所見之外。惟其有所見，故志不期高而自高，意不期遠而自遠，胸次灑落，而一切勢利，舉不足爲之束縛。如登高山、凌絕頂，而群峰疊嶂，皆合形輔勢、廻巧獻技，以效於几席之下。下視人世之紛紛瑣瑣者，初不知其爲何物，則其所見爲何如？其所就爲何如？夫豈胸中茫然無得，而徒嘐嘐然曰，我欲爲堯、舜，我欲爲三代也哉？此狂之所以爲狂也，此狂者之所以有可觀而未易及也。斐然成章，安得不起吾夫子在陳之思？彼確然有守，如狷者之爲，固不可謂無足觀者。但其所見，不及所守，故志意之所期，規模氣象之所及，視狂者猶當在亞等中行之士。既不可得，則擔當負荷，極天下之重任，舍狂者，吾誰與歸？譬諸步驟絕塵之馬，雖時有泛逸不受羈束之病，苟得王良、造父爲之先後，而端其銜綏，吾知其追風逐電，一息萬里，有非拘拘然專於循途守轍者之所可及矣。

嗚呼！"老者安之，朋友信之，少者懷之"。"吾不復夢見周公矣"。"浴乎沂，風乎舞雩，咏而歸。夫子喟然嘆曰：'吾與點也。'"使魯無狂士，其將何以慰吾夫子之苦心乎？雖然，"參也魯"，而"吾道一以貫之"，惟質魯者得之。如琴張、曾晳、牧皮，孔子之所謂狂者，顧不聞焉。噫！此又可見克己之難，變化氣質之不易，而誠實之士，所以又爲可貴也。謹論。

食志、食功

天下不可一日無吾道，亦不可一日無主張吾道之大。夫人而主張吾道，或不得已而至於自言其功，以爲在人所當食，此固足以見世道之不幸。而聖賢之所以振作吾道，且以爲世道計，庶幾萬一於挽而回之者，其微意亦自見於言外矣。

嘗讀《孟子》書至於"食志、食功"之辯，未嘗不傷戰國之爲戰國，而微觀孟子之所以拳拳於戰國爲何如也。何則？君子之爲道，其志不在於求食，與夫人之食人不在於志，而在於功。而彭更之爲遁辭，有不足以當孟子之辯者，此固曉然易見，不待論矣。然君子之爲道，至於以功自言，且以爲人之所食者，惟在於此，此豈君子之得已哉？若果得已，則亦已矣，豈得已不已而固欲顯之於人哉？

文王既没，文在孔子，天下萬世藉之以曉長夜而見天日。孔子在當時，蓋亦未嘗自言其功。學孔子得其宗如顔子者，且以"無伐善、無施勞"爲其志之所在。孟子最得孔、顔家法也，入孝出弟，守先王之道，以俟後之學者，此其自任之重，誰敢有異議？無功而食，彭更之見之陋也，付之一哂，吾何慊乎哉？食志、食功，顧曉曉然必欲屈其喙而後已。論者於此，恐未可以有些英氣，而遽謂孟子不及孔、顔者，或在此也。

大抵學者全欲識時。孟子之時，何時也？孔子生於春秋，固爲所遭之不幸，然周轍之東未久，文、武之道未墜於地。考《左氏》所載當時列國名卿，如劉康公、子産輩議論，亦時知有吾道中之正味，豈至蕩然盡棄名教，而以主張吾道者爲無功之人哉？彭更遊孟子之門，而以主張吾道之人爲無功，可見當時習俗之移人，而戰國之真爲戰國，而天下之不可一日無者，不足入人之耳，而人之瞶瞶也亦甚矣。聖賢欲喚而醒之，其聲亦安得而不烈哉？故始之以梓匠輪輿之説，以見君子之爲有功；終之以毀瓦畫墁之説，以見人之所食者，不在志而在功。彭更至是始無所容其辯，而知士者之果不可謂無功，而傳食於諸侯，果不足以爲泰矣。

然孟子兹辯，豈專爲一彭更哉？發孤唱於群咻之中，鏗正韻於方微之際，蓋欲使天下之有人心而未亡者，或聞之而有所悟，而知所謂功。蓋當時業垂後裔者的有所在，而平日所侈艷以爲賢者，自當服上刑。所畏慕以爲大丈夫者，不過一妾婦當路於齊，而疑其不可復許者，誠爲五尺童子所羞稱也。天下之迷，庶從此而可開；天下之習，庶從此而可變；天下之所共指以爲迂，而不切於日用者，庶從此而知所適焉。然則吾亦何嫌於以功自居，而不爲世道一費辭哉？世道終於戰國，天也，吾不得已，發之於言。既不足以曉，當時又不得已，筆之於書，庶足以曉後世聖賢之爲聖賢，其用心固如此也。

嗚呼！萬世之下，讀書至此者，亦知聖賢之有大造於我乎？程子曰："學者於道不知所向，則孰知斯人之爲功？"然則有功於吾道，固難其人，而知有功於吾道者之爲有功，其人亦豈易得哉？愚於是乎有感。

心如穀種

一善足以該天下之理曰仁，一物足以統天下之善曰心。蓋心，活物也；仁，生理也。心之與仁。合而爲一，可也；分而爲二，亦可也。或謂心外無仁，仁外無心，二之則不是。然嘗觀夫子稱"回也其心三月不違仁"，則心亦有不仁之時矣，而謂不仁非心，可乎？而謂此心即仁，可乎？大抵人之生也，無極太極，吾其性；二氣五行，吾其體。心亦生於氣也，但氣之精爽者耳。精爽則虛，虛則靈。既虛且靈，故衆理具焉。衆理在心爲性，而性則有仁、義、禮、智、信，而專言之則仁也。

夫仁無知覺，而心則有知覺；仁無出入，而心則有出入；仁無善惡，而心則有善惡。蓋仁即理也，心則合理與氣也。程子曰"心如穀種"，正以見心統乎仁，仁乃心之全德，而心與仁亦自有辨，未可遽謂心即仁也。孟子曰："仁，人心也。"豈不知心之所以爲心，與仁之所以爲仁者乎？特患人不知仁之切於己耳。其實仁亦非心外物也，舍心求仁，可乎？使無孟子之言，則人將求仁於遠，或至於放其心而不知求矣。使無程子之言，則人不知曰心曰仁之本旨，或至於以人心爲道心矣。聖賢之言，各有攸當，得其意則自見其並行不悖也。

聖人所由惟一理

太極有對乎？無極而太極，則太極無對矣。以其至一而無對，故名之曰太極。是太極也者，無對之尊稱，而聖人也者，有形之太極。夫太極，無極也。無極則雖聲臭之微，亦俱泯於無矣，於形乎何有？聖人則有形有色，而全體乎太極者也，故謂聖人爲有形之太極也。何以言之？

天下無無對之物，蓋皆陰陽、五行爲之也。陰陽有交易，有變易。交易，則其對待之體，而顯然有對者也；變易，則其流行之用，一動一靜，一闔一闢，而互爲其根，亦未嘗不以兩而相對也。若五行，則五其數而不對矣。然以質而語其生之序，則水、木陽也，火、金陰也；以氣而語其行之序，則木、火陽也，金、水陰也。土則寄寓乎四者之間。故時有春、夏、秋、冬，位有東、西、南、北，要皆一陰一陽，彼此互換。誰謂五行之數，而非陰陽之對乎？

故以言乎天地之造化，則陰陽盡之矣；以言乎民生之氣質，則剛柔盡之矣。剛有剛善、剛惡之分，柔亦有柔善、柔惡之異。然要之，嚴毅幹固與強梁猛隘雖不同，而皆謂之剛；慈祥巽順與邪佞無斷雖不同，而皆謂之柔。語剛則與柔對，而剛不得以兼乎柔；語柔則與剛對，而柔不得以兼乎剛。剛柔之各一其質，猶陰陽之各一其氣，此爲彼對，彼爲此敵，兩峙不能以相統。故《易》書之作，由兩儀而四象，由四象而八卦，由八卦而六十四卦，一剛一柔，錯雜間出。有反斯有對，對必反其爲；有對斯有仇，仇必和而解。蓋亦紛紛然其不一矣。

然不一之中，有至一焉。至一者，默寓於不一之内；而不一者，斯一矣。伏羲立象以盡意，設卦以盡情僞。文王、周公繫辭焉以盡其言，觀象玩辭，觀變玩占，而剛柔萬殊，極天下之至賾，效天下之至動，莫不居然備見。然非孔子"易有太極"之説，又孰知不一之中有至一乎？至一者，理也。物皆有二，惟理則無二，故謂理爲一。以其至一不二，而物莫與對，故又謂之太極也。太極一物也，而有兩體焉。聖人全體太極，兼剛柔二者之善，而以時焉出之，而得其剛柔之中也。不專於剛，而亦不專於柔也，合剛柔而一之。非專於剛而與柔對，亦非專於柔而與剛對也。故曰："聖人所由惟一理也。"

或曰：天下如此其大也，萬事萬物如此其多也。聖人自修身、齊家，以至於治國、平天下，有喜有怒，有哀有樂，有恩威之並行焉，有仁義之兼濟焉，有武以勘禍亂，而又有文以綏太平焉，有大禮與天地同節，而又有大樂與天地同和焉。時剛時柔，變化錯出，而萬理兼備，而謂其所由惟一理，可乎？曰：理非有萬也，以事物有萬，而此理無乎不在，故既曰一理，而又曰萬理，其實則一以貫之而無餘矣。

或曰：理尊於氣，而爲氣之主。理惟一而不二，則氣當聽命於理，而何以氣休之運有雜擾，人物之禀有參差？然則理亦或有時而不一乎？曰：理非有物也，當然而已矣。氣有參差雜擾，而所謂當然者，則皆萬古而不易也。故造化有時或舛，而天地之大，人猶有憾，而終則必復其常。人非下愚不移，而有克治之功，則可以復其初。至於復初，則其所由者，亦莫非所當然而不能以不一矣。至於一，則亦聖人矣。故周子本"易有太極"之説，而作爲《太極圖》，始之曰"聖人定之以中正仁義，而主靜立人極"，而終之曰"君子修之吉"，正以見夫聖人至一之地，吾人皆可勉焉，以求至於一也。

嗚呼！理以一而得太極之尊稱，人以一而得聖人之美名，吾人何爲而不思所以一之乎？一則聖矣，聖則一太極矣。而至靜無欲，則其所謂一也。無欲者，誠也。荀子謂"養心莫善於誠"，而先儒譏其不識誠，亦以其語一之易也。孟子曰："養心莫善於寡欲。"由寡入無，可謂一之方也已。

問：教亦多術矣。日者奉詔作人，所示爲學之方，請自《小學》、《近思録》入，其意何居？

道無遠近，學無大小。《近思録》之"近"，非淺近也，言其切近身心，以致思也。《小學》之"小"，非卑小也，言其幼小，學習以立本也。曰近而遠無不包，曰小而大無不盡。盡性至命，必本於孝弟；窮神知化，由通於禮樂。思而近焉，學而小焉，而至遠且大者存焉。孔子删述六經，而堯、舜、禹、湯、文、武之道以傳。《近思録》雖約，而六經奧旨有不該乎？《大學》，孔氏遺書，而格致、誠正、修齊、治平之法畢備。《小學》書雖簡，而《大學》精義猶有遺乎於此。二書有得，則道盡在是矣，此知道者之教人所以必自此始也。

試以《小學》言之。敬身明倫，豈非《大學》之道？而《大學》所不言者，洒掃應對耳。悟洒掃應對之所以然，而精義入神焉，《小學》果小乎？《易》爲五經之源，而《近思録》之太極一圖，蓋深於《易》也，《近思録》果近乎？然則倡道學於俗學波流之際，舍二書其奚以哉？

雖然，人但知記誦詞章之可以取功名富貴之爲俗學，而不知清虚禪學之專攻朱門訓詁者之尤有害於學也。韓、柳、歐、蘇之文,雖非見道之作,而文人至今宗之;李、杜、黃、陳之詩,亦是删後之作,而詩人至今宗之。是數子者,其平生自負光熖氣脈,尚欲與江漢同流,而況晦翁之書有功於萬世,後學可肆非詆乎?蚍蜉之撼大樹,直足以供有識者之一笑耳。訶佛罵祖,實有人心者之所不忍爲也。鵝湖有會,東萊雅意,其如人之各有肺腸何?而謂真儒不是鄭康成,豈陳白沙於朱晦翁亦未了了乎?由此言之,學而俗固不可,學而禪尤不可,學而道則於《小學》、《近思錄》當何如哉?

抑愚生又有一得之見焉。《近思錄》亦足以兼夫《小學》,而《小學》於《近思》之理未嘗少欠,讀者得之一書足矣,但須善讀之耳。若字字句句俱欲於身心受用,則數語足矣。默而契之,會而通之,一句足矣,或一字足矣。包羲奇偶二畫,全無一字,而列聖相傳,不外于是。精一執中,道至於堯、舜,亦太洩矣,奚必體用一原、顯微無間之說,而後爲漏洩天機哉?嗚呼!言至於此,又恐其入於禪矣。忘言未能,多言不可,願示趨向之方,幸甚。

問:孔子對葉公,父爲子隱,子爲父隱,直在其中者,固萬世不易之確論矣。然或不幸而處人倫之大變,容或有不當隱者,如父子俱王臣,父欲弑君,則當聽父弑君,而共爲逆乎?抑將發父之惡,而使君得以誅父乎?如子爲敵所得,不得已而不利於我也,則將明目張膽而必殺之乎?抑將含忍以負國乎?因昨者之講此章而懷此疑,故以決之諸生耳。

有天理外之人情,有天理內之人情。人情在天理內,則順人情正所以順天理也,不可避偏黨之譏。人情在天理外,則拂人情亦所以順天理也,不可逃矯激之議。學者苟知乎此,則知父子相隱,有時而直在其中,有時而不得爲直。夫直可爲也,不直不可爲也。不直既不可爲,則父子有時而不相隱乎?

然父之處子也甚易,子之處父也甚難。如父欲弑君也,隱之固不可,發之亦不可。蓋既曰君,則不可使之見弑;既曰父,則不可使之見誅。反覆曉諭苦諫以求其必從,苦諫不從,殺身以冀其自悟。如此,則臣、子之道,既皆盡其在我,而君、父之事,亦當委之於天矣。如子爲敵所得,既不死以盡己之忠,反爲敵而不利於我，我爲王臣，何暇顧其子乎？子不忠孝，吾當割其恩矣。大抵左坑右谷中間，猶有可行之處，最重較輕，天下亦無難處之事。如湯、武、周公、石碏之數聖賢，皆能善處其所難處者也。《易》曰："艮其背，不獲其身；行其庭，不見其人。"當在父子，則父子重；當在君臣，則君臣重；當在天下國家，則天下國家重。身可愛也，則此身重於泰山；身可捨也，則此身輕於鴻毛。隨地宛轉，因時變通，要之不逆乎天理而已。此之謂善用權，此之謂善處變。苟或常情得以拘牽，常理得以制縛，不能深入於至神之中，而超出於故轍之外，欲以讀天下書，處天下事，而免不直之責難矣哉！

陳紫峰先生文集卷十三

正 學 篇

　　正學者,徵諸古而證諸今者也。聖賢之道,正道也,其學正學。道弗岐也,學而岐焉,失其正也。予之有感於今也,故將以古道而正其學,以古學而求其道,欲其歸諸正而已矣。太始者,道之始也。道必有始焉,故遡之大中者,道也。一陰一陽者,道之中正之則也。大化者,言乎其變化也。道之運而散殊焉,命也。是故道而散於命,始有偏勝焉,而不得其常者矣,此偏正之由判也。命行而偏正分、通塞感,渙乎其不齊矣,人物之定也,故曰大定。正則者,性也,言乎其人也,是故中正貫而成性立矣。心者,通之會也,通諸天地而承乎道命者也。故無所不通曰大通,寂而感焉心之用。感之至也,然而有內外焉。道之全體也,中正之寄也。是故君子內其心而統會焉,外其心而散殊焉,言天下之至賾而不可惡也,合外內之道也。頤其正者,聖賢也;反之者,衆人也。學也者,所以覺其反而要諸正也。學之事,知行而已矣。仁者,心也,知行之本體也。學而至於仁焉,則元之道貫矣。求仁者莫要於敬。敬者,心之警焉則一,一則不汩,不汩則不息,不息則生生之機著矣,所謂仁也。禮者,履也。履而節,所以防其戕也,此互養之目也。養而培之,則充達矣。是故講學致知,其諸澆培之道乎?夫性之著也,不揉不戾,沛乎其順也,孰能禦之?故曰達順。夷、惠之行,中正之偏也,正學之未融也。然而各極其盛焉,可謂旁通也已矣。流派者識偏而器滯,其爲儒之脉則均也,然而小焉。淳懿之行,君子取焉,然而有局焉,心之未拓也,是故拓而盡之,則備矣,異於中正之道,而反賊焉者也。賊道者莫過於二氏,故於佛老詳焉,懼也。

太　　始

古今之運，元而已矣。一元之運，陰陽而已矣。夫天者，其陰陽之宰乎；地者，其質也；人物者，其化也。是故陰陽闔闢，動靜相因，而變化無窮焉。

兩儀者，陰陽也，非天地也。夫天包乎地，凡地之上下者，皆天也。故天者，一也，無對之名也。是故陰陽以天言，剛柔以地著。

一而虛者，天也，故萬物資始焉。二而實者，地也，故萬物資生焉。是故天地設位，而陰陽之散殊分矣。

夫人者，天地之中也，陰陽之精也，萬物之靈也，百神之會也。是故天地分而三才立，其人之謂乎？

凡無形者，皆虛也；凡有形者，皆實也。虛者神也，實者器也。是故地與人皆器也，而天之神至矣。

天地有始乎？曰元極冥冥，孰爲始乎？天地有終乎？曰冥冥會通，不息無窮，曷爲終乎？無終無始，孰能測乎？謂有物混成，生天地先者，此老氏之幻也。謂日月合璧、五星連珠爲太初之始者，此術家之妄也。

是故有陰陽，而後有五行，而後有萬物。五行者質之始也，萬物形之始也，三皇者人之始也。然則以三者之始，而知天地之始乎？曰非也。謂人物之始則可，謂元極之始則不可。夫無始之始，太始也；無終之終，太終也。

大　　中

盈天地間，陰陽而已矣。陰陽者，天地中正之道也。是故無陰陽，則非天地矣；無相互，則非陰陽矣。

故一陰一陽者，道之體也。陽中有陰，陰中有陽者，物之用也。吾見陰陽之偏勝者矣，未有獨陰而獨陽者也。

是故陰陽之和，和則中，中則道。陰陽之勝，勝則徧（偏），徧（偏）則器。故萬物以器形，陰陽以道立。

剥盡而陽生焉,非無陽也,陽在内也。夬盡而陰生焉,非無陰也,陰在内也。故陰陽互宅,道之體也;陰陽互主,道之大用也。

天地之至中者,其至虚乎?至虚者,其至神乎?夫道者,中而虚者也,是故謂之神。

夫神也者,宰萬物而莫之名者也。聖人因而名之曰道,故道立而陰陽合、神靈彰矣。

有者,無之著也;實者,虚之寄也。動者,静之感也;闢者,闔之機也。是故貫有無、齊虚實、一動静、妙闔闢之謂道。

渾淪而脉絡分焉,雜賾而静正行焉,此天地之道所以爲大也。

以兩而相成者,道之故也,兩不化而一之用息矣。故陰陽運而天道立焉,剛柔合而地道立焉,仁義形而人道立焉。

天地之道,中正者,其常也;乖戾者,其變也。真勝者也。颶風驟雨不崇朝焉,日月蝕食旋而復焉,中正之道勝也。陰陽無截然相一之理,有則天地毁而造化息矣。是故中正之道,其諸元樞之運乎?

大　　化

一陰一陽曰道,道之不已曰命。道者,其統會乎?命者,其散殊乎?是故言天下之至真而至正者,道也;言天下之至動而至賾者,命也。升降靡常,剛柔雜揉,變化見而吉凶分,道始涣而離之矣。運之流也,有從逆焉;機之通也,有遲速焉,命在其中矣。

道始於一,成於二,著於五,散於萬。夫萬而不齊者,命之運也,道之變化而不測也。

命之不齊也,其生於陰陽之偏勝乎?道於是乎不得其常者矣。夫一不能不散於萬,萬不能不歸諸一者,道也。正不能不涣於變,變不能不止諸正者,命也。故天地之大義曰道,極變化之萬殊曰命。《易》曰"言天下之賾而不可惡",不可惡者,亦道也。《中庸》曰"天地之大也,人猶有所憾",亦道也。指其變而不窮,流而不測,故曰命焉。是故道、命一也。

立乎中正之域而不過者,聖人也,故變化隨之。惟聖人能宰其命者,其斯之謂乎？

聖人之所以能宰夫命者,常也。常者,貞勝者也。

泰和在唐、虞、成周間,其貞勝者。

大　　定

萬物之生,皆滋陰含陰,以爲萌始。然而有通塞焉,何也？曰命之變化爲之也。又渙而不齊者,化也；禪而不窮者,形也。萬物以化渙,以形禪,而陰陽之用廣矣。人物者,通塞之大分也；男女者,陰陽之大分也。然而通而塞,塞而通,陰而陽,陽而陰者,道未嘗不在齊變化而貞夫一者也。

夫人得天地中正之道以生。聖人者,剛健中正而純粹精焉者也。

天地之大德曰生,生之謂易。人與物一也。人之所以異於禽獸者幾希,何也？得其正而常者,人也；得其異而變者,物也。故中正之道存乎人者,所以自別於禽獸者也,可不思乎？

《易》曰：“乾道變化,各正性命。”其道之大定乎？

萬物之生,有變者焉,有不變者焉。變者,器也；不變者,道也。故草木鳥獸之性,相生、相禪而不易者,道之大定也,而形之變者,蓋有之矣,其化之所趨乎？

人得天地中正之道以成性,然而或變焉,何也？動於感,紛於識,二者之蔽滋也,於是有不得其常者矣。赤子之生也,無感無識。夫無感無識,故不變焉。存性者,亦若是而已爾。

人爲陰陽之靈,而反草木鳥獸之不若者,豈不哀哉？求免乎此者,在定其性而已矣。

性之定也,復中正之則也,絕識感之累也。是故由赤子之心而推之,直養之而勿害焉,此之謂大定。

正　　則

陰陽者，天地之道也；成性者，人之道也。陰陽毀則天地之道息矣，成性毀則人之道息矣。

人之道也，成於二，派於五。夫二者精之合，五者脉之分也。是故言其合也，故其化同焉；言其分也，故其質殊焉。

夫五者，陰陽之達，道之變化也。五者分而凝合異，凝合異而昏明強弱渙焉；昏明強弱渙，而知愚凡聖於是乎生矣。

是故男之性健，女之性順，此性之化於天者也。山居多朴，水居多慧，南方之柔，北方之強，此性之化於地者也。木之性仁，金之性義，火之性禮，水之性智，土之性慤，此性之化於五行者也。是故道之變化於是乎不測，而命之離合於是乎不齊矣。

夫成性者，人之生道也，中正之範也。然而有殊焉者，何也？道之偏勝焉，不得其常者也。

若此者，人之生道，不亦息乎？中正之則，不亦謬乎？夫無非絕無也，中正之範微也；有非顯有也，合一之多勝也。

夫中正之範不行，則成性泯；成性泯，則人類滅矣。是故中正者，生人之道，不可一日而無焉者也。

元精構，太和翕，感道命而生者，聖人也。是故天不得而變，地不得而囿，五行不得而勝。故中正凝而成性著矣。

生道貫於人身，無一息之間焉，猶天之運也，然而有散殊統會之義焉。具於心者，其統會也；發於四肢百骸者，其散殊也。是故能知統會散殊之義，其深於性矣乎。

孟氏性善之論，中正之謂也。生之謂性。性者，生之質，其近是乎？謂人性善惡混者，不知性者也；以天地氣質而分之者，不深於性者也。

大　　通

人心會天地之虛者也。是故天以虛而成運，地以虛而成質，人以虛而成生。

天非虚則其運滯，地非虚則其質廢，人非虚則其生蹶。故辰極者，天之虚也；江河淵洞之竅，地之虚也；人心，人之虚也。

性具於心，其虚之體乎？是故無而有，寂而感，其藏也不測，其用也不竭，虚乎神矣！

故廣大配天地，明照配日月，變通配四時，不測配鬼神。至哉心乎，其立人之極矣乎？

至神而疾者，其惟人心乎？故千日之事，萬里之途，思之即至。是故鬼神不得而窺也，風雲不得而踰也。

放之東海而準，放之西海而準，放之南海而準，放之北海而準者，心也。前乎千百世之既往，後乎千百世之方來，無不合者，心也。此心之同者，性之同也。性者人之生，道其弗同矣乎？

自其成於性者言之，則曰道心，天之性也；自其感於人者言之，則曰人心，性之欲也。夫心非有二也，主寂感而言者也。

人心之神也，其惟虚乎？累於欲則滯，滯則物而已。是故聖人[之]心直以通，衆人之心曲以泥。

人者，天地之心也。故《詩》、《書》之言天者，必歸諸人焉。人衆勝天，其心之謂乎？

以知覺爲心，以理爲性者，宋儒之論也，其失也分；以心爲妄，以性爲真者，佛氏之説也，其失也謬。

"仁，人心也"，孟氏獨造之境也。"心如穀種，仁爲生性"，程子明睿之照也。是故其識定，其言確，其後世言心性者之所取衷乎？聖人復起，不能易矣！

至　　感

無一時而或息者，天地之化也；無一時而不感者，人心之機也。夫貫動靜、妙寂感者，人心也。動靜相循，寂感相生，變易而不居，周流而不滯，非人心之神，其孰能與於此？

人心無時不感，而曰靜焉，何也？曰：靜而涵照，非感乎？寐而或夢，非感乎？心，天極也。隆冬冱寒，疑於靜矣，而天之運無停焉。嚮晦入息，疑於靜矣，而心之照不息焉。謂心有靜焉，是窒天地之化也。

意者，心之感也，其動之萌乎？是故意萌而端倪見，而天人幾矣。是故君子必誠其意。

曰情曰意者，何謂也？曰：自性之感言曰情，自心之感言曰意。其指異，其歸一也。是故惟性之真，惟情鑿之；惟心之虛，惟意汨之。故去其鑿，澄其汨，斯心性之體復矣。

曰志焉，何謂也？曰：心之宰也。是故攝百體，憂悔吝，莫大乎志。

曰思焉，何謂也？曰：心之職司也。思則得其職焉，不思則失其職焉。故思者，心之職也，然而有邪妄焉，不可不慎也。

曰才焉，何謂也？曰：性之散殊者也。充於四肢，貫於百骸，流行之竅通焉，然而莫不會於心也。故性即氣，氣即性。能知統會散殊之義者，可以語此矣。

知覺者，其性之靈乎？是故至誠如神，聰明睿知皆從此出者也。

蜀山人不起念十年，遂能前知；陳烈山中靜坐八十日，遂能博記者，虛爲之也。故性虛則靈，窒則汨。夫心者，神之合也。無欲故虛，虛則神。守之穢而不治，則離矣。故曰心之神明之謂性。

真　　會

中者，虛體也。天地惟大中故能生萬物，人心惟大中故能應萬變。冲漠無朕，萬象森然，其中之蘊乎？故曰：大中無動無靜，萬感畢應；無始無終，一真冲融，是之謂中虛。

中虛者，道之體也；中實者，道之質也。以萬感言曰中虛，以萬理言曰中實。是故成性著而中虛之體立，成德具而中實之用彰矣。

是故聖人之盛德大業，與天地同流者，其心之謂乎？基乎四端，揭乎五典，兼乎百行，散乎萬善，惟盡心能之。

故心者，道命之寄，天人之相禪者也。

忠信者，心之質也。其質不離，其道乃基。今夫赤子之心，忠信之質也，未有萌而不條者矣，未有條而不幹者矣。故善植者，能勿戕之而已爾。

心之小也，慎之則也，精純之至也，所謂內心者也；心之大也，拓之盛也，體之復也，所謂外心者也。

心小而病者，其諸有局之心礙也，非內也。

言有之爲用，無之爲利，而終於無用利者，老氏虛實之舛也；言心生萬法而實，心外有法者，釋氏動靜之戾也。

其嗜欲深者，其天機淺。莊子之於道也，其猶未謬乎？

潛心于淵，美厥靈根。《太玄》之學，造也而未入也。

真　　覿

道也者，一天人之理也；仁也者，齊物我之體也；心也者，統內外之機也。是故天地合一存乎道，物我合一存乎仁，內外合一存乎心。人之不知天人之一者，以其理礙之也；人之不知物我之一者，以其私累之也；人之不知內外之一者，以其聞見蔽之也。

是故知吾心之大，而後知吾仁之大；知吾仁之大，而後知吾道之大。故君子之學，求見乎其大而已爾。

夫天地萬物者，心之體也，道之蘊也。萬感萬變，渙而不窮者焉，心之用，道之變化而不測者也。

夫人心者，半於內焉，半於外焉。內者，統會之體也；外者，流行之用也。是故合內外之道也。

夫專於內而略於外者，局其心者也；事於外而遺夫內者，渙其心者也。二者皆偏也，其流蔽一也。

陸子靜之學，自謂得其大而不知局於小焉，專內遺外之失也。是故知求其心矣,未知其性其蔽也錮矣。

夫不知性之大,而求其心焉,謂之知心,可乎？以講學致知爲外馳,是不知心之無內外也。其曰"先立乎其大"者,亦一隅之守爾,烏能得大？

夫不遺於內外者,謂其先內而後外,先本而後末也。其防不廢,其序不紊而已矣。

大舜之好問好察,文王之望道未見,孔子之好古敏求,所以求盡此心之全體者也。故內外備謂之聖人。

王仲淹能識吾心之大用矣乎？是故其志廣而越。

諸葛孔明得其大矣,然而略也,學充其才焉,斯善矣。

真　　順

聖賢之所以異於衆人者,聖賢能全其心性之用,而衆人則汩之；聖人能全其耳目之用,而衆人則賊之；聖人能全其四肢之用,而衆人則害之。

是故聖賢能全其心性之用,故與天地合其德；聖賢能全其耳目之用,故與日月合其明；聖賢能全其四肢之用,故與四時合其運。是故聖賢非能異乎人者也,能順乎天者也。

夫天生之聖賢順之,天與之聖賢受之。故恭承乎天者,其惟聖賢乎？

違乎親者,不肖之子也；違乎天者,不肖之人也。故曰惠廸吉,從逆凶。《易》曰："自天祐之,吉無不利。"惟聖賢爲然。

今夫山木條而幹焉,性也。從或戕之,則失其性矣。故夭折者,木之妖也,非木之性也。

吾觀於《魯論》,而知孔子之所養矣；吾觀於七篇,而知孟子之所養矣。聖賢吾類也,何以異於人哉？

伊尹,聖人也。三篇之訓,一德之咸,性命之秘啓矣。

茂叔之精會潛契,獨得道命之晦,著於千載之曠,可謂豪傑之士、大賢之上者也。

程伯子之明睿冲沛,叔子之敦篤嚴密,希聖者也。

張子厚之苦心力行,敦禮明訓,近於叔子矣。然猶有礙焉,正而未中也。

羅仲素之明沛,李愿中之温潤,抑可謂之次矣。

愿中之於養也,其深矣乎?是故吾於氣象見之矣。

尊信二程之道者,朱元晦也,其終也得於伊川。

周子之精,叔子之正,伯子兼之而大焉。得聖人中正之脉者,三子也。元晦之學,亦可謂大而正者矣。

張敬夫質之穎悟,學之純粹,吾有取焉,惜乎未見其正也。

真　　反

齊民之所以爲齊民者,其在於習乎?習也者,有生之厚蔽也,其猶冰之於水乎?積而沍之,故愈固。愚者沍而愈固者也。

耳之於淫聲也,目之於邪色也,口之於美味也,四肢之於宫室也,觸於外而動其心焉。動則逐,逐則忘,忘而不返,是故其蔽厚矣。

戕其生而不知悟,亡其身而不知返者,天下紛紛如蚊蚋叢撮而不解焉,亦終於胥溺而已矣。

羞惡之心,人皆有之,或淪其身於禽獸而不知恥者,生人之道絶矣。

是故聖人深憫之,爲之立教焉。啓之講學,所以開其蔽也;示之遠邪,所以防其賊也。

夫教之開乎習,猶冰之解於鑿也。孔子曰"有教無類",其斯之謂乎?

今夫人之久困於豐蔀者,得一隙光,然則喜而從之。世之溺於物欲頽習也久矣,蓋有語之而不變者,其無人心亦甚也矣。

小人之爲不善,見君子而後厭然,知之未厚蔽也,其猶習之未深乎?

今之爲小人者,見君子則從而嗤笑之,非毁之,飾其辭,强其辯,而終不可化者,蓋有之矣。聖人所以戒忿疾于頑,其謂是夫。

然則習之頽也,其終不可變乎?聖王興教化焉,移風易俗,習類不生,是則可變也。

真　乘

　　天人之相接也,非學不承;道器之相體也,非學不貫;有無之相朕也,非學不著;內外之相合也,非學不符。是故學也者,天人之乘也,道器之機也,有無之範也,內外之橐也。

　　夫學者,所以學爲人也。人之名大矣,人之道至矣。故不知學者,不知人者也;不知人者,不知天者也。

　　是故學而至於知天,學斯大矣。大者,中正之謂也。性、道、命之相承,其中正之貫乎?

　　知行並進,其學之兩輪乎? 偏之則頗,闕之則頹,合之則窒。

　　世有略於知而專於行者矣,然而晦昧於偏執,僻泥於不達,是故吾以知其頗也。世有冥於知行,任意恣情者矣,然而踰軌敗度,觸機而陷阱焉,是故吾以知其頹也。世有謂知即行,行即知,而合之者矣,然而推之不應,動而愈滯,是故吾以知其窒也。

　　德性之知廼真知也,屋漏之行廼真行也。由德性之知而達於無所不知,由屋漏之行而達於無所不行,業斯廣矣。

　　今之所謂知者,亦探索記誦而已矣。夫鸚鵡之能言也,以其聲之應於人也,人言之則不應。是故以記誦而爲知,則其所不知者亦多矣,其諸鸚鵡之類也夫。

　　古之人行道也,其猶飲食矣乎? 飲之而足,食之而飽,初無預於人也。然而充養之至,人莫不見之焉。今之學者則異是矣。

　　知知崇禮卑之意,其知所以學乎? 今之學者,蔽於見聞,膠於習類,而不能自拔於頹俗之上者,非知崇之謂也。好爲奇僻險怪之事,尚乎孤潔峻絶之行以求述焉,非禮卑之謂也。是故慕古之道,反古之學,欲其德崇而業廣也難矣。

元　貫

　　元者,天之生意也;春者,物之生意也;仁者,人之生意也。是故生意之在於物,充則達,偏則萎,絶則枯。人之於仁,亦猶是也。

心者,種也。仁者,萌蘖之生。必有溉焉,必有養焉。虛而直,所以溉也;防而遏,所以養也。如田之蕪而不治也,則物欲潛矣。

物欲之行也,其因於識感乎？是故感於外而滯於內,滯而不化,正斯奪矣,其猶木之寄生者乎？

古人之學,求諸仁而已矣。求諸仁者,求諸生意而已矣。倦而怠,泪而忘,此生意之困也。求而遑,失而戚,此生意之耗也。客慮客感,憧憧而往來,此生意之遏也。知斯三者,則知所以養其仁矣。

然則吾仁之生意,其可得見乎？是故精明內融,志氣充沛,春容而不局者,其萌也。暢于四肢,溢于面目,浩乎與物爲適,廣大而不可測者,其達也。是故得其門,造其境,其景象可識矣。

顏淵,木之幹而翳焉者也,故孔子示之以克己焉,欲其修之也。仲弓,木之條而萌焉者也,故孔子示之以敬恕焉,欲其培之也。是故修其翳則幹者暢矣,培其萌則條者長矣。

仲尼、顏淵之樂,其生意之自如者,可以觀吾之仁也矣。

曾點浴沂之詠,舜、禹有天下而不與焉,一也。是故君子之學也,求無撥其本而已矣。

人與物之生意一也,人泪而不知耳。茂叔窗草之契,伯淳鷄雛之觀,其元化之流通者乎？

是故識吾仁之樂者,雖與之天下,而不能易焉。以天下而不能易,君子之樂,孰大於是？此之謂樂天知命。

致　　一

心有主謂之敬。是故有主則警,警則昏惰不得而乘之矣;有主則虛,虛則思慮不得而泪之矣;有主則定,定則外物不得而誘之矣。

是故心空於內則忘,逐於外則荒。故空而忘焉,無主者也;逐而荒焉,曠主者也。夫敬者，主之道也。

以敬爲心之主宰者，是二其心者也；以整齊嚴肅而一其心者，是制其心者也。夫敬者，心之警惕而志之精明者也，夫何二之有？

古之人言"不愧屋漏"，言"操則存"者有之矣，言"戒謹恐懼"，言"慎獨"者有之矣，未嘗分心敬而二之也。

敬者，其不息之謂乎？敬而無失則誠矣。程伯子曰："天地設位而易行乎其中，敬也。"非深於養者，其孰能形容之？

心之警則常惺惺矣，心之虛則不容一物矣。善哉！謝、尹二子之言敬也。

敬以直内，言敬而内自直也。程伯子曰："以敬直内，則内便不直，是二之也。"知此而後知心敬之説矣。

夫善求仁者，求其心而已矣。求其心者，求其有主而已矣。是故心得其主，而聖賢之學盡之矣。

互　　養

禮者，所以齊其外而維其心者也。是故坦（垣）宿次舍，天之維也；山岳江河，地之維也；禮者，人之維也。又範圍人道而不過者，其惟禮乎？夫禮者，中正之矩也。原於道而爲道之寄也，出於性而爲性之護也。

無禮之國，其國必亡；無禮之家，其家必殃；無禮之身，其身必戕；無禮之心，其心必狂。

夫禮者，其猶草木之枝葉乎？生於幹而能庇其幹者也。夫君子之爲禮也，能庇其身而已矣。

夫禮者，履也，履之而自著焉者也。

中正者，禮之質也；威儀者，禮之文也。備其質，炫其文，謂之君子。

是故君子之於禮也，必謹其微焉。故起居之必度也，言語之必倫也，衣冠之必飭也，容貌之必恭也，几案之必整也，室奧之必潔也。故入其門而知其禮者，君子也。《詩》云"其儀一兮，心如結兮"，此之謂也。

禮之範於心也，其猶金之範於爐也。鉛鐵盡則爲良金也，邪穢盡則爲良心矣。是故閑邪存誠，莫大乎禮；進人之速，莫如禮。是故洙泗之教先焉。

　春秋之世，其習於禮也衆矣，先王之教其猶未泯乎？是故古之於禮也，猶人之於飲食也。故得則行，失則止。朝失之，野得之；父失之，子得之；夫失之，妻得之。吾見匹夫匹婦而能謹於禮者矣，未有君子而不達夫禮者也。

　自禮學堙，天下無維心之見矣；自禮教衰，天下無維國之道矣。古今人之不相及也，其以此矣。

　以禮爲亂首者，老氏也，古之荒人也；以禮爲僞者，荀卿也，古之箆夫也。侮聖賢、滅禮義，莊周也，古之亂民也；絶人道、毀身體，釋迦也，古之貊狄也。

充　　類

　心有蔽焉不可撤也，心有向焉不可豁也。撤而豁之，其在於學乎？

　夫學也者，所以培其心也。今夫物之植於地也，非糞溉之勤、雨露之滋，則不能達而盛焉；心之植於人也，非師友之澤、問學之道，則不能造而大焉。是故講學以盡其心者，其諸澆培之道乎？

　觸於外而動於內，使天下之物，皆爲吾養心之助者，其惟聖賢乎？又是故能攝心者。經、傳、子、史皆學也，人情事變皆學也，遠近幽深皆學也，水、石、土、木皆學也，匹夫匹婦皆學也。學而能立其心者，則在外皆澆培之道也；學而不能立其心焉，其不逐物而馳者鮮矣。

　人心之對於景物，猶其對於師友可也。使無適而非取善之地，其進也孰禦焉？

　觀書有三益焉，昏者可喚而醒也，明者可續而朗也，得者可充類而盡也。

　今人之學博者，迺所以飾回而滋僞，厚蔽而生智。何也？不能立心之過也。《易》曰"多識前言往行，以畜其德"，言立心也。

　孔、孟之所謂博約者，其諸心之謂乎？是故會天下之理於吾心，君子之學備矣。

　誦詩讀書而樂其道者，伊尹克一之學也；求之經義以栽培之者，伯淳體仁之能功也。知此道於講學，其庶幾乎？

后世有徒以講學而資談説者矣,有徒以讀書而務博洽者矣,心之論出焉。制其心於枯槁之歸,而冥然無覺者,迂儒矯激之過也。又,是故自迂儒起,而人心體用之全,君子内外之學,於是乎廢矣。

異　　端

端,正也。異於正者曰異端。

殘道德仁義而裂之者,老氏也;滅道德仁義而空之者,佛氏也。

佛之初,其猶祖於老氏乎？四十二篇之訓可識矣。以禪爲教者,自達磨始也。達磨,黠胡也,竊吾之心性置之,大亂之道也。

老氏之爲道也,宗於無,然吾道之有而無,不可得而棄也。佛氏之爲道也,宗於寂,然吾道之寂而感,不可得而遏也。

是故老氏以無爲鼓天下,而天下終治於有爲;佛氏以出世誘天下,而世終不能出,夫然後二氏之説塞矣。有耳目人心者,猶不悟而墮焉,亦可悲矣。

絶其邪念而充其正念者,吾儒之教也;惡邪念之累,并正念而除之者,佛氏之謬也。

惻隱之心,人之生道也,造化感應之機寓焉。若除而滅之,逆天地之化滋甚矣。心生性滅,心滅性現,是分心性而二之也;惟滅動心,不滅照心,是岐寂感而二之也。强與吾儒同者,惑矣。

處誼無惡,涉事無惱,此是真定,疑於定性之説矣。而以無事爲真宅,有爲爲應迹,則未知吾性合内外動静之機也,謂之見性可乎？

赤子之心,直下者也。然天下不皆赤子也,曲而防之可也。若絶其物,空其心,而謂之直焉,是反鑑而索照也。是故廓然而大公,物來而順應,無事於空而能直焉,此聖賢之道也,其異於達磨遠矣。

唐、宋之士,皆剛明之才也,然而胥溺之者,吾心性之學晦也。

確然守正,不惑於佛者,其惟唐之李翱乎？《復性》之篇,幾於聞道矣。以禪説目之,非知道者也。

楊簡之狂恣以頓悟而入者，静之學也；扇訟之喻幾於拈搥，豎拂之術矣。是故簡則禪而莊者也，其子静之流派乎？

今之學者，其求夫頓悟也，亦資爲講説而已矣。夫道之在於人也，猶衣服飲食之切於身也，在體而行之爾，又焉用悟？

夫所謂悟者，爲世之昏汩於利欲習類之固而言也，故復而得其本心之謂悟。

吾憂夫天下之不皆悟於學也。若夫道則正而常者也，爲有物而秘焉，可希見之，則君子弗悟矣。

附録一

傳記資料

江西提學僉事紫峰陳先生墓誌銘 　　　　張　岳

正德丁丑,天下士群試于禮部。將揭曉,《易》考官尹編修襄持一卷語總考大學士靳公,以爲造詣精深,出舉業谿徑之外,宜置首選。公爲反覆數遍,曰:"信然,必出陳白沙門下。不然,則蔡虚齋,他人不能爲此。"然竟以程式格之,置次本經。比拆號,乃虚齋門下高第弟子紫峰陳先生琛也。是時,先生傳虚齋之學已有聲。諸考官皆伏尹公爲知人,而先生聲譽,一旦愈以暴顯,士大夫無貴賤小大,稱理學者,必曰陳紫峰云。

釋褐後數月,授刑部山西司主事。以母老,乞改南都,得户部雲南司。已,復調考功吏部。又以母老乞歸養。戊子,大臣有薦先生有用之學,不宜在散地。下詔徵用,辭。又一年,即家拜貴州按察司僉事,提督學校。俄改江西。皆力辭。由是每有文學清署擬議用人,必念及先生,而知其必以親老辭,竟不果用。

始虚齋先生以深微踐履之學教人,及門之士,率常數十百人。能得其言語者有矣,未必得其精微;或能并精微之意傳之者,其于反躬履踐,又未必能如其所言。至出處去就大節,其能悉合于義,無愧師門者,益鮮矣。先生資稟明邁,閉門獨學,不苟同于人,時輩未甚識也。虚齋一見其文字,以爲絶倫,亟詣所館,屈行輩與爲禮。先生辭焉,遂以師禮事虚齋。其爲學先得大旨,宏闊流轉,初若不由階序,而其功夫細密,意味悠長,遠非一經專門之士所能企及。其淵源承受之功,不可誣也。

始入仕,郎署刑、户二曹。人或疑先生儒者,刑名財穀非其所長。先生涖官勤謹,夙夜弗少懈。其在户部,嘗督船税淮安,嚴水閘啓閉之禁,以革私弊。小舟舊不由閘,從旁梁往來者,悉弛其征,人大稱便。而漕院之撫淮安者,微欲有所干撓。先生移辨甚力,曰:"正額不虧,而多取贏餘以爲功,吾不忍爲也。"其人愧屈。考功居閒無事,益得肆力于學問。學者造門請業日踵至,淺深高下,各就所長告之,皆有以自得也。會上兩宫徽號,例得封贈。先生曰:"吾持此歸,足以慰吾母矣。"於是乞終養。

既歸,足跡不入城府,不通達官貴人書問。即所居旁闢一室,朝夕偃仰其間。静觀天地萬物消息之變,以及世之興衰治亂,世態之炎凉向背,或迫然發笑,或喟然嘆息,先生不以告人,人亦莫能測也。其興趣所至,時或縱行田野間,與農夫野叟,談叙風俗舊故、桑麻節候爲樂。發爲詩歌,往往自在脱灑,超乎浮壒之外。其論事是非得失,侃侃不阿。與人交,藹然可親,愈久而愈不可厭。其出處大節及爲人如此。虛齋既没,所謂無愧師門者,先生一人而已。

歸養若干年,太夫人以壽考終。先生年幾六十矣,執喪如禮。後十一年,先生亦終。士大夫聞之,識與不識,咸爲太息。有司爲祀于學宫。

嗚呼!先生既有以自信,無待于外,則官資之久近崇卑,事爲小大,俱不足言。余獨記其督税一事者,見儒者之用,小試如此,設不退而爲親,必進而有爲於世,其事功可勝述哉?所著有《四書》、《易經淺説》、文集若干卷,傳於學者。

先生字思獻,紫峰其號。先居晉江青陽山,元延祐間始遷涵江。曾祖保,祖福,考體成,皆有隱德。至先生貴,乃贈考承德郎、南京吏部考功司主事。母吴氏,封太安人。生成化丁酉十月十六日,卒嘉靖乙巳閏正月二十二日,年六十九。配王氏,封安人,鄉進士一臞先生宣妹。一臞亦虛齋高第弟子。子男三:長敦履,娶張;次敦艮,娶潘;次敦豫,娶曾太守仲魁女。女二:謝道夫、柯華新,其壻也。孫男三:長復,次倈,次未名。孫女三。

敦履以公遺命,將以戊申冬十月某日,祔葬於秀林山承德公兆,西山卯向。先期來徵銘。余與先生同年進士。先生改官南部也,余方爲行人,祖餞崇文門外。先生臨别告曰:"《北風》雨雪之詩,吾兄得無意乎?"余不能自決。俄南巡

事譁,余繋杖瀕死,以是有愧先生。銘曰:

道宗先覺,學異專門。精詣洞觀,貫于本原。鍾鼎非豐,菽水非貧。求仁而得,時哉屈伸。一卧廿年,衆望方殷。天不憖哲,遽爾乘雲。涵江紫帽,流峙高深。英爽飛沉,千古來今。體魄所藏,山曰秀林。父母在兹,式慰孝心。

（張岳：《小山類稿》卷十六,上海辭書出版社,二〇一一年版,第二三三—二三六頁）

按察司僉事陳紫峰先生琛傳　　王慎中

嗚呼！士敝於場屋之業,而固陋浮淺牿其心腑,專一經以自業,茫然皓首尚不能通其義,以傳於繩尺之文,又烏知所謂聖人之學哉？宿輩末生相尋以敝,自虛齋蔡先生出,乃始融釋羣疑,張主新意,推明理性於字析句議之間,以與前儒相統承。夫所謂聖人之學者,其駢拇於條畫,枝指於解訓,要以詳夫場屋之業,而其意則進乎此矣。虛齋之學方顯,士猶鮮能習其傳。

而紫峰陳先生生稍後自以其意,爲前儒文公朱氏之學,未嘗聞虛齋之説也。一日,虛齋得其文於故長史李木齋公所,嗟異久之。李曰：“此吾徒也。”虛齋瞿然曰：“吾乃得此人爲足矣,不敢爲之師也。”於是先生乃介李公禀學於虛齋。虛齋曰：“吾所爲發憤沉潛,辛苦而僅得者以語人,常不解。不意子皆已自得之,今且盡以付子矣。”於是講爲師弟子。虛齋得先生而其學益尊,蓋虛齋有託於先生,而先生無所待於虛齋也。先生之書布於四方,家而有之。學者治經求通於朱氏,微先生之書,如瞽者失相,從禽無虞,悵悵然不知所如往。士之專精自名所業以授生徒者,往往爲書,其卑者望先生之外藩而不見其門,其高者不能以有加也。故其爲書矜名立號,何啻千百,皆滅没蔽塞,小行而不廣,暫誦而輒廢。惟先生之書,焯乎昭布,大行而久存,雖與世相弊可也。今書肆所板《四書淺説》、《易經通典》是也。嗚呼！可謂盛矣。

先生姓陳,名琛,字思獻,别號紫峰,學者稱爲紫峰先生。正德丁丑進士,始授刑部主事,乞爲南京户部以便養。轉南京吏部考功,請告家居。就家起爲貴州按察僉事,調江西僉事,皆督學政,並辭不赴。考功、督學皆美官,假令徊翔不去,與牽挽而出,又當有美於是者。穹階峻秩,當世有用人之柄者,急欲得先生爲之,以自詭得賢之名。先生乃勇退而堅卧,無幾微遲回顧望意,世竟不得而榮之。蓋爲母太安人之養也,篤於天性,而不見有可懷之爵禄。

由其大以推其細,則先生之學著於書者,非苟能爲言而已也。家居卻掃一室,俯仰其間,察見消長於草木葩卉榮悴開落之際,景象委蛇,與物共得,一枝一葉,照映蘭檻,人所同視,而先生茂對之趣獨遠矣。時放於山岨水涯,漁樵相問,或夤緣原隰農圃滯談,彼各自爲話言,先生觀取感倡,默有所樂,不問其解否也。絶跡公門,監司郡邑諸大夫冀睹其面爲快,注意傾下。先生折簡相報,或報以一詠而已,亦不盡報也。其有報不報,惟意所到,不視名勢崇劣、禮數隆汙爲度量也。由先生之大推之,既無可懷之爵禄,又烏有可羨之勢利,可畏之毁譽?而舒心綽形,以遊於世,宜其浩然自適而一無所累也。

先生在仕不久,事功無所表見。爲刑部,好在生人,不喜於得情。爲户部,謹於利邀,不以自汙。此皆砥行植節之士所能,不足以論先生之大也。昔由、求言志千乘之國,方六七十里之邦,自課其用,所以使民有勇而能足者,可計歲而見效,何其確也!若夫及春而制袺,與六七童子、五六成人爲侣,望沂而浴,見雩而風,此何爲者?然孔子喟然而深與者,乃不在彼而在此,其意可知也。以先生之高,使與曾點並時而生,同門而學,則鏗然舍瑟之對,曾點必不異撰於先生,而喟然之嘆,先生宜越由、求而見賞矣。

始丁丑榜得士,吾郡最有名,給事史筍江公于光、今僉事林次崖公希元、中丞張淨峰公岳與先生,並以經學爲海内巨工。張公尤號爲閎博,而傑於文。給事公淡於仕進,與先生同趨好,滯一官以卒。僉事公喜事功,齟齬於世,迭起迭仆,卒無所就。中丞公方據融顯,事功爲時絶出。然林公悔其顛躓,張公亦以酬俗成務爲多憂,而恨道之難行,未嘗不高先生之決而慕其清也。

某生最晚,猶及侍言於給事公、林公、張公,皆辱俯與爲友,忘其年輩之後也。謬學乖駁,與二公有所往反,二公不以爲是。予猶謬自信且不揣,而思有以易二公也，獨不及事先生而請其説。然以二公推之，知其不予是，而予亦宜無以易先生也。然而知先生之心而能言之者，某則不敢讓也。

先生之書，其天趣極詣，神機妙契，在於言語文義之外而已。至於語文義之所存，字謹其訓，句詳其義，頵名一門，粥粥然如恐涉他足而誤塗徑，固與治場屋者設爲如是耳，其超然心會，離去形跡而遺忘物累，庶幾所謂不枝葉於道，而全其真者，由是以推先生之大。然則論先生者，不徒有考於其書，而讀其書者，尚當有以求先生也與？如是，則小子雖不及請於先生，而傳先生之學，以明於人，固其宜也。

（王慎中：《遵巖先生文集》卷三十，明嘉靖四十五年劉溱刻本）

國朝明史儒林本傳

陳琛，字思獻，晉江人，杜門獨學。清見其文異之，曰："吾得友此人足矣。"琛因介友人見清，清曰："吾所發憤沉潛辛苦而僅得者，以語人，常不解。子已盡得之，今且盡以付子矣。"清歿十年，琛舉進士，授刑部主事，改南京户部，就擢考功主事，乞終歸養。嘉靖七年，有薦其恬退者，詔徵之，琛辭。居一年，即家起貴州僉事，旋改江西，皆督學校，並辭不赴。家居，卻掃一室，偃卧其中，長吏莫得見其面。

同郡林希元，字懋貞，與琛同舉進士，歷官雲南僉事。坐考察不謹，罷歸。所著《存疑》等書，與琛所著《易經通典》、《四書淺説》，並爲舉業家所宗。

閩　省　通　志

陳琛，字思獻，號紫峰，晉江人。正德丁丑進士。蔡清以理學教人，得琛文大異之。及督學江右，請琛偕行，歸而四方從學甚衆。嘉靖初，以大臣薦，拜貴州提學僉事，俄改江西，皆辭不赴。清既没，所謂無愧師門，琛一人而已。學者稱爲紫峰先生。著有《四書淺説》、《易經通典》。

禮部侍郎謝道承撰。

泉州府志本傳

陳琛,字思獻,別號紫峰,晉江人,學者稱紫峰先生。自蔡文莊以理學教人,由場屋之業,引而入聖人之道。琛生去文莊公稍後,初受學於故長史李聰。一日,文莊得其文于聰所,嗟異久之。聰引琛稟學於文莊,文莊瞿然曰:"吾不敢爲之師,得爲友足矣。"屈行輩與爲禮,琛固辭,乃師事焉。文莊語琛曰:"吾所發憤涵泳而僅得者,以語人,常不解,不意子皆已自得之。"禮之如朱子之待季通。及督學江右,請琛偕行,教其二子。歸而設科學宮之旁與郡城月臺寺,四方從學甚衆。

琛資稟朗邁,於世情無所倚涉,閉户獨學,不苟同於人。讀書每沈潛玩索,能得意於文詞之表,筆力光動流轉,不可端倪。語淺而根諸深,語深而敷諸淺。險而安,常而偉。枯能使潤,離能適合。約能不遺,肆能不亂。而卒歸於性命道德。所著述以授門徒,有《四書淺説》、《易經通典》二書,猶以爲未至,欲超脱於塵埃之外,細論顔子之所謂彌高彌堅者。

正德庚午領鄉薦。丁丑會試,考官編修尹襄持琛卷語主考靳大學士貴,以爲造詣精深,不墮舉業蹊徑。靳反覆數遍,曰:"必出陳白沙門下,或師蔡虚齋,他人不能爲此。"釋褐,授刑部山西司主事。謂:"古人仕不廢學。"剖決紛瑣之暇,必沈涵經史,以養道心德意,而時出其意於法律拘束之外,庶官以秋名而春自在。每語同僚曰:"理刑之道,當以誠實惻怛之意爲之,當審實求生。惟急於致刑辟,則人有不得其死者矣。"

以母老乞改南,得户部差,監淮安舟税。凡小舟不入關者,悉弛其徵。正額既足,大開關門,恣商人來往,惟與賓客談學賦詩,人大稱便。而淮安漕院微欲有所干撓,琛曰:"若論王道之純,則鈔關可無設。今正額不虧,而多取贏餘以爲功,豈所忍爲?"其人愧屈。尋轉吏部考功郎。清曹無事,請業者踵至,隨其淺深高下告之,皆有得。會上徽號得封贈,琛曰:"持此歸,足以慰母矣。"遂乞歸養。

嘉靖七年,以大臣薦,詔徵用,辭。又一年,即家拜貴州按察提學僉事,俄復改江西,皆辭不赴。家居,掃卻一室,偃仰其中,靜觀天地萬物消息之變,以及古今興衰治亂,世態之炎凉向背。或逌然發笑,或喟然太息,不以告人,人亦莫能測也。興趣所至,時縱行田野間,與農夫野叟談叙風俗舊故、桑麻節候爲樂。發爲詩歌,往往自在脱麗(灑)。鄉有利病,當興革者,如六里陂水利、八里亭迤南至龜湖道路,言於有司,浚築繕治,寬陂夫他役,以永陂利,鄉人德之。與人交,藹然可親,愈久而人愈欽慕。文莊公既殁,無愧師門者,琛一人而已。

歸養十二年,母以壽終。琛年幾六十,執喪如禮。後十一年,亦殁。病革,所居後浦潮汐不至,士大夫聞之,咸爲嘆惋。有司特祠之學宫。張襄惠岳論其人曰:"有避世之深心而非玩世,無道學之門户而有實學。"世稱確論。

子敦豫,志行醇飭,能傳其業。舊注:參《閩書》、林素庵《續小學》、《王遵巖文集》。

乾隆二十八年臘月,中憲大夫、泉州府知府懷陰布撰。

晉江縣志人物本傳

陳琛,字思獻,號紫峰,蔡虚齋高弟也。初學於李聰,聰引琛學於虚齋。虚齋異之,嘗語琛曰:"吾所發憤涵泳而僅得者,不意子皆已得之。"屈行輩與爲禮,琛固辭,乃師事焉。及督學江右,請琛偕行,教其二子。歸而設科學宫之旁,與郡城月臺寺,四方從學甚衆。所著有《四書淺説》、《易經通典》一書。

正德庚午領鄉薦,丁丑成進士。考官編修尹襃(襄)持琛卷,薦主考靳大學士貴,靳反復數遍曰:"必出陳白沙門下,或師虚齋,他人不能爲此。"釋褐,授刑部山西司主事。以母老,乞改南,得户部差,監淮安舟税。尋轉吏部考功郎,得封贈。琛曰:"持此足以慰母矣。"遂乞歸養。

嘉靖七年,以大臣薦,詔徵用,辭。八年,即家拜貴州按察提學僉事,復改江西,皆辭不赴。鄉有利病當興革者,如六里陂水利、八里亭迤南至龜湖道路,言於有司,浚築繕治,鄉人德之。歸養十二年,母終,琛年幾六十。後十一年卒,有司特祠之學宫。

乾隆三十年十月,晉江知縣羅浮方鼎撰。

陳紫峰先生黌宮特祠記　　　　　　　　　　黃鳳翔

　　國之大事在祀,蓋自古記之。而黌宮之祀典,主於表章賢哲,以揚勵世風,尤莫有嚴焉者矣。殷設學曰瞽宗,使有道德者師焉。没而祭之,以爲樂祖。周食三老五更於太學,其禮教隆然粲矣。而又祀先賢於西郊之庠,蓋孔氏所謂天下之大教也。夫春夏秋冬弦誦詩書之備法,籩豆簠簋鐘鼓管磬之備物,步趨周折登降揖讓之備文,其爲教也,人人之所共知,乃獨謂既没之諭爲足以教天下也,茲其故豈易言哉！人情激於有所觸,而怠於無所勸,彼其旌別於宫牆俎豆之間,能使聞且見者艷羨而興起焉,是激勸人心之大權,而殷周之典所以爲備也。我國家稽古定制,廟學中設鄉賢祠,將擇其德業學問卓爲儀表者而祀之,即古瞽宗西庠之遺意。顧甄覈弗嚴,沿私相襲,既非所以明祀典之重,矧有曠世賢哲,屹然挺生于茲地,上之有功於聖經,而下之有關于風教者,詎可槩以常典施之哉？

　　某自少小時,輒聞吾邑有陳紫峰先生者,今世名賢也。先生潛心理學,博綜經傳,而尤邃於《易》。嘗從虛齋蔡先生問業。蔡先生特所獎許,每剖析疑義,冥探奧突,必于先生焉證之,若程門之游中立,朱門之蔡元定也。諸所著述,咸足羽翼傳注,而發其所未發。至其棄官顧養,再徵不出,飄然逍遥於物外,而不知有可慕之禄爵,尤爲足以立懦而廉頑。知先生者謂其有避世之深心而非玩世,無道學之門户而有實學,此百世定論也。

　　先生之没,有司既采輿議,列祀之黌宫矣。然景行私淑之士,猶謂不滿崇尚之意,始議特祠如蔡虛齋先生例。而學傍有隙地一區,堪卜建如式,殆若天造地設以遺之今日者。議始於郡守朱公炳如,邑令黃侯金色,成於按院劉公良弼,督學宋公豫卿,郡守姚公光泮,而邑令曾侯士楚實助鍰金,以襄厥事。二百年來未有之曠典,于今始備。熒熒奕奕,即黌序亦爲之生色矣。告成之日,奉主以祭。郡邑有司暨吾鄉縉紳學士忻忻然先後駿奔焉,謂兹舉不可無記,而屬筆於小子某。某謂先生大節素履，詳於傳誌，載在郡乘，可以無贅，故特記其興事始末，使千百世之下，知我國家崇賢右文之治，真與殷、周比隆。又使遐邇人士，讀其書尚論其世，而聞風思奮，有不止於言語文字之粗者。則茲祠之建，其所繫於世道不少也，豈直以爲先生榮已哉！

先生名琛，字思獻，紫峰其別號也。

（黃鳳翔：《田亭草》卷七，商務印書館，二〇一八年版，第一五四—一五五頁）

督學陳紫峰先生琛　　　　　　　　　　李清馥

陳先生琛，字思獻，別號紫峰，晉江人。杜門獨學，不爲苟同。初受業於木齋李聰。一日，蔡文莊得其文于木齋所，嗟異久之，曰："吾得友此人足矣。"先生乃介木齋禀學於文莊。文莊曰："吾所發憤沉潛辛苦而僅得者，以語人，嘗不解，不意子已自得之，今且盡以付子矣。"督學江右，請與偕行，教其二子。歸而設教學宮之傍與郡城之月臺寺，四方從學甚衆。

文莊没將十年，先生舉正德丁丑進士。初考官尹編修襄得其文，以語總考靳公曰："造詣精深，出舉業谿徑之外。此必陳白沙門人，不則蔡虛齋也。"釋褐，授刑部主事。乞南，得户部，榷淮安舟税。正額既足之後，大開關門，恣商人來往。轉吏部考功郎。會上兩宮徽號，例得封贈，先生曰："吾持此歸，足以慰吾母矣。"於是，乞終養。

嘉靖七年，大臣有薦先生有用之學，不宜在散地，下詔徵用，辭。又一年，即家起貴州僉事，旋改江西提督學校，並以母老力辭不赴。村居，足跡不入城府，不通達官貴人書問。却掃一室，偃仰其中，静觀天地萬物消長之變，古今興衰治亂之跡，與夫世俗炎涼向背之態。或逌然發笑，或喟然太息。時或縱步阡陌，與農叟談俗叙故爲樂。發爲詩歌，往往自在灑脱，超然物表。爲文，層層嶄嶄，發性露光，如危峰矗石，枯條潤葉。文莊没，道德行誼無愧師門者，先生一人而已。

初，弘治間理學中輟，虛齋先生起希曠之後，以深微踐履之學教人，由場屋之業而入於聖賢之道，及門之士，率常數十百人。能得其言語者有矣，未必得其精微,或能并精微之意傳之者,其於反躬踐履未必能如其言。至出處去就大節,其能悉合於義,無愧師門者,鮮矣。先生資禀明邁,其爲學先得大旨,宏闊流轉,初若不由階序。而其功夫細密,意味悠長,非一經專門之士所能企及,其淵源承授之功,不可誣也。

所記述以授弟子,則有《四書》、《易經淺説》二書。其族弟御史讓謂:"文莊《蒙引》得聖學精微,閒有意到而言或未到,及其所獨到,則可以發文公未發。紫峰《淺説》得聖學之光大,意到則言無不到,及其獨到,又可發文莊未發。"而先生猶自謂此訓詁之屬,更欲門徒得夫勵進退大節,破名利兩關。言峻行古,與之遊塵埃之外,而細論夫顔子所謂彌高彌堅者,是以一時從學之士,多有洞視今古,傲睨宇宙之懷。

先生歸養若干年,母吴氏以壽考終,先生年幾六十矣。後十一年,先生卒,時嘉靖二十四年。所居後浦,潮汐不至者數日,士大夫聞之,相與嘆息。有司爲祀之學宫。張襄惠岳誌其墓銘曰:"道宗先覺,學異專門。精詣洞觀,貫于本原。鍾鼎非豐,菽水非貧。求仁而得,時哉屈伸。"又祭之文曰:"嗚呼!紫峰一世人豪,有蟠屈萬古之心胸,有瀉落長江之辨論。有避世之深心而非玩世,無道學之門户而有實學。"世論以爲平當。張净峰撰墓誌、王遵巖撰本傳。

(李清馥:《閩中理學淵源録》卷六十,商務印書館,二〇一八年版,第六一六—六一七頁)

附録二

四庫全書總目提要

紫峰集提要

紫峰集十三卷福建巡撫采進本。

明陳琛撰。琛有《易經淺説》,已著録。是集詩五卷,文七卷,《正學編》一卷,末以《年譜》附焉。初刻於嘉靖中,此其裔孫所重刻也。《明史·儒林傳》附見《蔡清傳》末。稱琛杜門獨學,清見其文異之,曰:"吾得友此人足矣。"琛因介友人以見清云云。今觀其詩,皆濂、洛風雅一派,其文亦類語録、講義,蓋其淵源如是云。

正學編提要

正學編二卷浙江范懋柱家天一閣藏本。

明陳琛撰。琛有《易經淺説》,已著録。是書已編入所著《紫峰集》中,此其別行之本。凡二十一篇,各立篇名,全擬《通書》、《正蒙》之體,未免刻畫之嫌。然依傍先儒,不敢出入,持論尚無疵謬。末附《秋夜感興詩》十絶句,亦力摹康節擊壤之派,其宗尚可知矣。

校 點 後 記

《陳紫峰先生文集》十三卷（含《正學編》），明陳琛著。

陳琛（一四七七——一五四五），字思獻，別號紫峰，學者稱爲紫峰先生。先世居晉江青陽山，元延祐間始遷涵江。初受學於李聰，理學大儒蔡清在李家見其文，大爲歎賞，曰："吾所發憤涵泳而僅得者，以語人，常不解，不意子皆已自得之。"入蔡門爲弟子，蔡清禮之如朱子之待季通。正德元年（一五○六），蔡清奉命督學江右，邀陳琛偕行，教其二子。從江西歸家後，陳琛在泉郡學宮旁及月臺寺設科講學，四方從學甚衆。正德五年中舉，十二年成進士，與張岳、林希元、于江等同榜。後與張岳、林希元等僦居佛寺講《易》，並以經學聞名。十三年四月，授刑部山西清吏司主事。十四年二月，乞授官南京以便養母，遂得南京户部雲南清吏司主事，監淮安舟税。十六年七月，轉南京吏部考功清吏司主事。嘉靖元年（一五二二）七月考滿，告病乞休。

嘉靖八年三月，起爲貴州按察僉事，病未就任。七月，改調江西提學僉事，亦因病辭。二十四年卒，享年六十九歲。卒後，泉郡士大夫請予特祠，得與其師蔡清並祀郡學。著有《陳紫峰先生文集》十三卷（含《正學編》）、《四書淺說》六卷、《周易淺說》（又稱《易經通典》）六卷等。其中《四書淺說》、《周易淺說》二書與蔡清的《四書蒙引》、《易經蒙引》，林希元的《四書存疑》、《易經存疑》等，並爲嘉靖以後諸生研習儒家經典、參加科舉的必讀之作。

陳琛入仕僅五年左右，冷官閒秩，家居二十餘年，事功不顯，以蔡門高徒、理學大儒名於世。張岳稱其"有避世之深心而非玩世，無道學之門户而有實學"（黄鳳翔：《田亭草》卷七《陳紫峰先生黌宫特祠記》），時人及後學以爲確論。蔡元偉將其與朱鑑、李聰、蔡清、張岳、林同、顧珀、吳銓、林性之、黄偉等並稱爲

219

"温陵十子"(林焜熿纂,林豪績修:《金門志》卷十《宦績》)。王慎中稱"先生之書,其天趣極詣,神機妙契,在於言語文義之外而已。至於語文義之所存,字謹其訓,句詳其義,頴名一門,粥粥然如恐涉他足而誤塗徑,固與治塲屋者設爲如是耳,其超然心會,離去形跡而遺忘物累,庶幾所謂不枝葉於道,而全其真者,由是以推先生之大"(王慎中:《遵巖先生文集》卷十《按察司僉事陳紫峰先生琛傳》)。

《陳紫峰先生文集》十三卷,《明史·文藝四》作"文集十二卷",應不含《正學編》一卷。光緒年間補修本《陳紫峰先生文集》前有陳科捷於乾隆三十五年(一七七〇)所撰序一篇、毋德純於嘉靖四十二年(一五六三)所撰序一篇、成子學於嘉靖三十四年所撰序一篇、丁自申於嘉靖三十一年和四十二年所撰序二篇,以及陳欽堯於光緒十七年(一八九一)所撰得版始末一篇。卷首爲《陳紫峰先生年譜》,前有李叔元所撰序二篇、何喬遠所撰序一篇、李光縉所撰序一篇、遺像一幅,以及蘇濬、李伯元所作像贊各一篇。《年譜》由其二子陳敦履、敦豫原編,其孫陳復初刻,清乾隆五十四年重刻。《文集》所收詩與文,涉及陳琛的家世、成長、交遊、入仕、姻親、理學見解,以及正德、嘉靖年間的歷史,是研究陳琛平生學行及明代福建朱子學發展的第一手史料,具有重要的學術價值。《正學編》二十一篇,仿《通書》、《正蒙》之體,簡要地闡釋太始、大中、大化等二十一個主要概念,進而發揮其理學見解,也是程朱理學之重要研究成果。

《陳紫峰先生文集》有嘉靖家刻本、坊刻本、清乾隆五十三年重修本、光緒十七年補刻本等。此次點校,以光緒年間補刻本爲底本。原位於《年譜》之前、輯自志乘的陳琛本傳,均移到書末作爲附錄一。同時,分別增補明張岳所撰《江西提學僉事紫峰陳先生墓誌銘》、明王慎中所撰《按察司僉事陳紫峰先生琛傳》、明黃鳳翔所撰《陳紫峰先生黌宫特祠記》、清李清馥所撰《督學陳紫峰先生琛》等四篇文字,亦輯入附錄一。原書末《四庫全書總目提要·〈紫峰集〉提要》作爲附錄二,同時輯入《〈正學編〉提要》。

編　者
二〇一九年十二月

圖書在版編目(CIP)數據

陳紫峰先生文集／（明）陳琛著；學文點校. —北京：商務印書館，2020
（泉州文庫）
ISBN 978-7-100-18566-0

Ⅰ.①陳… Ⅱ.①陳…②學… Ⅲ.①中國文學—古典文學—作品綜合集—明代 Ⅳ.①I214.82

中國版本圖書館CIP數據核字（2020）第090302號

權利保留，侵權必究。

責任編輯　陳明曉
特約審讀　李夢生

陳紫峰先生文集
（明）陳　琛　著

商　務　印　書　館　出　版
（北京王府井大街36號　郵政編碼100710）
商　務　印　書　館　發　行
山東韻傑文化科技有限公司印刷
ISBN 978-7-100-18566-0

2020年9月第1版　　　　開本705×960　1/16
2020年9月第1次印刷　　印張16.25　插頁2
定價：82.00元